CIVIL
WAR™

ADAPTÉ DU COMIC DE
MARK MILLAR ET STEVE McNIVEN

marvel.com

CIVIL WAR ™

UN ROMAN DANS L'UNIVERS MARVEL

STUART MOORE

ECLIPSE

Titre original : *Civil War*

Illustration de couverture : Michael Turner & Peter Steigerwald

Traduit de l'anglais (États-Unis) par Nicole Duclos
Suivi éditorial et relecture : studio Zibeline & Co

ISBN : 9-782809-429275

ECLIPSE EST UNE COLLECTION DE PANINI BOOKS

www.paninibooks.fr

Pour Mark Millar, qui a changé la page blanche en or ;
pour Steve McNiven, qui lui a donné vie ; et pour Liz, qui a écouté
jusqu'au bout mes palabres sur Captain America et Iron Man.

PROLOGUE

WARRIORS

SPEEDBALL NE TENAIT pas en place. Cela n'avait rien de surprenant. Depuis l'accident survenu dans le laboratoire, il avait du mal à contrôler son corps, transformé en générateur de bulles d'énergie cinétique hautement volatiles. Ses coéquipiers au sein des New Warriors étaient habitués à ses bonds et rebonds incessants, ainsi qu'à son incapacité à se concentrer plus de quatre-vingt-dix secondes d'affilée. Ils ne prenaient même plus la peine de lever les yeux au ciel.

Non, l'agitation de Speedball n'était pas une nouveauté. Mais sa cause, par contre, était totalement inédite.

— La Terre appelle Speedball, dit la voix nasillarde du producteur dans son oreille. Tu vas répondre à ma question, petit ?

Speedball sourit.

— Appelez-moi Robbie, monsieur Ashley.

— Tu connais la règle. Quand tu es sur le terrain et que ton micro est branché, obligation d'employer les noms de code. *Speedball*.

— Bien, chef.

Le producteur se prenait tellement au sérieux que Speedball ne ratait pas une occasion de le chambrer.

— Alors ? dit Ashley.

— Alors quoi ?

— Les vilains. Combien sont-ils ?

Speedball se débarrassa des mauvaises herbes accrochées à sa jambe. Puis il s'élança dans les airs et passa devant Namorita qui, adossée à un arbre, semblait s'ennuyer ferme. Il rebondit contre l'imposant Microbe – avachi par terre, le gros ronflait – avant d'atterrir avec la légèreté d'une plume derrière Night Thrasher, leur chef cagoulé de noir.

Thrash, très concentré, regardait droit devant lui à travers des jumelles high-tech. Par-dessus son épaule, Speedball vit la maison, une vieille bâtisse à l'ossature de bois qu'une très haute clôture séparait de la demeure voisine. Les Warriors – et leur équipe de cameramen – étaient à une quinzaine de mètres de là, cachés derrière deux grands chênes.

Trois hommes solidement bâtis apparurent dans l'encadrement de la porte d'entrée. Ils portaient tous un simple jean et une chemise en denim. Speedball appuya sur un bouton de son oreillette.

— Trois vilains, annonça-t-il.

— Quatre, corrigea Thrasher.

Speedball plissa les yeux et discerna une femme brune et musclée.

— Ah oui. Je vois Coldheart au fond, en train de sortir les poubelles, gloussa-t-il. Lui faire sortir les poubelles. Tu parles de durs à cuire !

— Ils sont tous recherchés par le FBI, dit Ashley d'une voix où perçait l'inquiétude. Cobalt Man, Speedfreek, Nitro. Ils se sont tous évadés de Rykers Island il y a trois mois. Et ils ont des casiers judiciaires longs comme mon bras.

Microbe avait traîné ses 160 kg derrière eux. Sur son habit vert et blanc, il portait un gros ceinturon plein de compartiments.

— Que se passe-t-il ?

Thrasher lui intima l'ordre de se taire.

— Coldheart a combattu Spider-Man à deux reprises, poursuivit Ashley. Et tenez-vous bien, Speedfreek a failli assommer Hulk.

— Il a quoi ? s'exclama Thrasher en baissant ses jumelles.

— Ces mecs sont trop forts pour nous, conclut Microbe en se grattant la tête.

— Parle pour toi, gros lard.

— La ferme, Balloche.

— Je t'ai dit de ne pas m'appeler comme ça.

— Balloche, répéta Microbe en souriant.

— Ça suffit vous deux, coupa Namorita. Quel est le plan ?

— Le plan, c'est que tu retournes au maquillage, répliqua Speedball d'un ton narquois. Tu crois que le public a envie de voir ce bouton répugnant sur ton menton ?

Elle lui fit un doigt d'honneur et tourna les talons. Pierre accourut vers elle, un pinceau de fond de teint à la main.

Namorita, beauté à la peau bleue appartenant à la famille royale d'Atlantis, était une vague cousine ou une nièce du prince Namor, le souverain de la cité sous-marine. Un jour où Speedball avait tenté de coucher avec elle, elle lui avait maintenu la tête sous l'eau pendant cinq minutes.

— Je ne sais pas, lança Thrasher en jetant un regard inquiet vers la maison. Peut-être vaudrait-il mieux jeter l'éponge.

— Quoi ? s'écria Speedball, prêt à bondir, avant de réaliser juste à temps qu'il allait révéler leur présence. Pense à l'audimat, Thrash. On est en train de plonger. Ça fait six mois qu'on vadrouille à travers le pays à la recherche de clowns à se farcir, et le seul adversaire qu'on a réussi à se trouver pour l'instant se battait avec une jambe de bois et une bombe de laque. Cet épisode est l'occasion pour les New Warriors d'exploser au grand jour. Si on triomphe de ces gars-là, les gens arrêteront enfin de nous rebattre les oreilles avec le fait que Nova a quitté l'émission pour retourner dans l'espace.

Fernandez, le cameraman, s'éclaircit la gorge.

— Je vous rappelle juste que l'équipe finit son travail dans vingt minutes. Après, on passe en heures supplémentaires.

Tous les regards se tournèrent vers Night Thrasher.

— OK, écoutez-moi tous, déclara Thrasher en affichant le profil des quatre vilains sur une tablette tactile. Nitro et Cobalt Man sont les véritables menaces. Coldheart est experte en close-combat, il faut si possible l'éliminer à distance. Je ne connais pas l'état actuel de l'armure de Cobalt, mais...

— Balloche, murmura Microbe à l'oreille de Speedball. Ball-Ball-Ball-Balloche.

Speedball sortit son iPhone et toucha l'écran du doigt. Aussitôt, le hip-hop électro des Honey Claws couvrit à la fois les moqueries de Microbe et l'assommant briefing de Thrasher.

Speedball était fatigué et de mauvais poil. Il voyait bien que tous les autres l'étaient également. C'était Thrasher qui avait eu l'idée de mettre les New Warriors en scène dans une émission de téléréalité, et au début, l'aventure paraissait excitante. Les temps étaient durs pour les jeunes héros, et c'était une occasion unique pour hisser leur équipe de seconde zone au rang de pop stars. Dans un premier temps, l'émission avait eu du succès et Speedball était devenu accro aux acclamations du public et aux invitations sur les plateaux de télévision.

Puis Nova était parti, et mieux valait ne pas s'attarder sur « Debrii », sa remplaçante. Elle avait déclaré forfait après deux épisodes. À mesure que la saison avançait, le stress des déplacements et des prises à refaire les avait tous mis à cran. Et l'audience avait chuté en flèche, au point qu'une seconde saison semblait peu probable.

C'est moche, pensa Speedball. *Au début de l'aventure, nous étions tous amis.*

Nita lui donna un violent coup de coude dans les côtes et il ôta ses écouteurs.

— Qu'est-ce qu'il y a ?

— Nous sommes repérés.

Il regarda vers la maison au moment même où Coldheart tournait les yeux vers eux.

— Tous en costume ! hurla-t-elle en se précipitant à l'intérieur. On est cernés !

Les Warriors se redressèrent. Fernandez souleva sa caméra, prêt à les suivre.

— Attaque standard, cria Thrasher. En formation...

Speedball se contenta de sourire et bondit, libérant des bulles d'énergie cinétique dans toutes les directions.

— En avant ! hurla-t-il.

Il entendit presque le soupir exaspéré de Thrasher.

Il atterrit souplement au milieu de la pelouse tout en passant de nouveau le doigt sur son iPhone pour changer de morceau. L'émission n'était pas retransmise en direct, mais le générique tonitruant lui donnait une poussée d'adrénaline à chaque fois. Et l'adrénaline était la raison de vivre de Speedball.

— Speedball ! clamait la voix de l'animateur dans son oreillette. Night Thrasher ! Microbe ! La Sensuelle Namorita ! Et… l'homme qu'on appelle *Nova* !

Il détestait cette dernière phrase.

— Dans un monde en nuances de gris… le bien et le mal existent toujours ! Mais il reste aussi…

— … *les New Warriors* ! hurla Speedball de concert avec l'animateur, avant de foncer sur la porte d'entrée qui vola en éclats.

Ses coéquipiers s'élancèrent derrière lui et balayèrent la pièce du regard. Quasiment vide, on aurait dit un repaire de drogués. Un homme aux cheveux longs leur fit face, à moitié recouvert d'un exosquelette de métal.

— Speedfreek, dit Thrasher.

— Et merde ! siffla celui-ci en attrapant un casque à la visière rouge.

Le sourire aux lèvres, Speedball se jeta sur lui, envoyant valser le casque. Ils traversèrent le mur du fond et atterrirent dans la cour, où Freek trébucha sur une souche à moitié enfouie sous des herbes folles.

— Paraît que c'est l'habit qui fait l'homme, Speedfreek, lança Speedball en lui décochant un violent direct du gauche. Eh bien, plus je te regarde, plus j'en suis convaincu !

Speedfreek vola en arrière et s'affala sur la pelouse.

Fernandez, le cameraman, tapa sur l'épaule de Speedball.

— Le son a été coupé une minute, mec. Tu peux me refaire la fin ?

Speedball fit la grimace et se dirigea vers Namorita. Elle leva les yeux au ciel et se pencha sur Speedfreek étendu au sol et groggy.

Le soulevant sans effort, elle lança son corps inerte en direction du cameraman.

Speedball s'accroupit, puis bondit très haut avant de redescendre en piqué, la jambe tendue pour donner un coup de pied dans la mâchoire de Speedfreek.

— Eh bien, plus je te regarde, plus j'en suis convaincu ! répéta-t-il en articulant clairement.

Baissant sa caméra, Fernandez leva le pouce, l'air blasé.

Speedball regarda autour de lui. Night Thrasher et Microbe avaient coincé Coldheart et Cobalt Man contre la clôture du fond. Cobalt tentait tant bien que mal d'ajuster sa combinaison high-tech sur son imposante carcasse, tandis que Coldheart fendait l'air de ses épées d'énergie pour tenir les Warriors en respect.

Microbe se retourna pour lancer un regard à Speedball. *Il espère sans doute que je me fasse démolir*, pensa Speedball.

— Une minute, dit Coldheart, ses épées toujours en position défensive. Je vous connais. Vous êtes les abrutis de cette émission de téléréalité.

— Exact, riposta Thrash. Sauf que *c'est* la réalité.

Speedball secoua la tête. *C'est nul comme réplique, chef.*

— Non, poursuivit Coldheart. Pas question que je sois vaincue par Super-Poisson Rouge et la Reine du Cuir.

Elle fouetta l'air de son épée, décrivant un arc lumineux.

Mais Namorita était déjà montée à l'assaut. Elle abattit son poing bleu, endurci par la pression des grands fonds, sur la mâchoire de la super-vilaine.

— Permets-moi d'être d'un autre avis, ma belle.

Night Thrasher prit le relais et, d'un mouvement acrobatique, il lui asséna un coup de pied dans l'estomac.

— Au montage, vous pourrez couper le passage où elle m'appelle la Reine du Cuir ?

— C'est vrai que Night Thrasher sonne *tellement* plus hétéro, dit Nita avec un sourire en coin.

Coldheart était neutralisée – mais où était passé Cobalt Man ? Et que faisait Microbe, debout dans un coin du jardin, le dos tourné ?

Speedball le rejoignit d'un bond. À sa grande surprise, il découvrit que son coéquipier était penché sur un vilain en pardessus qui se tordait dans tous les sens. Sous le manteau, un exosquelette semblait se dissoudre sous leurs yeux.

— Je tiens Cobalt Man! expliqua Microbe. Mon pouvoir sur les bactéries fait rouiller son armure. Finalement, je ne suis pas si nul que ça, hein?

— Apprends à compter, minus, répliqua Speedball en regardant autour de lui. Où est le quatrième vilain?

Nita se propulsa en l'air, les petites ailes de ses pieds battant frénétiquement. Elle s'arrêta en plein vol et désigna la rue derrière la maison.

— J'y vais, lança-t-elle en disparaissant derrière le toit.

Thrasher et Microbe s'engouffrèrent dans le trou du mur pour la rejoindre.

Speedball allait les suivre quand un bruit attira son attention. Il vit Speedfreek qui tentait de se relever en grognant. Il lui donna un violent coup de pied, puis retourna vers la maison. Fernandez lui emboîta le pas, sa caméra à l'épaule.

Au milieu du salon, Speedball marqua un temps d'arrêt. Fernandez lui jeta un regard interrogateur, le jeune héros lui fit signe de continuer. Le cameraman se dirigea vers la porte d'entrée.

Speedball observa longuement la pièce. Il y avait des canettes de bière partout. Sur une table pliante moisissait une pizza dont la dernière portion détrempait une boîte en carton tachée de graisse. Une pipe à méthamphétamine était encore allumée, jetée sur une pile de jeux pour Xbox. Sur les murs, la peinture s'écaillait; le vieux sofa perdait son rembourrage.

Cette maison, c'est là où tu te retrouves. Quand tout va mal, quand les choses ne se passent pas comme prévu. Quand tu fais les mauvais choix et que tu fuis pour sauver ta peau, réalisa-t-il.

Speedball était gonflé à bloc au début du combat; mais à présent, son taux d'adrénaline dégringolait. Il se sentait fatigué et inutile. Par chance, il était seul – car il avait dépensé beaucoup d'énergie, sans mauvais jeu de mots, pour cacher aux autres ses troubles bipolaires. Il se sentait absent, comme s'il s'observait de l'extérieur. Tel un téléspectateur anonyme qui s'ennuie à mourir, prêt à zapper sur une autre chaîne.

— Speedball ! hurla Ashley dans son oreille. Où es-tu, petit ? Tu veux rater le bouquet final ?

Non, réalisa-t-il. *Non, je ne veux pas rater ça.*

Il sortit de la maison dans une explosion d'énergie cinétique. Sur le perron, il prit brièvement la pose au cas où l'une des caméras serait braquée sur lui, puis il se précipita dans la rue.

Sur le trottoir d'en face, une foule de petits écoliers s'était attroupée au bord de la cour de récréation. Certains tenaient des livres ou des ordinateurs ; l'un d'eux avait une batte de baseball. Night Thrasher et Microbe les repoussaient fermement, pendant que Namorita descendait en direction d'un bus scolaire.

Une silhouette traversa la rue en courant, en direction du bus. Costume pourpre et bleu, longs cheveux blancs, et le regard cruel de quelqu'un qui a vu – et fait – des choses horribles.

Nita s'abattit sur lui et le projeta contre le bus, enfonçant la carrosserie. Une pluie d'éclats de verre les recouvrit.

L'homme ne dit pas un mot.

— Debout, Nitro ! lui intima Namorita, en position de combat, les bras levés, les jambes fermement plantées au sol pour la caméra. Et n'envisage même pas d'utiliser tes petits pétards contre moi, sinon je remets ça.

Speedball la rejoignit pour lui prêter main-forte.

À genoux sur le trottoir, Nitro était appuyé contre la tôle défoncée du bus. Quand il releva la tête, ses yeux n'exprimaient que haine… et folie meurtrière.

— Namorita, c'est bien ça ?

Fernandez s'avança, sa caméra effectuant un va-et-vient entre Nitro et Nita.

Le vilain sourit et la lueur dans ses yeux se fit plus intense.

— J'ai bien peur de ne pas être l'un de ces minables auxquels tu es habituée, ma beauté.

Son corps tout entier irradiait à présent. Nita recula d'un pas. Night Thrasher observait la scène, tendu et hésitant. Microbe écarquillait les yeux, bouche bée.

Les écoliers étaient sortis eux aussi dans la rue. L'un d'eux jouait nerveusement avec un ballon de basket.

Thrasher avança, son visage exprimant une soudaine inquiétude.

— Speedball… Robbie. Aide-moi à évacuer les enfants !

Ashley lui parlait également dans son oreillette.

Speedball ne bougea pas, il ne hocha même pas la tête. Une fois de plus, il avait l'impression de regarder des événements, des images déjà enregistrées défilant sur un écran haute définition. *Est-ce que tout cela a de l'importance ?* se demandait-il. *Si ça tourne mal, si le scénario n'est pas respecté, est-ce qu'il suffira de faire une autre prise ?*

Ou est-ce la dernière, la seule prise ?

Nitro s'était transformé en boule de feu. Seuls ses yeux étaient encore visibles, plongés dans ceux de Namorita.

— Bienvenue dans la cour des grands, dit-il.

Un flot d'énergie jaillit de lui, consumant d'abord Namorita. Elle se tordit de douleur sans parvenir à émettre un cri, avant d'être réduite en cendres. L'onde de choc se propagea, engloutissant la caméra, le cameraman, l'autobus. Night Thrasher, puis Microbe. La maison, et les trois vilains étendus dans la cour.

Les enfants.

Huit cent cinquante-neuf habitants de Stamford, Connecticut, périrent ce jour-là. Mais Robbie Baldwin, le jeune héros nommé Speedball, ne le sut jamais. Alors que son corps se transformait en vapeur, que son énergie cinétique se déversait pour la dernière fois dans le vide, il eut une ultime pensée :

Au moins, je ne deviendrai jamais vieux.

PARTIE I

ULTIME ÉCLAT

UN

DES PICOTEMENTS D'ÉNERGIE parcoururent sa peau, irradiant le fourreau qui recouvrait son corps. Des capteurs se déclenchèrent et établirent des connexions électriques avec ses bottes, sa plaque thoracique et ses jambières. Des microprocesseurs s'activèrent les uns après les autres à la vitesse de l'éclair. Avec un bruit mat, les plaques de son armure s'ouvrirent et s'assemblèrent sur son corps, achevant la liaison des circuits. Les gants s'ajustèrent sur ses doigts, un, deux, trois, quatre, cinq – dix.

Il termina par le casque. Il l'enfonça sur sa tête et ferma la visière d'un coup sec.

Aux premières lueurs de l'aube, Tony Stark s'éleva dans le ciel de Manhattan.

La Tour des Vengeurs s'éloignait sous ses pieds. Il baissa les yeux, puis exécuta un demi-tour à la verticale. Manhattan se déployait majestueusement devant lui. Au nord, Central Park s'étendait telle une couverture verte posée sur un lit de grisaille. Au sud, le profond labyrinthe de Wall Street s'effilait en pointe vers la baie.

Tony était chez lui, à New York, et il adorait cette ville. Mais ce jour-là, il était inquiet.

Une douzaine de voyants clignotants réclamaient son attention, mais il les ignora. *Où vais-je prendre mon petit-déjeuner ce matin?* se demandait-il. *Aux Cloîtres? À moins que je fasse un saut rapide au Vineyard? Ou un peu plus loin, au Boca?* Serena resterait toute la journée au Delray Hyatt, elle serait surprise de le revoir.

Non, se ravisa-t-il. Aujourd'hui, il était inquiet. Aujourd'hui, les choses seraient différentes.

D'une rapide commande mentale, il composa le numéro de Pepper Potts, mais il tomba sur son répondeur.

— Annule tous mes rendez-vous de la matinée, dit-il. Merci, ma belle.

Pepper ne s'absentait jamais. Le répondeur signifiait qu'elle refusait de lui parler. Mais c'était sans importance, elle suivrait ses instructions dans la minute.

Tony amorça un virage et jeta un bref regard vers Central Park, en contrebas. Puis il actionna les propulseurs de ses bottes et, en un éclair, l'invincible Iron Man traversa la ville en survolant l'East River.

Son répondeur téléphonique clignotait, mais Tony n'avait pas le temps d'écouter les messages. Il enclencha le pilote automatique et s'assura que la balise de signalisation spéciale destinée à l'aviation civile était bien activée. Il dépassa l'aéroport de La Guardia avant de bifurquer sur la gauche, et cligna deux fois des paupières pour se connecter aux flux RSS. Une série de gros titres s'afficha devant ses yeux.

Aggravation de la situation économique au sein de l'Union européenne: il faudrait qu'il vérifie ses actions un peu plus tard. Une autre guerre sur le point d'éclater au Moyen-Orient, peut-être même avant la fin de la journée. Pepper avait également inséré un article de magazine sur la filiale mexicaine de Stark Enterprises. Tony devrait s'assurer que Nuñez, le directeur général, se conformerait bien à la stricte interdiction de vendre des armes.

Et la Commission d'enquête du Sénat sur les surhumains était encore à la une, ce qui lui rappela un engagement. D'un clic, il accéda à sa boîte mail et passa en revue quelque deux cents messages:

œuvres caritatives, contrats, anciens amis, soi-disant anciens amis qui demandaient de l'argent, invitations, activités des Vengeurs, rapports financiers…

…ah, la voilà. La confirmation de son propre témoignage devant la Commission, la semaine suivante. Un rendez-vous important, pas question d'effectuer un vol longue distance ce jour-là pour relâcher un peu la pression.

La Commission avait été créée pour enquêter sur les abus de pouvoir des surhumains, et proposer des mesures afin d'encadrer leurs activités. Comme beaucoup de commissions sénatoriales, elle profitait surtout à ses membres sur le plan politique. Mais alors que le monde devenait de plus en plus dangereux, Tony devait bien admettre que les êtres dotés de super-pouvoirs ne bénéficiaient plus de la même popularité. Et, en tant que Vengeur le plus médiatisé, dont l'identité était connue de tous, il se sentait dans l'obligation de faire en sorte que tous les points de vue s'expriment.

Au-dessous de lui, un paquebot entrait dans Pelham Bay. Tony fit un signe et quelques touristes le saluèrent en retour. Puis il s'éleva dans les airs et s'éloigna vers l'immensité de l'océan Atlantique.

Il croisa quelques bateaux dispersés. Puis il n'y eut plus que la houle, majestueuse, ondulante, manifestation pure et infinie de la puissance de la nature. Cette vision aida Tony à se calmer, à se concentrer. Et la véritable source de son angoisse lui revint en mémoire.

Thor.

Un émissaire d'Asgard, domaine des dieux nordiques, était apparu sans crier gare. De stature imposante – il mesurait près de quatre mètres – le regard sévère, flottant dans un halo de brume au-dessus de la Tour des Vengeurs. Tony l'avait salué depuis le toit, avec Carol Danvers, alias Miss Marvel, à ses côtés. Grande, gracieuse, elle était légèrement en suspension au-dessus du sol, son corps souple et athlétique enveloppé de bleu et de rouge. Captain America était également présent, vêtu de son uniforme, de même que Tigra, la femme-chat à la fourrure orange.

Le messager était resté un instant silencieux. Puis il avait déroulé un parchemin jauni par le temps et avait commencé à lire.

— Ragnarok est venu, avait-il déclaré. Je suis ici pour vous aviser du destin du dieu du tonnerre. Vous ne le verrez plus.

Les yeux de Tigra s'étaient écarquillés de frayeur. Captain America avait serré les dents et fait un pas en avant.

— Nous sommes prêts. Dis-nous où nous devons nous rendre.

— C'est trop tard. Ragnarok a eu lieu, la désolation règne sur Asgard.

Tony s'était élevé dans les airs pour faire face au messager.

— Écoute… commença-t-il.

— Thor est tombé au combat. Il n'est plus.

À ces mots, un terrible sentiment de détresse avait étreint Tony. Pris de vertige, il avait failli s'écrouler.

— Je suis ici par respect de ce qu'il représentait pour vous. Mais sachez qu'il s'agit là du dernier message de notre père Odin. À compter de ce jour, il n'y aura plus aucun contact entre Midgard et Asgard, entre votre royaume et le nôtre. Thor est mort. L'ère des dieux est révolue.

Et le messager avait disparu dans l'écho sourd d'un grondement de tonnerre.

Cela s'était produit quatre semaines auparavant. Et tandis qu'il survolait l'océan, Tony entendit de nouveau ces paroles résonner dans sa tête : « L'ère des dieux est révolue ».

Peut-être, pensa-t-il. *Ou peut-être pas.*

Durant le mois écoulé, Tony avait beaucoup pleuré la mort de Thor. Les Vengeurs avaient épanché leur chagrin, ainsi que leur frustration : après des dizaines, des centaines de combats livrés ensemble, leur ami et compagnon était visiblement tombé seul, lors d'une guerre lointaine dans une réalité parallèle. Non seulement les Vengeurs n'avaient pas pu l'aider, mais ils n'avaient même pas *décelé* la bataille qui lui avait coûté la vie.

Et voilà qu'une autre pensée taraudait Tony. Thor n'avait pas seulement été son ami ; il avait été le pilier, l'âme des Vengeurs. Tony et Cap avaient tous deux une forte personnalité, chacun avec ses forces et ses faiblesses : Cap était guidé par son cœur et son instinct, Tony par sa confiance dans le pouvoir de la technologie. À plusieurs reprises depuis la création de l'équipe, ils avaient failli en venir aux mains sur une question de stratégie ou de compromis. Et à chaque fois, la voix de Thor avait retenti, coupant court à toute dispute. Il leur rappelait leurs devoirs et riait de leurs égarements, et son incommensurable bonne humeur finissait toujours par les réconcilier. Il lui arrivait aussi de leur donner de si vigoureuses accolades que l'armure de Tony n'avait pas été loin de fusionner avec sa peau.

Tony avait tenté de se rapprocher de Cap, mais le super-soldat s'était montré très silencieux ces dernières semaines. Tony avait la terrible impression que la mort de Thor avait laissé une cicatrice indélébile dans le cœur des Vengeurs.

Hormis cela, tout allait bien. Stark Enterprises croulait sous les contrats de la Sécurité intérieure, et si Tony n'avait pas de compagne attitrée pour l'instant, il fréquentait quatre ou cinq jeunes femmes incroyablement séduisantes. De manière générale, les dernières années avaient été excellentes pour Tony Stark.

Et pourtant, il ne parvenait pas à chasser son angoisse. Ce sentiment, au plus profond de son cœur enveloppé de métal, qu'un événement particulièrement grave allait se produire.

Un autre voyant se mit à clignoter. Happy Hogan, le chauffeur de Tony.

— Bonjour, Hap.

— Tony, tu veux que je passe te prendre ?

Quelque chose apparut au loin, dansant sur les vagues, à peine visible à travers la couche nuageuse. Tony scruta l'horizon, son attention brièvement distraite.

— Tony ?

— Euh, non, pas ce matin, Happy. Et tu aurais du mal à amener la voiture là où je me trouve.

— Encore une chambre d'hôtel ? Qui est-ce, cette fois-ci ?

Tony plongea sous les nuages, décrivit un arc de cercle et repéra un petit bateau de pêche. A priori portugais, *très loin* de son port d'attache. Il donnait de la bande, assailli par les vagues. Sur le pont, les marins se démenaient pour écoper l'eau avec des seaux, mais la partie semblait perdue d'avance.

— Je te rappelle plus tard, Hap.

Tony fonça en direction du bateau. Une énorme vague enflait sous sa coque, le soulevant sur le côté. Les marins paniqués cherchaient à s'agripper aux mâts, ou à un autre support. Mais la vague grossissait inexorablement. Le bateau allait chavirer.

Tout en se rapprochant, Tony lança une recherche sur Internet sur ce type de bateau. Il devait peser entre deux tonnes et deux tonnes et demie, sans compter l'équipage et la cargaison. Un sacré poids, mais avec les nouvelles microcommandes qui permettaient d'accroître la capacité musculaire de ses épaules, il devrait y arriver. L'arrière du bateau se dressait devant lui, presque à la verticale à présent. Il s'y accrocha, déclencha les microcommandes par une impulsion mentale, et se mit à pousser.

À sa grande surprise, le bateau ne bougea pas, l'entraînant avec lui vers les flots. Tony réalisa que son armure n'avait pas fonctionné : les commandes ne s'étaient pas déclenchées. Un bateau de pêche de plus de deux tonnes pesait à présent sur ses muscles de simple humain.

C'est alors qu'il reçut un appel de la Tour des Vengeurs, un numéro prioritaire. Tony lâcha un juron ; il n'était pas en mesure de répondre. D'une pensée, il activa le message de réponse automatique : « Je vous rappelle ».

Plus bas, les marins agrippés aux mâts hurlaient de terreur. Ils seraient sous l'eau dans quelques secondes.

Tony ne pouvait pas utiliser ses rayons répulseurs : à cette distance, ils réduiraient le bateau en miettes. Il respira profondément et procéda à une relance forcée des microcommandes. Des lumières dansèrent devant ses yeux… et enfin, les commandes répondirent. Il sentit l'énergie envahir son exosquelette métallique. Il poussa, trop fort tout d'abord, avant d'attraper le bateau pour corriger son inclinaison. Puis il relâcha sa pression et posa doucement le bateau sur les flots.

La mer s'était calmée. Tony consulta une application de traduction intégrée et sélectionna «portugais».

— Vous feriez mieux de rentrer, dit-il.

L'armure effectua une traduction simultanée, amplifiant le son afin que les marins puissent l'entendre.

Soulagé et trempé, le capitaine du bateau afficha un sourire embarrassé. Il articula quelques mots en portugais et Tony entendit la voix métallique de l'armure répondre : «Merci, monsieur Anthony Stark.»

Ça alors, pensa Tony, *je suis connu jusqu'au Portugal.*

Il prit suffisamment d'altitude pour distinguer les côtes du Portugal et de l'Espagne. La mer était calme, la traversée ne devrait pas présenter de danger. Il salua l'équipage du bateau et fonça en direction du rivage.

Les microcommandes posaient vraiment problème. Tony avait toujours eu des difficultés avec les microcircuits : plus il réduisait leur taille, plus il prenait le risque qu'il y ait des ratés. Il fallait qu'il demande conseil à quelqu'un... Bill Foster, peut-être ? Avant qu'il devienne le héros connu sous le nom de Goliath, Foster était un spécialiste de la miniaturisation.

— Mémo, dit Tony à voix haute. Appeler Bill Foster demain.

La côte espagnole se fit plus nette, avec ses plages en pointillé. Et s'il s'arrêtait pour manger des tapas ? Non. Pas aujourd'hui. Il déroula le menu de son téléphone et sélectionna «Rappeler dernier numéro». Une option apparut : «Vidéo ?» Il sélectionna «Oui».

Son champ de vision fut alors envahi par une apparition cauchemardesque : une créature étincelante évoquant un insecte, recouverte d'un métal brillant rouge et or, et dotée de bras et de jambes minces parcourus de crépitements électriques. Des lentilles effilées et dorées cachaient ses yeux, lui conférant un air de froide cruauté. Elle avait une forme vaguement humaine, hormis les quatre tentacules métalliques qui jaillissaient de son dos et fouettaient l'air dans des mouvements saccadés.

Tony perdit l'équilibre, mais se reprit rapidement. Il avait à présent dépassé l'Espagne et se dirigeait vers l'Italie en survolant la mer Tyrrhénienne.

— Tony ? Tu es là ?

La voix au timbre juvénile était familière et amicale.

— Peter Parker, dit Tony en riant.

— J'ai failli te causer une attaque, hein ? Désolé, ce n'était pas drôle.

— Il n'y a pas de mal, Peter.

Tony prit la direction du sud, s'éloignant de la Bosnie pour aller contourner la pointe de la Grèce.

— J'aurais dû reconnaître ce costume… c'est moi qui l'ai fabriqué après tout. C'est juste que je ne l'avais encore jamais vu porté.

Sur son écran vidéo, Tony regarda Peter Parker – alias Spider-Man – sauter sur une table avec grâce et agilité.

— Alors ? demanda celui-ci en prenant une pose digne d'un mannequin de *Vogue*, son visage encadré par ses tentacules de métal. Tu en penses quoi ?

— C'est tout toi, mon chou.

Tony vérifia l'origine de l'appel. Il provenait bien de la Tour des Vengeurs, ce qui expliquait qu'il ait pu accéder à la fonction vidéo. Il comprit également pourquoi Peter l'avait appelé.

— Sérieusement, Tony, et tu me connais, je ne suis pas souvent sérieux… ce costume, c'est de la bombe.

— Si j'étais toi, j'éviterais de prononcer ce mot trop souvent.

Spider-Man tapota les lentilles dorées.

— Au fait, qu'est-ce qu'il y a là-dedans ?

— Des filtres infrarouges et ultraviolets. Au niveau des écouteurs, tu es connecté avec les pompiers, la police et les urgences. (Tony sourit ; il adorait parler de son travail.) Sur la bouche, tu as des filtres au carbone contre les toxines, et il y a un GPS dans la plaque thoracique.

— Super, comme ça je ne me perdrai plus dans West Village ! Pourquoi ont-ils fait toutes ces rues transversales, franchement ?

— C'est parce que… Attends une minute, Peter…

La Jordanie était en vue, et juste après, l'Arabie Saoudite. Tony actionna le dispositif antiradar de son armure et un picotement familier parcourut tout son corps. Il était à présent indétectable par les radars et satellites et invisible à l'œil nu au-delà de quinze mètres.

— ...parce que tu ne sais jamais où tu vas te retrouver.

Il fit une recherche complète sur Peter et lut rapidement le dossier.

— Comment va ta tante ?

— Mieux, merci. Son problème cardiaque s'est avéré moins grave qu'on le craignait.

— Ravi de l'entendre.

— Tony, je ne sais pas comment te remercier. Vraiment. Ce vieux costume en tissu que j'avais fabriqué quand j'avais quinze ans... c'était devenu une loque.

— J'ai également incorporé un maillage de toile qui devrait te permettre de planer sur de courtes distances, précisa Tony.

— Tony...

— L'ensemble est fait en microfibre Kevlar résistante à la chaleur. Aucun projectile de puissance inférieure à un obus de moyen calibre ne pourra la percer.

— Tony, je ne suis pas sûr de pouvoir accepter.

Tony fronça les sourcils et actionna les dispositifs de post-combustion. Le désert défilait à vive allure, ses collines brunes ondulant sous un soleil implacable.

— Ce costume est un cadeau, Peter.

— Je sais. Je parlais de l'autre sujet.

Les tentacules se contractèrent sur le dos de Peter. *Il n'a pas encore l'habitude des commandes mentales*, pensa Tony.

— J'ai besoin de toi, Peter.

— Je suis flatté. Il n'y a pas beaucoup de filles qui m'ont dit ça ces derniers temps.

— De ce côté-là aussi, je peux t'aider.

— Tony, je ne vais pas pouvoir remplacer un dieu.

C'était donc ça.

Tony marqua une pause et rassembla ses idées. Il avait conscience que les minutes suivantes seraient décisives. Elles pourraient changer le cours de sa vie, et celle de Peter aussi.

— Et puis je n'ai pas l'habitude de travailler en équipe, ajouta Peter. Je ne suis que le sympathique Spider-Man d'à côté. Vous, vous opérez à une autre échelle.

Tony augmenta le niveau de sensibilité de son micro. Lorsqu'il reprit la parole, sa voix était légèrement plus profonde.

— Peter, commença-t-il, il se passe beaucoup de choses en ce moment. As-tu entendu parler de la Commission d'enquête du Sénat sur les surhumains ?

— Non, mais je sens que ça va être sympa.

— Ils préparent un certain nombre de mesures qui auront des conséquences majeures sur la façon dont toi et moi menons notre existence. L'ère du loup solitaire touche à sa fin, Peter. Le monde *entier* est ton terrain de jeux, dorénavant. Si tu veux continuer à sauver des vies, à aider les gens, à utiliser tes talents pour le bien-être de l'humanité, tu vas avoir besoin d'une structure pour te soutenir.

Spider-Man ne répondit pas. Il était impossible de lire son expression sous le maillage métallique de son costume.

— Les Vengeurs sont une équipe puissante, poursuivit Tony. Cap, Tigra, Miss Marvel, Œil de Faucon, le Faucon, Goliath… même Luke Cage s'est fait sa place. Mais personne ne pense à ma façon, personne n'a ma compréhension de la science et de la technologie, ma vision du futur.

— Ha ! Je n'arrête pas de m'inquiéter pour l'avenir, en ce moment.

— Peter, je ne te demande pas de *remplacer* Thor. Personne ne le pourrait. Mais j'ai besoin de ta force naturelle, de ton esprit vif. Tu es un élément essentiel du Projet Vengeurs, à présent.

Spider-Man bondit et se mit à arpenter nerveusement le plafond de la salle de conférences de la Tour. Ses tentacules s'agitaient et fouettaient l'air dans tous les sens. Il ressemblait plus que jamais à une araignée.

L'Inde fut vite dépassée. Puis la Thaïlande. Et l'Indonésie.

— J'aurai une bonne mutuelle ? demanda Spidey.

— Bien meilleure que celle qu'Obama t'offre actuellement.

— Alors c'est d'accord.

— Parfait.

Les contours de l'Australie se profilaient à l'horizon.

— Je serai de retour dans trois heures. On prendra un verre à la Tour pour fêter ça, disons à 14 heures ?

— Eau gazeuse, bien sûr.

— Tu me connais. (Tony marqua une pause.) Peter, j'ai un petit problème de satellite. On se retrouve cet après-midi.

— Un problème de satellite ? Mais tu es où, là ?

— Si je te le dis, tu ne me croiras pas.

— Tout va bien ?

— Quelques ennuis avec les nouvelles microcommandes de mon armure… mais rien de grave. Ça va.

— Bon. Et, euh, encore une fois, merci.

— On va réaliser de grandes choses, Peter. Merci à *toi*.

Tony coupa la communication.

Il jeta un œil en bas tandis que la Nouvelle-Zélande s'éloignait. Il partit vers la gauche, puis vira au nord, et enclencha le dispositif post-combustion au maximum de sa puissance. Il perçut à peine le premier bang supersonique ; le second fit légèrement résonner ses tympans.

Tony en avait assez de ce vol. Il avait hâte de rentrer chez lui, de retourner au travail. De démarrer une nouvelle vie.

Enrôler Peter au sein des Vengeurs avait été sa priorité. Tony appréciait sincèrement le jeune homme, et il n'avait pas menti en lui exprimant son admiration pour ses talents scientifiques et sa vive intelligence. Il était impatient de devenir son mentor.

Mais il y avait un autre point qu'il n'avait pas évoqué. Tony n'était pas seulement intéressé par le génie scientifique qu'était Peter Parker. Sous son identité de Spider-Man, Peter était à ce jour l'un des métahumains les plus puissants de la planète, ce qui faisait de lui un atout à exploiter… mais aussi un danger potentiel à surveiller.

Mieux valait l'avoir sous la main.

Tony regarda l'océan Pacifique, en contrebas, et vit apparaître les petites îles d'Hawaii. Il ralentit un peu, s'imaginant déjà sur la terrasse d'un hôtel avec un verre de Virgin Colada à la main, et de jolies femmes s'éclaboussant dans l'eau et remontant vers la plage, le corps luisant.

Non. Pas aujourd'hui.

Le temps que Tony atteigne la Californie, il avait déjà huit messages de Pepper sur son répondeur. Des rendez-vous, des appels téléphoniques, des contrats. À mesure que les messages se succédaient, la voix de Pep semblait de plus en plus agacée.

Bah, pensa Tony. *Elle n'est plus à une minute près…*

Les étendues salées de l'Utah défilèrent, puis les magnifiques montagnes enneigées du Colorado. Les plaines nues du Kansas, et les forêts luxuriantes du Missouri.

Tous ces paysages sont si beaux.

Quand il aperçut les Appalaches, il appela Happy.

— Je vais avoir besoin d'une voiture, Hap.

— Tu es toujours à l'hôtel ? demanda Happy en étouffant un petit rire. J'ignore ce qui coule dans tes veines, mais on devrait le mettre en bouteille et le vendre comme du Viag*rrrrrrrr*…

Un déferlement de lumières et de signaux d'alerte l'assaillit, couvrant la voix de Happy. Tony cligna des paupières, oscilla au-dessus de Pittsburgh et, d'un ordre mental, il supprima toutes les notifications.

— Toujours là, Happy ?

— Oui, chef.

— Reste en ligne.

Tony activa le flux RSS, qui se chargea lentement. Il passa en revue les chaînes d'information câblées. Les derniers bulletins étaient très confus, et même inquiétants. Il était question de centaines de morts… d'un énorme cratère, en plein milieu de…

Il distinguait à présent la Tour des Vengeurs, qui se détachait sur la ligne d'horizon de Manhattan.

— Retrouve-moi à la Tour, Happy, dit-il. Aussi vite que…

Soudain, ses capteurs optiques signalèrent une colonne de fumée qui s'élevait dans le ciel sur sa gauche. À quelques kilomètres au nord. Non… plus loin que ça, en dehors de la ville. À soixante kilomètres au moins.

Une *immense* colonne de fumée.

Il avait dû se passer quelque chose de terrible.

— Changement de programme, Hap. Attends mes instructions. Je mets le cap sur...

Il s'arrêta, pointa le GPS en direction de l'épais panache de fumée noire qui montait dans les airs.

— ... Stamford, dans le Connecticut.

DEUX

LA PREMIÈRE PENSÉE qui vint à l'esprit de Spider-Man lorsqu'il arriva à Stamford fut : *Pour ma première mission en tant que Vengeur, je suis gâté.*

Les sirènes des ambulances hurlaient aux abords de la ville. Des habitants inquiets échangeaient des nouvelles sur le pas de leur porte. Quelques hommes d'affaires pestaient contre leur téléphone : le réseau était surchargé. Tout le monde avait les yeux rivés vers le nord et l'épais nuage noir qui marquait le lieu de l'explosion.

Spider-Man s'arrêta à une intersection et regarda vers le ciel. La colonne de fumée s'éclaircissait un peu à présent, mais une brume sombre artificielle recouvrait toute la ville. Les lentilles de son nouveau costume étaient sans doute en mesure d'analyser la composition de ce brouillard, mais au fond, cela ne l'intéressait pas vraiment.

Spidey savait qu'il se devait d'être ici. Mais Tony ne répondait pas à ses appels, et aussi idiot que cela puisse paraître, il ne savait pas comment joindre les autres membres des Vengeurs. Il avait donc sauté sur un camion qui roulait vers le nord et, une fois la circulation bloquée, il avait fait les cinq derniers kilomètres à pied.

Un Quinjet des Vengeurs fendit le ciel à grande vitesse, en direction de la zone du sinistre. Spider-Man tendit le bras, lança un jet de toile pour l'enrouler autour d'un réverbère, et s'élança à la poursuite de ses nouveaux coéquipiers.

Un kilomètre plus loin, des barrages de police bloquaient la route principale. Au-delà, Spidey ne voyait que désolation : bâtiments effondrés, véhicules de secours aux gyrophares allumés, lambeaux de tissu retombant dans les rues envahies par les décombres. Des riverains paniqués apostrophaient les policiers, se faisant menaçants ou implorants dans leur quête désespérée de nouvelles de leurs proches.

Juste devant les barrages, un petit groupe s'était rassemblé, les yeux levés. Un vieux bâtiment abritant une bibliothèque, haut de quatre étages et surmonté d'un dôme ornementé, craquait de toutes parts et menaçait de s'écrouler. Spider-Man ajusta ses lentilles pour analyser la cause du problème : un éclat de béton s'était encastré dans un mur, sans doute projeté depuis l'autre bout de la zone sinistrée. Une vieille femme et un homme avec des béquilles sortaient péniblement par la porte d'entrée de la bibliothèque, poussés par des policiers.

Mais ce n'était pas ce que fixait le groupe. Sur un côté du dôme, près du sommet du bâtiment, se glissait la silhouette rouge sombre de Daredevil, l'Homme sans peur.

Spider-Man contracta ses muscles et bondit. Il faillit dépasser la zone qu'il visait, car les amplificateurs musculaires intégrés à sa nouvelle armure s'étaient déclenchés automatiquement. Mais il se retourna en plein vol et, en moins d'une seconde, il se posa en douceur sur le mur extérieur du bâtiment. Ses doigts s'accrochèrent à la façade en briques, telles des pattes d'araignée.

Si Daredevil avait été surpris, il n'en laissa rien paraître. Son sens radar avait dû l'alerter.

— Peter, dit-il. C'est toi ?

— En chair et en os, Matt. (Spider-Man marqua un temps et tapota d'un doigt sa lentille métallique.) Et en acier, je suppose.

Sous eux, l'immeuble craquait et vacillait.

— Il y a un gamin piégé à l'intérieur, dit Daredevil. Tu me donnes un coup de main ?

— Comme d'hab'.

Daredevil tenta d'ouvrir une fenêtre. Elle était verrouillée. Spider-Man lui tapa sur l'épaule et, après s'être concentré, il étendit un des tentacules qu'il avait au dos de son costume. L'appendice finit par se figer devant la fenêtre, puis lui asséna un coup violent. La vitre vola en éclats.

Daredevil se tourna vers lui.

— D'où tu sors ce costume ?

— Un type du nom d'Anthony Stark l'a fabriqué pour moi. Tu as peut-être entendu parler de lui ?

Daredevil se renfrogna, les lèvres pincées sous sa cagoule rouge. Puis il se détourna et plongea dans l'immeuble.

Spider-Man haussa les épaules et le suivit, se servant de ses tentacules pour enlever les morceaux de verre encore accrochés à l'encadrement de fenêtre.

Le bureau était vide, silencieux. Pas d'électricité. Des ordinateurs éteints sur deux tables recouvertes de documents.

— Tu sais où est ce gosse ? demanda Spider-Man.

Mais Daredevil se concentrait, scannant le sol de son sens radar. Il se dirigea vers la porte, Spidey sur ses talons.

— Matt, comment vas-tu, au fait ? Je sais que toutes ces histoires d'identité ont été très stressantes pour toi.

Daredevil ne répondit pas immédiatement. Six mois auparavant, un tabloïd en lien avec la mafia avait révélé au public son identité secrète : Matt Murdock, avocat engagé dans la lutte contre le crime organisé. Il avait dû faire face à un harcèlement médiatique et une avalanche de plaintes. Matt avait alors pris le risque de tout nier en bloc, jurant publiquement qu'il n'était *pas* Daredevil – ce qui bien sûr était faux. Spider-Man n'était pas vraiment d'accord avec la décision de son ami, cela posait un problème moral selon lui. Mais Matt avait su le persuader que c'était la seule option possible pour lui.

— Ça va, dit-il d'un ton peu convaincu. Hé ! Hé là !

Dans une pièce compartimentée, une fillette de sept ans était recroquevillée au sol, contre une cloison. Le bâtiment tremblait, et elle poussait des petits cris plaintifs.

Lorsqu'elle vit Spider-Man, elle se mit à hurler.

Tout le monde n'est pas encore habitué à mon nouveau look, pensa-t-il.

— Je m'en occupe, dit Daredevil.

Cinq minutes plus tard, ils étaient à l'extérieur de l'immeuble. Daredevil remit la fillette à sa mère, tandis que des policiers surveillaient la scène attentivement. La femme lança un regard suspicieux à Daredevil, puis à Spider-Man. Elle partit ensuite en courant.

— Même pas un merci, soupira Spidey.

Daredevil se tourna vers lui.

— Comment pourrait-on lui en vouloir, après ce qui s'est passé aujourd'hui ?

— Je ne sais *pas* ce qui s'est passé aujourd'hui.

— Ça craint, Peter. Pour nous tous.

Spider-Man fronça les sourcils.

— Tu veux bien m'en dire un peu plus ?

— Je parle de la Loi de Recensement des Surhumains.

Spidey haussa les épaules, et les tentacules, d'un air impuissant.

Daredevil leva les yeux vers le ciel, et Spider-Man suivit son regard. La silhouette rouge et or d'Iron Man filait comme un éclair en direction du lieu de l'explosion.

— Demande à ton nouveau meilleur ami, poursuivit Daredevil.

Lorsque Spidey baissa les yeux, Matt était parti.

Sauter par-dessus le barrage de police ne lui posa aucun problème. Spider-Man entendit un agent lui crier quelque chose, sans conviction, avant de retourner à son poste. La police de Stamford avait suffisamment de pain sur la planche.

À l'intérieur de la zone interdite au public, les rues n'étaient plus que chaos. Des maisons s'étaient effondrées sur elles-mêmes, d'autres étaient ensevelies sous des amas de décombres. Les équipes de secouristes s'affairaient en tous sens, transportant les morts et les blessés vers des ambulances ou, lorsque la chaussée était trop accidentée, vers des Jeep équipées à la hâte de matériel médical.

Et le ciel… le ciel était empli de cendres, comme une sorte de brume grise. Le soleil la traversait trop faiblement pour projeter des ombres, globe rouge éteint à peine visible à travers le nuage de poussière.

Un battement d'ailes attira l'attention de Spider-Man. Le Faucon, un homme noir et musclé vêtu d'un costume rouge et blanc, s'apprêtait à se poser à un pâté de maisons de là. Spidey observa son atterrissage et aperçut Captain America en grande tenue, en train de discuter avec des médecins.

Cap et le Faucon avaient été régulièrement partenaires, depuis des années. Ils échangèrent quelques mots – Spidey était trop loin pour les entendre – et coururent vers une maison encore en flammes.

— Cap ! appela Spidey.

Captain America se retourna et lui jeta un regard sévère. Puis il reprit sa course en direction du bâtiment en feu.

Spidey secoua la tête. *Qu'est-ce que cela signifiait ?* Il leva la main pour lancer un jet de toile, bien décidé à suivre Cap et le Faucon…

— Hé, vous êtes un Vengeur ?

C'était un secouriste. Il avait abaissé le masque de protection qui lui recouvrait le visage. Il semblait épuisé, impatient.

— Oui, répondit Spider-Man. Je suppose que oui.

— On a besoin d'aide, poursuivit-il en montrant du doigt un amas de pierres, les restes d'un vieux bâtiment administratif qui s'était effondré. Les détecteurs de mouvement ont repéré un signal à six mètres de profondeur, mais nos pelleteuses ne sont pas encore arrivées.

— Compris. Vous me faites un peu de place, les gars ?

C'est le moment de tester ce nouveau costume.

Il se mit alors à creuser, utilisant ses tentacules pour déblayer les pierres et le ciment, les débris de bureaux, de murs, de plafonds effondrés. Il parvint au niveau du rez-de-chaussée et continua à s'enfoncer dans le sous-sol de l'immeuble, puis dans le deuxième sous-sol. Il descendit prudemment, retenu par un harnais de toile.

Il balançait ses tentacules pour enlever des gravats ou perforer des planchers. Avant, cela lui aurait demandé beaucoup plus d'efforts : il aurait dû soulever les plafonds avec sa toile et se frayer un chemin au milieu des éboulis par la seule force de ses muscles.

C'était beaucoup plus facile à présent. Et plus naturel, même.

Avant que Spider-Man en ait pris conscience, les secouristes étaient derrière lui, agrippés à des cordes. Ils inspectèrent le deuxième sous-sol tandis que Spidey renforçait le plafond grinçant par des couches successives de toile. Lorsqu'ils parvinrent à localiser cinq survivants, ils installèrent un système de poulies pour remonter les blessés à la surface. Les rescapés avaient inhalé beaucoup de poussière, et l'un d'eux avait une jambe cassée. Mais ils s'en sortiraient tous.

Peter remonta à la surface à son tour et fut accueilli par les applaudissements des secouristes. Et ceux de deux autres individus : Tigra, la femme-chat, et Luke Cage, alias Power Man.

Tigra tendit les bras et étreignit Spider-Man en le soulevant à moitié tandis qu'il sortait du bâtiment. Son corps recouvert de fourrure était chaud et musclé, et le bikini qui lui servait de costume ne cachait que le strict minimum. Elle retint Spidey contre elle, faisant durer le plaisir.

— Bienvenue chez les Vengeurs, dit-elle en souriant et en détaillant d'un air gourmand la silhouette mince de Spider-Man. Il était temps qu'on ait des hommes sexy dans cette équipe.

— Merci. J'aurais aimé qu'on se rencontre dans des circonstances moins… disons… apocalyptiques.

— Les Vengeurs m'ont sauvé la vie. (Tigra était sérieuse, à présent.) Après ma transformation. Cap et Iron Man… Si je n'avais pas eu le soutien de cette équipe, je ne sais pas ce que je serais devenue.

Cage, héros issu du ghetto de Harlem, portait un jean sale, un T-shirt noir moulant et des lunettes de soleil qui cachaient ses yeux. Son visage à la peau sombre était couvert de terre et de suie. Il donna une tape dans le dos de Spider-Man.

— Et toi ? lui demanda Spider-Man. Est-ce que faire partie des Vengeurs t'a aidé ?

— Ça ne date que de quelques mois. Si j'étais resté en prison, je ne pourrais même pas prétendre à la liberté conditionnelle.

Cage baissa ses lunettes et examina Spidey de plus près.

— Intéressants, ton costume.

— Création originale de Tony Stark. Il sera commercialisé dans tous les supermarchés l'an prochain.

— Venez, les interrompit Tigra. Allons voir si Cap a besoin d'aide.

Elle détala à quatre pattes, se frayant un chemin entre des feux de signalisation et des poteaux téléphoniques abattus. Cage fit un rapide signe de tête à Spidey, et ils la suivirent.

Devant eux, un immeuble en brique isolé était en proie au feu. Goliath, le dernier d'une longue lignée de héros capables de changer de taille, avait déployé ses six mètres et enlevait des fragments du toit. Il se pencha, puis recula face à l'assaut des flammes, et s'empara d'une plaque de goudron. Il la projeta en l'air et Miss Marvel vint se placer juste au-dessous. Grâce à un rayon d'énergie, elle calcina immédiatement le morceau de bitume.

Spider-Man fronça les sourcils.

— C'est une caserne de pompiers ? En *flammes* ?

— Une ancienne caserne de pompiers, corrigea le Faucon en se posant en douceur devant eux. Elle avait été transformée en appartements. Mais maintenant, c'est une ruine.

Cage s'avança et donna une rapide accolade au Faucon. Ils avaient tous deux grandi dans le même quartier.

— Cap est là-dedans ?

— Il est monté tout de suite. On doit surveiller l'extérieur.

— Où sont les pompiers ? demanda Spidey.

Le Faucon désigna le chaos qui les entourait, les lumières qui clignotaient.

— Ils arrivent.

Un homme entre deux âges sortit en trébuchant du bâtiment, toussa et tomba à genoux. Le Faucon s'éleva dans les airs et siffla ; deux médecins arrivèrent en courant.

Œil de Faucon, le tireur d'élite, sortit à son tour de l'immeuble, tenant deux petits enfants dans ses bras vigoureux. Son costume violet était roussi par le feu et déchiré; une des sangles de son carquois avait entièrement brûlé. Il confia les enfants aux médecins et chancela, pris de vertige.

Plus haut, Goliath enlevait un autre morceau du toit.

— Une chaudière à gaz, prévint-il. Elle est toujours en fonctionnement.

Le Faucon se posa à côté de l'Archer, et le conduisit auprès de Spidey et du reste de l'équipe.

— Beau travail, Œil de Faucon. Où est Cap ?

L'Archer toussa et fit une grimace.

— Toujours à l'intérieur. Je croyais qu'on avait retrouvé tout le monde, mais il a dit que… il a insisté pour…

Il fut pris d'une nouvelle quinte de toux et se plia en deux.

— Tu devrais voir un médecin, toi aussi.

Mais Œil de Faucon se redressa lentement, une lueur malicieuse dans les yeux. Il attrapa une flèche dans son carquois, tendit le bras et piqua le torse de Spider-Man avec la pointe.

— Et louper le bizutage du bleu ? dit-il en souriant. Bienvenue chez les Vengeurs, Tisseur.

Pour une fois, Spider-Man ne sut quoi répondre. Il resta là un long moment…

…et soudain, une explosion retentit dans l'ancienne caserne des pompiers. Des flammes jaillirent de la porte d'entrée. Goliath fit un immense pas en arrière et faillit tomber. Miss Marvel partit se réfugier dans les airs, regardant la scène avec horreur, comme ses compagnons.

— Cap, murmura le Faucon.

Une silhouette apparut alors dans l'encadrement de la porte, se détachant sur l'incendie qui faisait rage. Un homme grand, musclé, dans un uniforme déchiré rouge, blanc et bleu. Captain America, la légende vivante de la Seconde Guerre mondiale, sortit du brasier pas à pas, prudemment. Il portait une femme inconsciente dans ses bras puissants.

Des médecins accoururent pour lui prendre son fardeau.

— Brûlures au troisième degré, constata l'un d'eux. Mais elle est encore en vie.

— Mettez-la dans la Jeep.

— Cap ! s'écria Tigra.

Cage, le Faucon et Œil de Faucon la suivirent vers le bâtiment. Cap, pris d'une quinte de toux, leur fit signe de s'éloigner. Il sourit au Faucon, donna une tape dans le dos de l'archer et posa un bras rassurant autour des épaules de Tigra.

Puis il se tourna vers Spider-Man et son expression s'assombrit.

— Spider-Man vient juste d'arriver, expliqua Tigra. C'est sa première mission en tant que Vengeur.

Cap lui tendit la main, l'air sévère. Mal à l'aise, Spidey la lui serra et sentit sa poigne de fer.

— Pas le style auquel je m'attendais, dit Cap.

Derrière eux, un camion de pompiers arriva enfin, toutes sirènes hurlantes. Les hommes déroulèrent des tuyaux et commencèrent à éteindre le feu.

Cap garda la main de Spider-Man dans la sienne un long moment. Cage et le Faucon échangèrent un regard. Œil de Faucon se passa la main sur la nuque, l'air gêné.

Sous son masque, Spider-Man se renfrogna. Il avait l'impression d'être de nouveau au lycée, quand il portait ses grosses lunettes et qu'il ne savait plus où se mettre lorsque le beau gosse de la classe le dévisageait avec mépris.

— Euh, je dois voir Tony, finit-il par dire. Quelqu'un sait où il est ?

LORSQUE SPIDER-MAN ATTEIGNIT le cratère, il prit conscience de l'étendue de la catastrophe. Des quartiers entiers avaient été complètement rasés, réduits en cendres et en débris compactés. À la limite de la zone de souffle, la moitié d'un bâtiment abritant une école tenait encore debout. L'autre moitié avait été pulvérisée et s'était effondrée dans le cratère.

Le Quinjet des Vengeurs s'était posé dans la cuvette, à côté de l'avion des Quatre Fantastiques. La brume était plus épaisse dans cette fosse, la plongeant dans une sorte de crépuscule surnaturel.

Spidey sauta sur le toit du Quinjet.

— Chef, commença-t-il.

Iron Man lui fit un signe de la main qui signifiait «Attends une minute». Tony était en pleine discussion avec Red Richards, alias Mister Fantastic. Au milieu du cratère dévasté, Red avait installé un réseau d'ordinateurs portables, de bornes Wi-Fi et de détecteurs sensoriels. Ben Grimm, alias la Chose, sortait un énorme ordinateur de l'avion, contractant ses biceps de pierre orange.

Les autres membres des FF les regardaient: Jane Richards, l'épouse de Red, appelée la Femme Invisible, et son frère Johnny Storm, la Torche. Johnny avait les yeux écarquillés, comme s'il était en état de choc. De petites flammes incontrôlées parcouraient ses bras et ses épaules par intermittence.

Un mouvement attira soudain l'attention de Spider-Man. Il se retourna et vit Wolverine, accroupi à l'autre bout du cratère, en train de renifler l'air.

— …crois qu'il n'y a pas d'autres survivants, disait Red, les yeux fixés sur un écran. Aussi près de la déflagration, il n'y en a pas eu beaucoup.

— Que… (Johnny marqua un silence et reprit.) Qu'est-ce qui a provoqué ça?

— Les New Warriors, répondit Tony. Je viens de voir la vidéo… Elle a été transmise en différé à leur studio. Au nom de l'audimat, ils se sont attaqués à une bande de super-vilains dont les pouvoirs étaient bien supérieurs aux leurs.

— Ils l'ont payé cher. (Red avait un air grave.) Je ne détecte aucun rescapé dans cette zone.

— Je confirme, lança Wolverine. Je ne sens aucun être vivant.

— Pas même Nitro? demanda Tony. C'est lui qui a causé l'explosion.

Spidey fronça les sourcils.

— Quel genre de cinglé est capable de tout faire sauter en sachant qu'il va mourir avec ses victimes? On a des *bombes humaines* chez les super-vilains, maintenant?

Lorsque Tony se tourna vers lui, Spider-Man vit rougeoyer les fentes des yeux de son armure pour la première fois.

— Si je pouvais lui demander, je le ferais. Mais ça ne sera pas possible.

— Des gamins, dit Johnny. (Il tenait un lambeau de tissu bleu et or, un petit morceau du costume de Speedball.) Ils n'étaient que des gamins.

Spider-Man se rapprocha de Johnny et posa une main sur l'épaule de son ami de longue date.

— Ça va, Tête d'allumette ?

Mais Johnny s'écarta de lui en grimaçant et s'enflamma. Sans un mot, il s'envola dans le ciel opaque.

— Je vais le suivre pour m'assurer qu'il va bien, déclara Jane en se dirigeant vers le Quinjet. Vous pourrez vous débrouiller pour rentrer ?

— Oui, bien sûr, répondit Red.

Ils échangèrent un long regard complice.

Spider-Man se prit à penser : *Est-ce que j'arriverai à être aussi proche d'une femme, un jour ?*

— Red, dit Tony, je vais avoir besoin de toutes les données que tu peux rassembler. L'audience au Sénat est prévue pour la semaine prochaine… C'est la pire date possible compte tenu de ce désastre.

— Tony ! cria Spider-Man.

Mais Iron Man était déjà dans les airs, décrivant un arc pour sortir du cratère.

Désemparé, Spider-Man le suivit à une courte distance. Derrière lui, Red Richards entreprenait d'installer un nouvel appareil avec la Chose.

Captain America se tenait juste au bord du cratère, regardant le dernier blessé que l'on évacuait à bord d'une ambulance. Tony se posa près de lui.

— Tous ces enfants, Tony, dit Cap d'une voix rauque, plus grave encore que d'habitude. Le responsable des secours parle de neuf cents victimes. Tout ça pour une stupide émission de téléréalité.

— Ils auraient dû nous appeler, répondit Tony. Les New Warriors, je veux dire. Night Thrasher savait pertinemment qu'ils n'étaient pas de taille.

Cap le fixa un instant et tourna les talons. Il s'approcha rapidement d'une ambulance et commença à discuter avec le chauffeur.

Spider-Man s'avança.

— Tony, répéta-t-il, je suis à ta disposition. Dis-moi ce que je dois faire.

— Il n'y a rien à faire, Peter – enfin, Spider-Man. Si ce n'est sortir ton costume du dimanche du placard pour assister à des enterrements et présenter tes condoléances.

— Mais…

— Il ne s'agit pas d'un crime à résoudre ou d'un super-vilain à affronter. C'est une tragédie.

— Ou une opportunité à saisir. Pas vrai, mec ?

Wolverine s'était glissé derrière eux en silence. Son visage était hostile, mais pas féroce. Il exprimait quelque chose de plus profond, de plus personnel.

— Tu vas bientôt à Washington, non ? Pour parler devant le Congrès de la situation des surhommes dans ce pays.

— Exact, Logan.

— Je me fiche complètement de ce que tu fabriques avec ces clowns, dit-il en désignant le Faucon et Miss Marvel, qui planaient au-dessus d'eux. Mais j'ai un message de la part des X-Men : nous sommes neutres. La communauté mutante reste en dehors de ces conneries.

— Tu fais aussi partie des Vengeurs, Logan.

Tony s'était approché de Wolverine, ses répulseurs rayonnant.

Aussitôt, le mutant recula, se mettant en position défensive. Ses griffes indestructibles jaillirent de ses mains, s'arrêtant à quelques centimètres de la poitrine d'Iron Man.

Derrière Tony, les autres Vengeurs s'étaient rassemblés : Goliath, Cage, Œil de Faucon. Tigra était prête à bondir, grondant doucement.

Captain America se tenait plus loin, près de l'ambulance. Il se pencha sur un brancard et hocha la tête à la vue du corps.

Tony s'éleva de quelques centimètres au-dessus du sol, tout au bord du cratère et, tel un dieu, il baissa le regard vers Wolverine. Lorsqu'il reprit la parole, sa voix avait un sifflement métallique.

— Tu devrais peut-être quitter l'équipe.

Wolverine lui tourna le dos et s'éloigna.

— Tu m'as ôté les mots de la bouche. *Chef*.

— Ne va pas trop loin, Logan.

Le mutant se retourna en grondant.

— C'est toi qui as intérêt à ne pas aller trop loin, mec.

Et il fila comme un animal sauvage, bondissant à une vitesse incroyable.

Les Vengeurs poussèrent un soupir et regardèrent autour d'eux d'un air gêné, tandis que les derniers véhicules de secours s'éloignaient bruyamment.

— Tony, dit Spider-Man, que vas-tu raconter à la Commission ?

Tony Stark ne répondit pas. Il se tenait au bord du cratère, regardant fixement devant lui. La brume grise se dissipait lentement pour révéler le soleil couchant.

Spider-Man était à ses côtés, avec ses nouveaux compagnons. Il était un Vengeur à présent, ce qui était censé être un nouveau départ pour lui. Mais pour neuf cents habitants de Stamford, Connecticut…

— … c'est la fin du voyage, murmura-t-il.

Tony se retourna brusquement. Un instant, Spider-Man eut l'impression qu'il allait le gifler. Mais le Vengeur en armure leva les yeux, actionna ses propulseurs et disparut sans dire un mot dans le ciel rouge sang.

TROIS

D<small>E L'EXTÉRIEUR</small>, le Blazer Club ne payait pas de mine. Une porte en verre à double battant couverte de traces graisseuses. Sur le trottoir, un cordon de velours violet pour délimiter l'entrée, et un auvent, comme dans les anciens cinémas, sur lequel se détachait en lettres de plastique l'inscription incomplète «Ce soir: Actes de venge nce».

Le videur dévisagea Jane Richards des pieds à la tête: ses chaussures plates, son vieux jean, sa coupe au carré. Il avait les yeux cachés derrière des lunettes noires, mais son sourire narquois en disait long. Il ne prit même pas la peine de secouer la tête.

Jane fit la moue et retourna se fondre dans la foule qui, fait inhabituel pour New York, attirait particulièrement le regard. Un groupe de cadres de Wall Street, riant fort et exhibant de grosses bagues. Deux jeunes touristes, d'une maigreur effrayante et couvertes de bijoux, se donnant du mal pour avoir l'air branchés. Un homme noir plutôt petit, musclé, avec une fille à chaque bras et une part de pizza dans une main. Une bombe de près de deux mètres, moulée dans une robe blanche au décolleté ravageur dont le contenu menaçait de déborder.

À l'intérieur comme à l'extérieur, le Blazer faisait plus penser à un club californien que new-yorkais. C'était sans doute la raison pour laquelle Johnny Storm, le frère de Jane, aimait tellement y aller.

Un Latino portant un T-shirt près du corps et une barbiche bouscula Jane, une Asiatique menue à sa suite. Le videur souleva la corde et les laissa entrer.

Jane serra les poings. Elle avait cherché Johnny tout l'après-midi, et c'était la seule tenue de ville qu'elle avait dans l'avion. Si elle n'était pas assez classe pour le Blazer Club, c'était *leur* problème.

Elle ferma les yeux, se concentra, et se volatilisa.

Jane Richards, la Femme Invisible, retourna à l'entrée du club et franchit aisément la corde. Elle dilata légèrement son champ de force en passant devant le videur, ce qui eut pour effet de le pousser contre un plouc boutonneux qui le baratinait pour entrer. Le videur se retourna, surpris, mais ne vit personne.

C'était mesquin, pensa Jane. Mais elle sourit quand même.

La salle principale du Blazer était immense, elle devait faire au moins la moitié d'un terrain de football. L'éclairage était tamisé et les murs de douze mètres de haut s'élevaient vers un plafond voûté. Des gens en tenues colorées dansaient nonchalamment ou se tenaient en petits groupes, criant pour s'entendre au milieu des vibrations de la musique techno hip-hop. Il y avait là des hommes en costume, des fils et filles à papa, et des mannequins spécialisées dans la lingerie et le fétichisme, balayant la salle de leurs yeux fardés à la recherche de l'agent ou du photographe à la mode.

Toujours invisible, Jane se fraya un chemin dans cette cohue. Sur la scène, une dominatrice vêtue en Veuve Noire posa son talon aiguille sur le dos d'un homme déguisé en Daredevil à quatre pattes devant elle, avant de le fouetter doucement. Les costumes étaient parfaitement imités : fermetures éclair, tour de cou et matraque, aucun détail ne manquait. Mais les clients ne semblaient pas s'en soucier.

Jane s'arrêta pour regarder le spectacle, plus pensive qu'émoustillée. *Je suis passée à côté de tant de choses, toutes ces années où j'ai élevé Franklin et la petite Valeria.*

Elle réalisa qu'elle ne connaissait même pas la chanson qui passait.

Johnny avait été particulièrement ébranlé par la catastrophe de Stamford. Enfant déjà, il était très émotif. Le nombre de victimes les avait tous choqués, mais Jane avait compris autre chose : l'âge de Johnny le rendait plus proche des New Warriors que les autres héros présents ce jour-là.

Et Johnny avait commis beaucoup d'erreurs dans sa propre vie.

J'aurais pu être championne olympique de natation, se rappela soudain Jane. *Quand j'avais quinze ans. Je m'entraînais tous les jours ; j'avais même réussi les épreuves de sélection. J'étais bien partie.*

Mais j'ai tout laissé tomber quand papa… n'a plus voulu se battre. J'ai tout laissé tomber pour m'occuper de mon petit frère.

Aujourd'hui encore, elle veillait sur lui.

Johnny n'était pas du genre à broyer du noir dans son coin quand il allait mal. Il partait chercher les ennuis. Ce qui voulait dire…

Un jeune homme portant une fine cravate se cogna contre Jane et faillit renverser un des quatre verres qu'il tenait. Il regarda autour de lui, perplexe. Jane se rendit de nouveau visible et marmonna d'un air gêné une excuse qui se perdit dans le bruit assourdissant de la musique. Le jeune homme cligna deux fois des paupières, fronça un instant les sourcils, puis haussa les épaules et lui tendit un cocktail de couleur marron.

Jane commença par secouer la tête, puis elle sourit et accepta le verre.

C'est alors que la musique s'arrêta. Un problème technique, visiblement. Jane se retourna en entendant s'élever des voix.

À l'autre bout de la salle, un escalier métallique conduisait à une plate-forme et une porte, à mi-hauteur du mur. Un groupe hétéroclite de fêtards s'était rassemblé, guettant quelque chose ou quelqu'un en haut de l'escalier. Une flamme orange vif jaillit de la plate-forme, et la foule recula en s'écriant : « Oooh ».

Johnny.

Laissant le jeune homme à la cravate en plan, Jane se fraya un passage parmi la foule. Elle essaya d'appeler son frère, mais il y avait trop de bruit dans la salle. Lorsqu'elle parvint en bas de l'escalier, elle vit Johnny devant la porte, saluant son public d'une main enflammée. Certaines personnes semblaient impressionnées ; d'autres… c'était difficile à dire. Une blonde vulgaire et manifestement ivre était pendue au bras de Johnny.

En haut de l'escalier, un videur ouvrit la porte.

— Salon VIP, monsieur Storm. Paris et Lindsay vous attendent.

— Merci, Chico. (Johnny sortit un billet de cinq dollars, auquel il mit le feu par mégarde.) Ha, désolé ! En voici un autre.

Jane leva les yeux au ciel et s'avança. Mais une femme corpulente, vêtue d'une robe moulante dos nu, lui barra l'accès à l'escalier en faisant claquer sa bottine sur la marche en métal.

— Depuis quand les ratés ont-ils accès au salon VIP ? demanda-t-elle.

Johnny s'arrêta devant la porte et se retourna lentement.

Non, pensa Jane, *ne fais pas ça, petit frère.*

— Tu sais quoi, poupée. (Les yeux de Johnny lançaient des éclairs.) La prochaine fois que *tu* sauves le monde des griffes de Galactus, je te prête ma carte de membre.

— Ça marche aussi si on fait exploser une école ?

Le compagnon de la femme, un homme élégant vêtu d'une chemise noire, lui passa un bras autour des épaules.

— Ou si on tue des gamins innocents, connard ?

Johnny, complètement ivre, s'approcha en titubant du bord de l'escalier.

— De quoi tu parles, play-boy ?

Le videur observait la scène, les sourcils froncés. La blonde lâcha le bras de Johnny et lui lança un regard inquiet.

Jane se concentra, prête à se rendre de nouveau invisible… mais elle s'arrêta en voyant l'expression de honte qui avait envahi le visage de Johnny.

— Écoutez, commença-t-il, je ne…

— Mec, dit un type corpulent, t'es vraiment gonflé de te la péter comme ça après ce qui s'est passé. J'aurais honte de sortir si j'étais toi.

Soudain pris de colère, Johnny s'avança en chancelant, et faillit tomber dans le vide.

— Qu'est-ce qui te prends de gueuler comme ça, mon gros ? J'ai rien à voir avec Speedball ou les New Warriors, moi ! Ces mecs sont au mieux des héros de seconde zone.

— Tueur de gosses !

La foule monta à l'assaut de l'escalier.

Puis tout s'enchaîna très vite. Jane s'entoura d'un champ de force et grimpa l'escalier métallique en bousculant des clients qui se retrouvèrent pressés contre la rampe. D'autres dégringolèrent jusqu'au sol. Jane gravissait les marches quatre à quatre, quand elle entendit un fracas de verre brisé et un cri de douleur.

La musique revint, plus assourdissante que jamais.

Lorsque Jane parvint en haut de l'escalier, Johnny était étendu par terre, sa tête en sang entre les mains. La femme en robe moulante lui faisait face, le visage déformé par la haine, serrant une bouteille cassée dans sa main. Le videur se tenait au bord de la plate-forme et repoussait les gens.

La blonde poussa un petit cri aigu et disparut dans le salon VIP, faisant claquer la porte derrière elle.

Jane attaqua Robe Moulante en projetant des rafales d'énergie invisible de ses mains. Mais la femme eut le temps de porter un nouveau coup violent sur la tête de Johnny avant que Jane se jette sur elle. Elle la souleva avec un champ de force, la poussa par-dessus la balustrade et la regarda tomber sur la foule en contrebas.

Johnny se tordait de douleur. Son sang dégoulinait au travers du grillage métallique, tombant comme une pluie rouge sur les danseurs. Ses bras s'enflammèrent un court instant, puis ses jambes. Il serrait son crâne entre ses mains en gémissant.

D'autres clients montaient à présent l'escalier, prêts à laisser exploser leur colère. Certains d'entre eux avaient le visage éclaboussé du sang de Johnny. *Ils veulent le tuer*, réalisa Jane. *Ils veulent tous nous tuer.*

Des videurs s'interposèrent pour tenter de repousser la marée humaine. Mais elle avançait toujours, telle une meute prête à le lyncher. Alors que la horde était parvenue en haut de l'escalier, Jane s'accroupit à côté de son frère et généra un champ de force impénétrable autour d'eux. Les deux premiers assaillants rebondirent violemment contre l'obstacle et dégringolèrent sur ceux qui les suivaient.

Johnny ne bougeait plus, à présent.

— Mon frère ! hurla Jane en essayant de couvrir le vacarme de la musique et des cris. Appelez une ambulance pour mon frère !

QUATRE

— Tout d'abord, je tiens à vous remercier d'être venus. C'est très important... pour moi, et surtout pour tous vos amis, voisins et proches qui ont perdu un être cher dans cette tragédie qui aurait pu *être évitée*.

```
Véritable nom : Henry Pym
Autres noms : HOMME-FOURMI, GIANT-MAN, POURPOINT
   JAUNE
Groupe d'appartenance : Ancien Vengeur
Pouvoirs : peut modifier sa taille, voler, lancer des
   décharges électriques
Nature du pouvoir : artificiel
Lieu de résidence : New York, NY
```

Tony Stark activa le clavier de son iPhone et nota : « Retraité. Inoffensif. »

— En de telles circonstances, il est crucial que notre communauté resserre ses rangs. Nous ne devons pas sombrer dans la haine et l'amertume. Le Seigneur est seul juge.

```
Véritable nom: Robert Reynolds
Autres noms: SENTRY
Groupe d'appartenance: Les Vengeurs
  (occasionnellement)
Pouvoirs: force immense, invulnérabilité et autres
  aptitudes inconnues
Nature du pouvoir: inné
Lieu de résidence: inconnu
```

Tony se renfrogna et tapa: «Problème potentiel. Le retrouver et le rallier.»

— Cela dit, poursuivit le prêtre en baissant les yeux et ôtant ses lunettes, dans notre douleur, nous ne devons pas oublier les causes de ce drame, ni accorder notre pardon à ses auteurs. Le pardon lui aussi est le privilège du Seigneur.

```
Véritable nom: Robert Bruce Banner
Autres noms: HULK
Groupe d'appartenance: aucun
Pouvoirs: force déclenchée par la colère — limites
  non mesurables
Nature du pouvoir: inné
Lieu de résidence: exilé dans l'espace
```

Tony frissonna.

L'église était immense et contenait plusieurs centaines de bancs; mais en ce jour, elle était pleine. Jeunes, vieux, hommes, femmes, tous avaient revêtu le noir du deuil.

Tony s'était assis au cinquième rang, et ses pensées tourbillonnaient dans sa tête. Il n'avait pas dormi de la nuit. Depuis le drame, il s'était réfugié dans la suractivité, comme il le faisait lorsqu'il était confronté à une difficulté technique. Son subconscient fonctionnait à cent à l'heure, analysant la situation sous un millier d'angles différents.

— ...et nous implorons ta miséricorde, Seigneur.

Les héros étaient si nombreux. Il y en avait des centaines, sans parler des super-vilains. Tony avait déjà des dossiers sur la plupart d'entre eux, mais en ce jour, il se surprenait à les passer en revue pour actualiser ses données.

Il y a une somme colossale de pouvoirs ici, pensa-t-il. *Bon nombre de Nitro en puissance.*

— Puisses-tu accueillir, Seigneur, l'âme des enfants qui nous ont quittés... (Le prêtre marqua une pause et parcourut l'assemblée du regard...) Mais aussi pardonner la négligence des super-individus qui ont causé cette tragédie.

Une alerte info s'afficha dans un coin de l'écran du téléphone de Tony. Il mit ses écouteurs en jetant un regard désolé autour de lui. Un homme chauve apparut sur l'écran derrière le logo d'une chaîne câblée. Sa voix nasillarde résonna dans les oreilles de Tony.

«...comme Speedball, par exemple. *Je n'aime pas critiquer les morts, mais il faut avouer que ce gamin était incapable de citer le nom du président des États-Unis. Ne devrions-nous pas* tester *ces gens-là avant de les laisser travailler parmi les civils ?*»

Tony fronça les sourcils et cliqua sur l'icône d'une autre chaîne. L'écran afficha le visage ensanglanté de Johnny Storm en gros plan, tandis qu'il était transporté dans une ambulance. Les flashs aveuglants des appareils photo crépitaient dans la nuit de Manhattan.

«...La Torche, dernière victime de la vague d'agression qui a frappé la super-communauté new-yorkaise. Nous parlerons aussi de la pression qui s'accumule sur la Maison-Blanche : les habitants de Stamford voudraient connaître les propositions du Président concernant la réforme du statut de super-héros.»

Clic.

«*Interdire les super-héros ?*» Miss Hulk se pencha en avant et ôta ses lunettes tout en poursuivant la discussion avec l'animateur du talk-show. «*Étant donné les milliers de super-vilains qui peuplent cette planète, c'est tout bonnement impossible, Piers. Mais leur faire suivre une formation et porter un badge ? Oui, je pense que ça pourrait être une solution.*»

Tony sentit un picotement dans son cou et leva brusquement les yeux. Les deux femmes assises à ses côtés lui lançaient un regard furieux sous leur voilette. Il leur adressa un sourire penaud.

Puis il remarqua que quelqu'un d'autre l'observait, à l'extrémité de la rangée. Captain America.

Tirant d'un coup sec sur ses écouteurs, il rangea son téléphone dans sa poche.

Lorsque la cérémonie fut achevée, Tony se dirigea directement vers la sortie. Des petits groupes s'étaient déjà formés, les gens pleuraient et se réconfortaient mutuellement. Il n'avait aucune envie d'imposer sa présence. Plusieurs autres Vengeurs, comme Tigra et Miss Marvel, avaient souhaité venir, mais tous étaient finalement tombés d'accord pour limiter le nombre de super-héros présents à l'office. Aucun d'eux ne voulait que la souffrance de la population de Stamford se transforme en cirque médiatique.

Tony sortit rapidement de l'église. En cet instant précis, il n'avait guère envie de discuter avec Cap.

Il venait de franchir la porte lorsqu'il sentit une main sur son épaule. Il se retourna et vit Peter Parker, qui lui souriait timidement.

— Boss… commença-t-il.

— Peter. Je croyais que nous nous étions mis d'accord sur le fait que seuls Cap et moi représenterions les Vengeurs.

Peter haussa les épaules.

— Où vois-tu un Vengeur ? Tu n'as devant toi qu'un modeste photographe du *Daily Bugle*.

Tony sourit malgré lui et examina Peter. Le costume de location lui allait bien, mais ses chaussures étaient usées. Et marron.

Ménage-le, pensa Tony. *Tu as des projets pour lui.*

— Et puis, poursuivit Peter, je tenais à venir.

L'allée qui menait à l'église était étroite et décrivait une courbe au bord d'un champ non clôturé. Des voitures en occupaient toute la longueur, s'avançant l'une après l'autre pour venir chercher les membres les plus âgés du cortège funèbre. Au bout de la file, Tony repéra Happy Hogan, appuyé contre la limousine.

— Viens avec moi, Peter.

Peter obtempéra. Ils passèrent devant le prêtre, qui réconfortait deux veuves éplorées. Une vieille femme se tenait à leurs côtés, inconsolable, essuyant ses larmes avec un mouchoir de dentelle.

Captain America s'était mis à l'écart et, l'air grave, il échangeait une poignée de main avec deux pompiers.

Le prêtre leva la tête et croisa brièvement le regard de Tony, qui se détourna.

— Je pense que je devrais faire quelques photos, dit Peter.

— Cette période de ta vie est terminée, répondit Tony. Finies les galères pour boucler les fins de mois.

— Tu veux dire que je fais partie des privilégiés, maintenant?

Tony s'arrêta et posa la main sur l'épaule du jeune homme.

— Les choses vont aller vite, Peter. Je suis heureux que tu sois à mes côtés.

— Des choses comme la Loi de Recensement des Surhumains?

Tony leva un sourcil.

— Rares sont ceux qui connaissent son appellation exacte.

— Mais c'est bien pour ça que tu vas à Washington la semaine prochaine, non?

— Je pars ce soir, en fait. La Commission a modifié son emploi du temps à la lumière des derniers événements… (Il fit un geste du bras pour désigner l'église et les fidèles en deuil.) Le Président a demandé à me voir ce soir, et les audiences commenceront demain.

— Et elle va changer quoi, cette loi?

— Tous les surhumains devront se faire recenser et suivre une formation pour être autorisés à exercer leurs… talents en public. Le gouvernement disposera également de pouvoirs considérablement accrus pour faire appliquer cette loi. Des pouvoirs plus importants encore que ce que réclamait le Sénat jusqu'ici.

— Et tu soutiens ce projet?

Tony se renfrogna.

— Il soulève des points très délicats sur le plan légal. Si une loi devait être promulguée, il faudrait faire en sorte qu'elle soit appliquée avec beaucoup de sagesse et de discernement.

— Tony Stark?

Au moment où il se retourna, Tony reçut un crachat en pleine figure.

— Espèce de sale ordure !

La femme hurlait. Des larmes ruisselaient sur ses joues. Peter s'avança pour tenter de la calmer, mais Tony l'en empêcha d'un geste de la main. Happy Hogan était déjà derrière elle.

— Madame, je vais vous demander de bien vouloir quitter les lieux, dit-il en posant une lourde main sur son épaule.

— Quoi ? Quitter les funérailles de mon propre petit garçon ?

Elle le repoussa avec colère et pointa Tony du doigt.

— C'est Stark que vous devriez traîner hors d'ici.

Tony fit une grimace et s'essuya le visage.

— Je comprends votre bouleversement, madame, mais je ne suis pour rien dans le comportement... maladroit... des New Warriors.

— Ah bon ! Et qui finance les Vengeurs ? Qui répète aux gosses depuis des années qu'on peut vivre au-dessus des lois pour peu qu'on porte des collants et un masque ?

Peter Parker s'éclaircit la voix.

— Je... euh... je ne pense pas que monsieur Stark ait jamais dit ça.

— Les flics sont contraints de suivre une formation et de porter un badge, poursuivit la femme, mais Tony Stark est au-dessus de tout ça ! Non... Greg le millionnaire appelle haut et fort tous les petits minets dotés de super-pouvoirs à venir le rejoindre dans son super-gang privé.

Tony ouvrit la bouche pour répondre, mais il se produisit quelque chose qui ne lui était arrivé qu'une seule fois auparavant : rien ne lui vint à l'esprit.

Elle a raison, réalisa-t-il.

Happy étendit de nouveau la main, mais la femme recula avec un air de mépris et se courba en deux en hurlant de chagrin. Un attroupement s'était formé et observait la scène avec hostilité.

— Jerome m'a quittée, dit la femme en pleurant. Quand on lui a retiré sa pension, il n'a... il n'a pas pu le supporter. Je n'avais plus que mon petit Damien. Et maintenant... et maintenant...

— Hap, murmura Tony, allons-nous en.

— Stark. (La femme se redressa et pointa un doigt accusateur sur Tony qui s'éloignait.) C'est vous qui financez ces drames avec votre argent sale. Vous avez le sang de mon petit Damien sur les mains. Pour toujours.

Tony se dirigea vers la limousine, accompagné de Happy et Peter. Ils sentaient peser sur eux le jugement de centaines de regards menaçants.

— Eh bien, c'était sympa. (Peter fit une grimace.) Juste un peu effrayant.

— C'est eux qui ont peur, dit Tony. Tous. Ils ont grandi dans l'idée qu'ils auraient du travail, une retraite, quelques dollars à dépenser quand ils seraient vieux. Et maintenant ils sont terrifiés. Comment leur en vouloir ?

— Ces « quelques dollars », tu pourrais peut-être les leur donner.

— Je pense pouvoir faire mieux.

D'un geste sec, Happy ouvrit la portière de la limousine et Tony s'y engouffra. Il marqua une pause et planta son regard dans les yeux interrogateurs de Peter.

— Je peux leur apporter la sécurité.

Peter hocha lentement la tête.

Il sait de quoi je parle, pensa Tony. *Il me comprend.*

La portière se referma en claquant et Tony se retrouva soudain seul. Seul dans le calme de la limousine sombre, isolé de l'océan de douleur, au-dehors. Juste un milliardaire et ses pensées les plus secrètes, noires et pesantes.

Happy contourna la voiture et se glissa derrière le volant.

— Nous rentrons ?

— Nous allons directement à l'aéroport, Hap. (Tony fixa la foule en deuil au travers des vitres teintées.) Je sais ce que je dois faire.

CINQ

LE BAXTER BUILDING, demeure des Quatre Fantastiques, avait connu de nombreux affrontements. Un jour, les Sinister Six avaient fait tellement de dégâts devant le bâtiment que les FF avaient été privés d'eau pendant une semaine. C'était depuis son toit que les héros avaient repoussé Galactus, le Dévoreur de Mondes. Et, une fois, le Docteur Fatalis avait même expédié l'immeuble entier dans l'espace.

Il n'était donc pas étonnant que les habitants de ce quartier de Manhattan aient une relation ambivalente avec les FF. Ils adoraient avoir pour voisins des héros célèbres et sympathiques, mais les batailles constantes et les dégâts matériels avaient aussi apporté leur lot de protestations, de procès, voire même de menaces de mort.

Pourtant, Spider-Man n'avait jamais vu une scène semblable à celle qui se déroulait ce jour-là.

Une ligne compacte de manifestants formait un demi-cercle devant le Baxter Building, bloquant l'intersection de Broadway avec la 7e Avenue, au nord de Times Square. Ils scandaient des slogans avec colère en brandissant des pancartes sur lesquelles on pouvait lire :

LES FF HORS DE NEW YORK !
(NEW) WARRIORS DE LA MORT
LE RECENSEMENT MAINTENANT
HÉROS = ASSASSINS
Et plus sobrement :
SOUVENEZ-VOUS DE STAMFORD

Spider-Man survolait la manifestation aussi vite que possible. Quelques personnes le remarquèrent et les slogans cessèrent. La foule devint tout à coup silencieuse, comme hésitante.

Super, pensa-t-il. *On dirait que personne ne me reconnaît, dans ce nouveau costume.*

Puis un grondement sourd se fit entendre, suivi par un concert de huées et de sifflets. Une pierre frôla la tête de Spidey ; il l'évita grâce à son sens d'araignée. Une tomate vint ensuite.

Spider-Man lâcha son fil de toile et tendit les bras. Il eut un moment de panique : il n'avait fait usage qu'une seule fois du dispositif qui lui permettait de planer, et il ne tenait pas vraiment à s'écraser la tête la première sur cette meute en colère. *Mais à un moment*, se dit-il, *il faut bien avoir confiance en quelque chose.*

Ou *en quelqu'un.* Tony Stark, en l'occurrence.

Et Spider-Man s'éleva dans les airs, comme s'il volait. À portée du Baxter Building, il agrippa le mur de l'immeuble et l'escalada tel l'arachnide à l'origine de son nom, contournant le bâtiment pour éviter les immenses baies du hangar situé au sommet. Les huées de la foule en contrebas semblèrent s'évanouir comme un mauvais rêve.

À l'avant-dernier étage, il repéra une porte dissimulée dans le parement en brique du mur. Il allait s'en approcher…

…quand il se retourna, ses sens en alerte.

— *Zdravstvuite.*

Natasha Romanov, super-espionne russe connue sous le nom de Veuve Noire, était tranquillement assise sur une corniche, toujours aussi superbe dans son justaucorps de cuir noir. Elle mangeait une salade en barquette.

— Natasha, dit Spider-Man. Que… comment es-tu arrivée ici ?

Elle le foudroya du regard.

— Vous avez des avions dans ce pays, non ?

— Et qu'est-ce que tu fais ?

— Je t'attendais. Enfin, toi ou un autre. De préférence plus grand.

Elle se leva et s'étira, oubliant sa position périlleuse. Spidey était prêt à bondir ; il y avait quarante étages qui les séparaient de la rue en contrebas. Mais Natasha ne semblait pas s'en soucier.

— Je viens d'arriver de la Mère Patrie, poursuivit-elle. Tony a eu la gentillesse de m'inviter à la réunion, mais apparemment, Red Richards n'a pas eu le message. Je me suis fait refouler par le portier.

D'un geste, elle désigna les manifestants, petits points colorés au fond du canyon de béton.

— Et la sécurité fait du zèle, aujourd'hui.

— Alors tu as…

— Il était évident qu'un visiteur arriverait par les airs un jour ou l'autre.

Spidey marqua une pause, le temps d'assimiler le commentaire. Puis il haussa les épaules et se tourna vers la porte dissimulée.

— Johnny Storm m'a parlé de cet accès, dit-il. Au fait, j'espère qu'il va bien.

— Oui, répondit-elle en bâillant.

Au contact de la main de Spidey, la porte devint lumineuse. Le mot « Identification » apparut sous la forme d'un hologramme, suivi de « Accès autorisé ». Le panneau pivota vers l'intérieur du bâtiment.

Ils rampèrent un court instant dans un conduit d'aération et débouchèrent dans un couloir proche du centre opérationnel principal des FF.

— Tu es ici en tant que Vengeur ? demanda Spider-Man. Ou en tant qu'agente du S.H.I.E.L.D ?

La Veuve haussa les épaules, comme si la question n'avait aucun sens.

Des éclats de rire résonnèrent soudain, et une petite fille débóula en courant, pourchassée par un garçon blond un peu plus âgé. Ils s'arrêtèrent net en voyant la Veuve. Elle leur lança un regard sévère.

Puis le garçon se tourna vers Spider-Man avec un large sourire.

— Hé, oncle Spidey, il est trop cool ton costume !

— Merci, Franklin, répondit Spider-Man. À la différence de tous les gens que j'ai croisés aujourd'hui, tu as du goût, au moins.

La fillette, Valeria, s'était remise de son étonnement et les regardait avec des yeux brillants et malicieux.

— Tout le monde est dans le labo de papa, dit-elle.

— Super.

Spidey tendit la main et lui ébouriffa les cheveux.

Puis Franklin donna une tape sur le bras de sa sœur et s'enfuit. Elle se retourna en riant et fila à son tour.

Spider-Man les regarda s'éloigner. Franklin et Valeria étaient des enfants adorables, et il savait combien Red et Jane tenaient à eux. Il eut un pincement au cœur, de regret, d'envie. Si seulement les choses s'étaient passées différemment avec…

— Tu comptes prendre racine ici ? demanda la Veuve.

Spidey fit la moue et la suivit en direction du hall.

Il se sentait toujours comme un gamin de douze ans en sa présence.

Le laboratoire de Red Richards était immense, sans fenêtres, haut de plafond, et totalement encombré de matériel scientifique. Microscopes à faisceau de particules, lasers géants, vaisseaux extra-terrestres disposés comme des grenouilles sur le point d'être disséquées. Des super-ordinateurs, allant des derniers systèmes SUN aux antiques Cray, étaient tous reliés entre eux par un réseau complexe que seul le génie de Red pouvait décrypter. Un jour, Johnny Storm avait dit à Spidey que s'il arrivait quoi que ce soit à Red, personne ne serait plus capable de se faire griller une simple tranche de pain dans ce labo.

C'était un lieu inhabituel pour le plus grand rassemblement de super-héros jamais organisé. Mais Spider-Man comprit vite que c'était la seule pièce du Baxter Building assez vaste pour les accueillir tous.

Œil de Faucon, Goliath, le Faucon, Tigra et Miss Marvel étaient engagés dans une discussion animée. Peter réalisa qu'ils représentaient le cœur des Vengeurs, le noyau dur de la première équipe formée par Tony. Œil de Faucon faisait de grands gestes et faillit se cogner dans l'un des énormes appareils électroniques de Red. Une machine pour voyager dans le temps, peut-être.

Luke Cage se tenait à l'écart. Il portait des vêtements de ville et des lunettes de soleil, et il parlait tout bas avec la Cape, un jeune héros afro-américain tout de bleu vêtu. Un verre à la main, Nighthawk et Valkyrie, membres des Défenseurs, une équipe à l'activité occasionnelle, tournaient en rond, mal à l'aise. Seule dans son coin, Spider-Woman, Vengeur masqué au costume rouge et jaune, pianotait sur son téléphone. Les Jeunes Vengeurs – Hulkling, Patriot, Wiccan, Stature et Speed – ne se quittaient pas d'une semelle, jetant des regards suspicieux aux héros plus âgés.

L'Épée, une jeune femme élancée dotée de pouvoirs sur la lumière, parcourait la pièce d'un pas léger, passant avec excitation d'une machine à une autre. Red était au fond de son labo, près du portail menant à la Zone Négative, le cou étiré comme un serpent de trois mètres. Sa tête allait et venait au rythme des déplacements de L'Épée. Et son visage se crispait chaque fois qu'elle touchait à quelque chose.

Spider-Man eut une crise de claustrophobie. Au milieu de tous ces héros, il se sentait paradoxalement exposé. Vulnérable.

Tu n'es plus recherché par la justice, se rappela-t-il. *Tu es un Vengeur, à présent.*

Il repéra Daredevil, parlant tout bas avec Miss Hulk, l'héroïne à la peau verte. *Mettez deux avocats ensemble…* pensa-t-il. Ils étaient sans doute en pleine discussion sur les implications légales de la Loi de Recensement des Surhumains.

Spider-Man allait se diriger vers eux quand Natasha le devança. Elle se glissa jusqu'à Daredevil et lui mit la main sur la poitrine. Miss Hulk leva les yeux au ciel et tourna les talons.

Ben Grimm, la Chose, donna une petite tape dans le dos de Spider-Man. Il avait appris à modérer la force de ses accolades afin de ne pas estropier ses amis.

— Salut, Spidey. Content que tu sois venu.

— Ben.

Le Tisseur s'appuya contre une machine sophistiquée où s'entrecroisaient le verre et le métal. Ben eut un air désapprobateur.

— Évite de toucher ça.

— Oh, désolé. Red va se mettre en colère ?

— Pire. Il va passer vingt minutes à te raconter à quoi elle sert.

Spidey suivit le regard de Ben. À l'autre bout de la pièce, Red agitait ses bras étirés pour expliquer quelque chose à une Épée visiblement perplexe. La Cape, son partenaire, l'avait rejointe et semblait tout aussi déconcerté.

— Au fait, dit Spider-Man, comment va Johnny ?

— Mieux… Son état est stable, et il est conscient la plupart du temps. Jane est avec lui en ce moment.

Ben frappa la paume de sa main de son poing de pierre.

— Je ferais mieux de pas trop y penser. Ça me donne envie de cogner quelqu'un.

— Je vois. Des nouvelles sur la Loi de Recensement ?

— Pas encore.

Ben désigna un écran mural géant branché sur CNN. Le son était coupé, mais on pouvait lire sur un bandeau défilant : « Infos de dernière minute – débat à huis clos au Sénat sur la Loi de Recensement des Surhumains ».

— Mais ça devrait pas tarder.

Miss Marvel vint se joindre à eux, grande et sculpturale dans sa tenue bleu et rouge. Les autres membres des Vengeurs la suivirent.

— Tony n'a pas été joignable de toute la journée, dit-elle à Spider-Man. On se demandait s'il t'avait fait signe.

Tigra sourit, dévoilant ses dents pointues.

— Spider-Man est le nouveau *chouchou* de Tony.

— Non, répondit Spider-Man. Silence radio.

Il se sentait de nouveau mal à l'aise, comme un intrus dans un club privé.

— Quand Tony m'envoie des messages, c'est toujours des photos de nanas. Et je n'en ai reçu aucune aujourd'hui. (Œil de Faucon, l'archer, leva les yeux de son téléphone.) Ça m'inquiète vraiment.

— Hé, dit Spider-Man en regardant autour de lui, où est Captain America ?

— Appelé à l'extérieur. Top secret. (Le Faucon haussa les épaules.) C'est tout ce qu'il a dit.

— Ça doit être le S.H.I.E.L.D, fit remarquer Œil de Faucon. C'est toujours le S.H.I.E.L.D.

Nighthawk fixait l'écran de télévision.

— Une retraite complémentaire et des congés payés ? Ils veulent faire de nous des fonctionnaires ou quoi ?

Luke Cage se renfrogna.

— Ce qu'ils veulent, c'est nous faire mettre la clé sous la porte.

— Ou renforcer notre légitimité, rétorqua Miss Marvel. Qu'y a-t-il de mal à suivre une formation et à répondre de nos actes devant le peuple ?

Patriot, le leader des Jeunes Vengeurs, prit timidement la parole.

— Quelqu'un a suggéré de voter une grève. Vous pensez que c'est une bonne idée ?

Red Richards s'avança, le visage fermé.

— Je doute que quelqu'un ici soit partisan d'une grève des super-héros, fiston.

— Devenir fonctionnaire n'a rien de choquant, poursuivit Miss Marvel, si cela peut contribuer à rassurer les gens.

— Je n'en crois pas mes oreilles. (Goliath augmenta légèrement sa taille pour atteindre près de deux mètres cinquante et tous les regards se tournèrent vers lui.) Les masques sont une tradition. Ils font partie de nous. On ne va quand même pas laisser le gouvernement nous transformer en super-flics.

— En fait, répondit Spider-Woman, on a déjà de la chance que les gens aient toléré la situation aussi longtemps. Pourquoi serions-nous autorisés à rester dans l'anonymat ?

Œil de Faucon se hérissa.

— Si tu sortais de ta tour d'ivoire, tu saurais que le monde n'est pas tout rose, ma belle.

— Révéler son identité secrète n'a rien d'une épreuve, dit Red. Les Quatre Fantastiques n'en ont jamais eu et ils le vivent très bien.

— Vous, peut-être, répondit Spider-Man qui sentait monter en lui une crise de claustrophobie et de panique. Mais je fais quoi, moi, le jour où je rentre chez moi et que je trouve la femme qui m'a élevé empalée sur un des tentacules d'Octopus ?

Il y eut un silence gêné.

Parker, se dit Spidey, *tu sais comment casser une ambiance, pas de doute.*

Lorsque les conversations reprirent enfin, il s'éclipsa dans un coin. Derrière un microscope électronique de la taille d'un réfrigérateur, Daredevil et la Veuve Noire se tenaient tout près l'un de l'autre, leurs lèvres se touchant presque. Spidey se demanda tout d'abord s'ils discutaient ou s'ils opéraient un autre type de rapprochement.

— …être parano, disait la Veuve. Ce ne sont que des suppositions pour le moment.

— Non, répondit Daredevil. Ça fait longtemps que la machine est en marche. Stamford n'est que la goutte d'eau qui a fait déborder le vase.

— Ah, les Américains et leur sacro-sainte liberté. (Elle se blottit contre lui, une expression sévère sur son joli visage.) Vous êtes des enfants gâtés qui piquent une colère à la moindre menace.

Daredevil tourna son regard aveugle vers Spider-Man.

— Si cette loi est votée, dit-il, c'est la fin de notre liberté d'action. La fin de tout. Je le sens venir.

— Enfants gâtés, murmura Natasha, la tête contre son épaule.

— Silence, tout le monde !

Spidey vit Red Richards saisir une télécommande et la pointer vers l'écran. Sous l'image d'une journaliste à l'expression grave, un bandeau affichait : « Infos de dernière minute ».

— Ils vont annoncer les résultats du vote.

Le son de la télévision coupa court aux spéculations des deux douzaines de héros costumés. On entendit un bruissement d'ailes et le tintement des verres que l'on reposait. Tous les regards étaient tournés vers l'écran.

Le visage sans expression d'Iron Man les fixait, accompagné du bandeau suivant : « Tout de suite, une interview exclusive d'Anthony Stark, alias Iron Man ».

Peter Parker, l'incroyable Spider-Man, sentit son ventre se nouer. *Oh, Tony*, pensa-t-il, *j'espère que tu sais ce que tu fais*.

SIX

Autrefois, le monde était simple. Les pays se livraient des guerres sur des fronts matérialisés sur des cartes, et occupaient les territoires conquis avec des tanks, des armées, des flottes. Les hommes s'affrontaient sur terre, en mer, ou à bord d'avions de chasse. Ils se battaient, tombaient et mouraient.

Sauf Captain America. En 1945, peu avant la fin de la Seconde Guerre mondiale, il était tombé au combat... mais il n'était pas mort. Par un hasard de la nature, il était resté dans un état d'animation suspendue, avant de se réveiller des décennies plus tard dans un monde totalement différent. Un monde de communications instantanées, d'observation par satellite, d'appareils photo et d'ordinateurs plus petits qu'un grain de poussière. Un monde où les guerres se déroulaient autrement, pour d'autres raisons, avec des nouvelles technologies stupéfiantes.

Des technologies comme l'Héliporteur du S.H.I.E.L.D.

Construit durant la guerre froide, il servait de centre de commandement et de point de relais pour toutes les opérations importantes du *Strategic Hazard Intervention Espionage Logistics Directorate*. Long de huit cents mètres, il avait la taille d'une petite ville et survolait la Terre, propulsé grâce à des technologies révolutionnaires conçues par Stark Enterprises. Il se trouvait actuellement à environ dix mille mètres au-dessus de New York.

Sur le pont d'envol de l'Héliporteur, Captain America observa l'atterrissage d'un F-22 Raptor. L'avion de chasse furtif sortit son train à la dernière minute et patina à peine en touchant le sol. Il roula jusqu'à l'extrémité du pont, longea un véritable musée aérien où des appareils militaires anciens côtoyaient les modèles les plus récents, et ralentit avant de s'immobiliser avec grâce.

Les F-22 ne se fabriquent plus, pensa Cap. Il espérait que les nouveaux modèles seraient aussi performants. On n'était jamais sûr de rien.

Il se pencha au-dessus du garde-corps métallique qui bordait le pont et sentit le vent lui fouetter le visage. Là, en bas, les super-héros se réunissaient. Mais il ne pouvait pas voir la ville, dissimulée par la couverture nuageuse.

— Cap ? Notre chef va vous recevoir.

Des agents du S.H.I.E.L.D. en armes le conduisirent à l'intérieur. Ils empruntèrent de hauts couloirs gris métallisé, éclairés par des baies vitrées. Les missions de Captain America l'avaient amené à maintes reprises à bord de l'Héliporteur. Mais cette fois, c'était différent.

Tout semble froid. Presque étranger.

Le couloir déboucha sur une immense pièce au plafond bas, traversée de passerelles. Aucune vitre. Face à lui, en uniforme du S.H.I.E.L.D, une femme au regard fier, aux traits angulaires et aux cheveux très courts. Deux agents l'escortaient, les mains à la hauteur de leurs armes high-tech. L'un d'eux avait le visage osseux et une lueur cruelle dans les yeux. L'autre portait des lunettes noires et une moustache.

— Captain, dit la femme.

— Commandant Hill.

Elle sourit avec la froideur d'un serpent.

— Directrice. Par intérim, plus précisément.

Cap fronça les sourcils.

— Où est Fury ?

— Vous avez raté un épisode, apparemment. (Elle se rapprocha de lui.) Je suis au regret de vous annoncer que Nicholas Fury a disparu en mer il y a quatre mois. Vous avez entendu parler du Protocole Poséidon ?

— De nom seulement.

— Et vous n'en saurez pas plus. Inutile de vous préciser que Nick Fury a donné sa vie pour son pays.

Cap sentit son estomac se nouer. Il avait perdu des compagnons par le passé, mais cette nouvelle était un choc – surtout si peu de temps après la mort de Thor. Comme Cap, Fury n'était qu'un homme, mais un homme extraordinaire. Il avait servi sa patrie au moins aussi longtemps que Cap, mais il avait pris part à davantage de conflits et relevé de nombreux défis.

Il a donné sa vie pour son pays.

— J'ai entendu dire que vingt-trois amis à vous étaient réunis en ce moment même au Baxter Building pour analyser comment les super-héros devaient réagir à la Loi de Recensement des Surhumains. Vous pensez qu'ils y répondront favorablement ?

— Je… (Cap marqua un silence, surpris par la question abrupte de son interlocutrice.) Ce n'est pas à moi d'en juger.

— Arrêtez vos salades, Captain. Certes, nous ne serons jamais aussi proches que vous pouviez l'être avec Nick Fury, mais je reste la numéro un du S.H.I.E.L.D. Montrez au moins un peu de respect pour l'uniforme.

Captain America fronça les sourcils, inspira profondément, puis prit un instant pour rassembler ses pensées.

— Ce projet finira par diviser notre communauté. Vous risquez de nous plonger dans une guerre fratricide.

— C'est quoi exactement leur problème ? dit l'agent au regard cruel. Comment peut-on être opposé à ce que les super-héros suivent une formation adéquate et soient rémunérés pour leur activité ?

Cap se retourna brusquement vers Hill, pensant qu'elle allait rappeler l'homme à l'ordre, mais elle se contenta de regarder l'autre agent, celui à la moustache.

— À combien estimez-vous le nombre de rebelles, Captain ? demanda le moustachu.

— Si la Loi de Recensement est votée ? Il y en aura beaucoup.

— Des gros poissons ? demanda Hill.

Cap fronça de nouveau les sourcils.

— Surtout les héros des bas-fonds, comme Daredevil, peut-être Iron Fist. Je ne suis sûr de rien.

— Rien qui puisse vous effrayer.

— Comment ça ?

— Vous m'avez très bien entendue.

Sans même s'en rendre compte, Cap avait serré les poings. Il mit les mains dans son dos.

— La proposition vient d'être votée au Sénat, poursuivit Hill. C'est fait, Captain. La loi entrera en vigueur dans deux semaines, ce qui veut dire que nous avons déjà pris du retard.

Elle désigna l'Héliporteur aux murs gris et froids.

— Nous développons actuellement une unité anti-surhumains. Mais nous voulons aussi nous assurer que les Vengeurs sont de notre côté, et sous votre commandement.

— Vous me demandez d'arrêter des personnes qui risquent tous les jours leur vie pour ce pays.

— Non, Captain. Je vous demande de vous conformer à la volonté du peuple américain.

Il réalisa que d'autres agents du S.H.I.E.L.D. étaient entrés dans la pièce. Des hommes et des femmes lourdement armés, vêtus de tenues anti-émeute, le visage protégé par d'épaisses visières. Ils se déployèrent autour de Hill et derrière Cap. Il était cerné.

— Ne vous aventurez pas sur le terrain politique avec moi, Hill. Les super-héros doivent rester au-dessus de tout ça. Bientôt, nos super-vilains seront choisis par Washington.

— Pour moi, un super-vilain est un type masqué qui refuse de respecter la loi.

Hill bougea à peine un doigt, mais Cap surprit son geste. Une douzaine d'agents du S.H.I.E.L.D. se mirent instantanément en position, arme au poing : carabines, pistolets à laser et fusils tranquillisants. L'un après l'autre, ils armèrent leurs calibres. *Chik-chak. Chik-chak. Chik-chak.*

Toutes leurs armes étaient pointées sur un seul homme. Un homme avec un drapeau sur la poitrine.

Cap resta impassible.

— C'est ça, votre brigade de choc entraînée à descendre les héros ?

— Personne ne souhaite une guerre, Captain. (Hill esquissait à présent un sourire.) Seulement, les gens commencent à en avoir marre de vivre au Far West.

— Les héros costumés font partie intégrante de l'histoire de ce pays.

— Pas plus que la petite vérole, riposta l'homme au visage cruel. Vous devriez penser à évoluer.

— Personne ne désire vous empêcher de faire votre travail, dit Hill. Nous voulons juste avoir un droit de regard, c'est tout.

— Il est grand temps que vous agissiez dans la transparence, comme nous tous, *soldat*, renchérit l'agent moustachu.

Il tenait Cap dans son viseur et le point rouge du laser dansait sur l'étoile du costume du héros, au milieu de sa poitrine.

Captain America fit un seul pas en direction de Hill. Une douzaine d'agents s'avancèrent aussitôt.

— J'ai connu votre grand-père, Hill. Le saviez-vous ?

Elle ne répondit pas.

— Son unité a subi quatre-vingts pour cent de pertes dans les Ardennes. Ils ont battu en retraite vers la Manche, isolés, sans vivres, dans des conditions climatiques terribles : violentes tempêtes, chutes de neige, températures au-dessous de zéro. Un homme s'est vidé de son sang ; un autre est mort en essayant d'empêcher une division de Panzers de traverser une rivière. Le caporal Francis Hill a maintenu en vie son dernier compagnon d'armes. Quand nous les avons trouvés, ils étaient à moitié morts de faim et de froid. Mais il avait réussi à défendre un pont contre les Allemands, et à sauver la vie d'au moins un homme.

Hill le fixait sans dire un mot.

— Est-ce qu'il vous avait raconté cette histoire, madame la directrice ?

— Une douzaine de fois.

— C'était l'un des nombreux vrais héros que j'ai rencontrés durant cette guerre.

Cap se retourna lentement et s'adressa aux agents du S.H.I.E.L.D. qui l'encerclaient.

— Baissez vos armes, les gars.

— Vous n'avez aucun ordre à recevoir de Captain America, répliqua Hill.

Elle s'avança, les mâchoires serrées.

— Baissez vos armes, répéta Cap. Ou je ne réponds plus de rien.

— Seringues sédatives chargées. Prêts…

— Vous êtes malade, Hill.

— Vous ne me laissez pas le choix.

— Soyez maudite.

— C'est vous qui m'avez forcée à faire ça…

D'un violent mouvement du bras, Cap désarma l'agent avec son bouclier juste avant qu'il n'appuie sur la détente. Puis il se retourna en bondissant et attrapa un deuxième homme par le cou, le tordant juste assez pour lui faire perdre l'équilibre. L'homme émit un cri étouffé.

— Tranquillisants ! hurla Hill. Vite !

Cap souleva un troisième agent et le maintint en l'air. Les seringues sédatives atteignirent celui-ci de plein fouet, protégeant Cap au moment crucial. Puis il jeta l'homme sur ses assaillants et s'enfuit à toute allure.

— Rattrapez-le ! Et tirez !

Cap fonça sur les agents qui lui faisaient barrage, frappant, cognant, faisant voler les armes et tomber les hommes, alourdis par leurs armures. Il était plus léger et plus rapide. Son bouclier, lancé sur deux assaillants, scia le canon de leurs fusils. Puis il revint tel un boomerang et Cap le rattrapa instinctivement.

Posté dans le couloir menant à l'extérieur, l'agent du S.H.I.E.L.D. au regard cruel lui bloquait le passage. Quatre hommes étaient derrière lui en renfort, tous armés de gros calibres.

Cap leva son bouclier. Sa bouche se déforma en un rictus de colère.

— N'y pense même pas, minus.

Et il chargea, tête baissée, brandissant son bouclier comme un bélier. Il s'abattit sur le premier homme et lui fracassa la mâchoire avant de balancer son bouclier d'un côté et de l'autre, renversant les agents du S.H.I.E.L.D. comme des quilles.

— Maria Hill à toutes les unités ! hurlèrent les haut-parleurs. Arrêtez Captain America ! Je répète : arrêtez Captain America !

Cap fit irruption dans le hall d'entrée. Des balles sifflaient à ses oreilles, sans parler des tirs de lasers et de seringues tranquillisantes. Il s'arrêta devant une petite fenêtre, tenant son bouclier dans son dos pour se protéger des rafales.

Debout contre la fenêtre, il attendit une accalmie, qui ne manqua pas de se produire.

Aguerri par son passé militaire, Captain America banda ses muscles au maximum et fracassa la vitre avec son bouclier. Puis il sauta par la fenêtre, suivi par une nouvelle salve de projectiles, et se retrouva à l'air libre. Il se ramassa sur lui-même et se laissa tomber, se fiant à son instinct de survie pour faire les bons choix.

Le pont d'envol se trouvait juste en dessous de lui, mais ce n'était pas l'idéal : à cet endroit, il serait une cible facile. Il rebondit sur un trépied de mitrailleuse et s'élança vers les niveaux supérieurs de l'Héliporteur. Puis, prenant appui sur le mur extérieur, il s'empara d'une hélice et s'élança à nouveau dans les airs.

Plus bas, un groupe d'agents du S.H.I.E.L.D. était arrivé à la hauteur de la fenêtre brisée. Ils regardèrent autour d'eux, finirent par repérer Cap et ouvrirent le feu.

Ça se présente mal, pensa-t-il. *Dix mille mètres de vide, et aucune solution de secours.*

C'est alors qu'il vit un vieux P-40 Warhawk qui amorçait sa descente vers le pont d'envol. Une relique, comme lui, et par miracle encore en service. Le nez de l'avion portait toujours l'emblème des Tigres Volants : une gueule de requin béante, méticuleusement repeinte au fil du temps.

Le P-40 devait se préparer à atterrir quand la fusillade avait éclaté. Il s'approchait. Encore vingt-cinq à trente mètres. Vingt et un. Vingt.

Cap sauta.

Il tomba avec fracas sur le cockpit de l'avion, son bouclier en avant, et le pare-brise vola en éclats. La douleur irradia dans ses jambes. Le pilote recula sur son siège et, soudain exposé au vent, hurla : « Nom de dieu ! »

D'une main de fer, Cap attrapa l'homme par le cou.

— Surtout t'arrête pas, petit. Et surveille ton langage.

Le pilote acquiesça, paniqué, et tira sur le manche. Le pont d'envol se rapprocha de plus en plus vite, puis il sembla disparaître d'un coup lorsque l'avion se redressa, à moins de six mètres de la piste. Le pilote actionna le dispositif de postcombustion, et l'avion reprit de l'altitude.

Cap chancela et faillit tomber à la renverse. Il tint bon, les dents serrées.

Des agents du S.H.I.E.L.D. arrivèrent en courant sur le pont d'envol : une vingtaine, peut-être trente. Ils pointèrent leurs armes vers le fugitif et tirèrent en rafales.

Mais l'avion avait pris trop de vitesse pour être atteint. Le pilote le fit monter encore plus haut pour l'éloigner de l'Héliporteur. Le pont disparut enfin. Ils étaient hors de portée.

Cap jeta un coup d'œil en arrière. L'Héliporteur semblait avoir rétréci avec la distance, et ses contours saillants se détachaient sur les nuages. Hill était certainement en train de lancer des chasseurs à ses trousses, mais Cap savait que l'avion était à présent hors d'atteinte.

Il sécurisa sa position sur le cockpit brisé, debout sur l'appareil comme un surfeur. Il regardait vers le sol quand soudain, les nuages s'écartèrent, révélant les gratte-ciel de Manhattan, l'océan et les rivières qui entouraient la presqu'île. La mer à l'est, les montagnes, les fermes et les villes à l'ouest.

— Où… où allons-nous ? hurla le pilote.

Cap se pencha en avant, face au vent.

— En Amérique, répondit-il.

PARTIE 2

COMMENCER
A CROIRE

SEPT

Le lieu : l'angle de la Douzième Rue et de la Cinquième Avenue, Manhattan. 8 h 24 – heure de pointe. Le robot de plus de trois mètres de haut faisait vibrer le sol à chaque pas. Son visage était une réplique géante et monstrueuse du masque du vilain dénommé Fatalis.

Tony Stark s'immobilisa dans les airs, à quelques rues de distance du robot. Il baissa les yeux et vit que la police avait fait évacuer le quartier. Contenus derrière des barrières, les curieux filmaient la scène avec leurs téléphones portables ou leurs appareils photo numériques.

— À nous de jouer, dit Tony.

Miss Marvel se glissa près de lui, attendant ses instructions. En bas, Luke Cage et la Veuve Noire descendaient la rue dégagée en courant. Spider-Man les suivait de près, balançant sa toile de feux de signalisation en réverbères.

Tony se connecta sur une fréquence radio.

— Red, tu m'entends ?

Le robot avançait lourdement, éventrant la chaussée dans sa progression. Pris de panique, les gens s'éloignèrent des barrières, se pressant contre les vitrines des boutiques et des restaurants.

— Je suis Fatalis ! dit le robot.

La voix de Red Richards grésilla dans l'oreille de Tony.

— En l'absence de preuves concluantes, dit-il, je suppose qu'il s'agit d'un Fatalibot.

Tony fronça les sourcils. Faisait-il de l'humour ou énonçait-il un fait ? Avec Red, c'était difficile à dire.

— On est prêts, Tony. (La voix de Spider-Man retentit, claire et nette.) La nouvelle recrue des Vengeurs prend son service !

Tony recensa ses troupes. Tigra lui fit un signe de la tête ; Cage avait l'air sombre, hésitant. Spider-Man était agrippé au mur d'une usine, prêt à bondir. Toujours aussi sculpturale, Miss Marvel flottait dans les airs avec prestance.

D'une pensée, Tony monta le son des haut-parleurs de son armure au maximum.

— Votre attention, citoyens, dit-il. Je suis Iron Man, inscrit au registre des super-héros. Mon véritable nom est Anthony Stark. Il s'agit d'une mission officielle s'inscrivant dans le cadre du protocole de sécurité de la Loi de Recensement des Surhumains. Je vous prie de reculer afin que nous puissions intervenir. N'ayez aucune crainte.

Les badauds échangèrent des regards perplexes.

Le robot fit un pas de plus sur la 5e Avenue.

— Je suis Fatalis !

Son pied provoqua un nouveau séisme et déclencha les alarmes des voitures de tout le quartier.

— Red, dit Tony, tu peux me faire un topo sur ce machin ? Très vite.

— C'est un prototype construit par le Docteur Fatalis. Tu as entendu parler de lui ?

— Oui.

Victor von Fatalis était l'ennemi juré de Red. C'était un brillant scientifique qui se dissimulait sous une armure. Il dirigeait son pays, la Latvérie, d'une véritable main de fer. Son ressentiment envers Red remontait à l'époque où tous deux étudiaient dans la même université.

— Bien. Fatalis prétend qu'il l'a créé uniquement pour maintenir l'ordre en Latvérie. Mais le robot a développé une sorte d'intelligence artificielle rudimentaire et s'est enfui en Amérique.

Miss Marvel fronça les sourcils.

— Fatalis t'a vraiment raconté tout ça ? Pourquoi ?

— Il sent peut-être que le vent est en train de tourner, et je le soupçonne de vouloir se mettre Tony dans la poche. Ou alors il a un plan secret. (Red hésita.) Je ne sais pas.

Tony pensa : *Il vient de prononcer les mots qu'il déteste le plus.*

— Merci, Red. Terminé.

Tony vérifia que tous les Vengeurs étaient bien sur la même fréquence que lui.

— Suivez mes instructions, dit-il. C'est le début d'une ère nouvelle. Et l'occasion ou jamais de reconquérir la confiance de la population.

— Moi aimer la confiance, plaisanta Spider-Man. Confiance est bien.

— Je suis Fatalis !

— Attaque aérienne pour commencer.

Tony s'élança.

— Carol ?

Miss Marvel le suivit, sa longue ceinture rouge flottant, éclatante, dans le soleil matinal. Fendant le ciel en formation parfaite, ils foncèrent en direction de la tête du robot, qui tourna vers eux ses yeux incandescents...

...et posa le pied sur une voiture dont il écrasa le coffre. La conductrice parvint à s'extirper par la portière avant et sortit en chancelant, un bébé serré contre elle. Elle tituba, regarda autour d'elle d'un air paniqué et courut... droit vers la jambe du robot.

Lentement, il baissa la tête vers la femme.

Tony se retourna brusquement vers Miss Marvel, dont les bras gantés de bleu étaient déjà tendus et commençaient à étinceler. Sa nature à moitié alien lui permettait de générer de violents éclairs d'énergie. En situation de combat, elle faisait partie des Vengeurs les plus puissants.

Mais si elle tirait sur le robot maintenant…

— Carol. (La voix amplifiée de Tony était délibérément cassante.) La sécurité des civils avant tout.

Miss Marvel acquiesça et fonça en direction de la rue.

Le robot étendit un énorme bras vers la femme terrorisée. Elle était figée contre une voiture, les doigts crispés autour de son bébé. Miss Marvel vint s'interposer entre le robot et elle. Mais la femme n'eut pas l'air plus rassurée.

Elle a aussi peur de nous que du Fatalibot, pensa Tony.

— Protocole, dit-il.

Miss Marvel sembla pivoter dans les airs sur la pointe du pied, et s'immobilisa juste au-dessus de la voiture détruite. La tête du robot bougea à plusieurs reprises de haut en bas entre la femme et elle, trahissant son état de confusion.

Tony se surprit à admirer Miss Marvel. *Elle est belle, sculpturale, dotée d'un immense pouvoir et de la grâce d'une danseuse. Un modèle pour nous tous.*

Miss Marvel se tourna vers la femme et lui adressa sur un ton calme les formules apprises par cœur.

— Je suis Miss Marvel, dit-elle, inscrite au registre des super-héros. Mon véritable nom est Carol Danvers. Je suis ici pour vous aider. Je vous prie de reculer afin que je puisse…

Tony s'avançait déjà… mais une fraction de seconde trop tard. Le robot avait levé son énorme bras de métal et envoyé *valser* Miss Marvel.

— Vengeurs, rassemblement !

Les puissants rayons répulseurs projetés par Tony frappèrent la tête du robot. Des étincelles jaillirent. Puis il recula un peu et actionna un système de caméras multiples. En parfaite synchronisation, ses moniteurs internes indiquèrent que :

- Miss Marvel s'était écrasée contre un bâtiment, provoquant une pluie de briques sur le trottoir. Elle était sonnée, mais son pouls était normal. Pas de blessure grave.
- La femme s'était enfuie avec son bébé. Tous deux étaient sains et saufs.

- La boîte crânienne du Fatalibot était ouverte, exposant servomoteurs et circuits à l'air libre. Mais le robot était toujours debout. Tony sentit bourdonner un verrouillage radar et vit une arme inconnue en forme de tube sortir du doigt du robot.
- Spider-Man se dirigeait vers le lieu de l'affrontement. Cage et la Veuve Noire étaient juste derrière lui.

L'arme du Fatalibot émit un arc lumineux, aveuglant Tony un bref instant. Des filtres oculaires s'abaissèrent automatiquement sur ses yeux en moins d'une seconde. Il lui fallut trois secondes supplémentaires pour recouvrer une vision normale et découvrir la situation. Le robot était toujours en mouvement, mais les Vengeurs étaient passés à l'attaque. Cage était monté sur son dos et le frappait de ses poings aussi durs que l'acier; juchée sur un réverbère, la Veuve Noire lui bombardait le torse de ses dards. Le robot chancelait, comme s'il ressentait la douleur causée par leur assaut.

— Je suis… Fatalis, dit-il dans un crachotement.

Spider-Man se posa dans la rue avec la légèreté d'une plume. Il se campa fermement sur ses jambes, étendit les deux bras et projeta une masse épaisse de toile collante sur le dos du robot, évitant soigneusement de toucher Cage pour lui permettre de grimper sur la tête de leur adversaire. Le robot s'arrêta net, retenu par la toile.

Cage repéra l'ouverture béante dans la boîte crânienne du robot et sourit d'un air mauvais. Il fit craquer les articulations de ses doigts, puis entreprit de taper de toutes ses forces sur les circuits.

— Cage, dit Tony. Les protocoles.

Ignorant sa remarque, Cage s'introduisit dans la tête du robot et se mit à arracher des câbles. Des éclairs électriques jaillirent, sans brûler sa peau résistante.

Tony s'approcha. Ses répulseurs étaient incandescents.

— Tiens-le bien, Pe… euh, Spider-Man.

— Entendu, boss.

— Arrête de m'appeler comme ça.

— D'accord, boss.

La toile formait à présent un énorme câble entre les poignets de Spider-Man et le Fatalibot, qui se débattait. D'un geste expert, Spidey tourna ses mains de façon à empoigner la toile, juste après avoir lancé un dernier jet. Et il tira.

Le Fatalibot leva une jambe et tenta de faire un pas. Spider-Man tint bon, mettant ses muscles à rude épreuve. Le Fatalibot s'immobilisa sur place.

Sous son armure, Tony sourit avec fierté. C'étaient les nouveaux Vengeurs. *Ses* Vengeurs.

— Ne lâche rien, Peter. Beau travail.

— Merci. Hé, Tony, quand tout ça sera terminé, il faudra que je te parle de deux ou trois choses.

— Je n'ai aucun créneau de libre avant le printemps prochain. Discutons maintenant.

Tenant toujours la toile fermement, Spider-Man, surpris, leva ses yeux de métal doré vers Tony.

— Maintenant ?

Tony se brancha sur une fréquence privée.

— C'est ce qu'on appelle être multitâches.

— Waouh ! C'est comme si tu étais dans ma tête.

Miss Marvel était de nouveau face au robot. Elle lança simultanément deux rafales d'énergie et la tête du robot céda dans un grincement.

— Allô, Peter ?

— Euh, oui. Tout d'abord, j'ai reçu le premier chèque que tu m'as envoyé. Et…

— Vérifie que les cotisations sociales ont bien été prélevées. L'administration ne rigole pas avec ça.

— J'ai gagné plus en une fois que toute l'année passée.

Tony frappa le robot avec ses rayons une fois, deux fois. Le robot vacilla. Sa tête pendait sur un côté à présent, rattachée à son corps par un simple câble.

— C'est mérité, Peter. La preuve.

— Oui, mais quand même. Merci.

Cage s'acharnait sur le ventre du robot et finit par éventrer sa carapace de métal. Le robot se pencha en avant et tomba à genoux.

Tony lui porta un violent coup latéral. Rassemblant ses deux lignes de toile dans une seule main, Spider-Man se servit de sa main libre pour lancer un nouveau jet sur les capteurs optiques du robot. La tête de la machine oscillait maintenant dans tous les sens à l'extrémité de ce nouveau câble.

— Peter, écoute. (Tony fit un signe à Miss Marvel, qui libéra une redoutable rafale d'énergie.) La Loi de Recensement des Surhumains entre en vigueur ce soir à minuit. Et je me suis personnellement engagé auprès du président à la faire respecter.

— Toi ?

— Il fallait quelqu'un. Et personne n'a envie d'avoir affaire à un bureaucrate anonyme dans ce dossier. Il valait mieux que ce soit un membre de la super-communauté, recensé et opérant publiquement.

— Euh… oui. C'est pas faux.

— Je vais avoir besoin de ton soutien.

— Avec le salaire que tu me donnes, tu l'as déjà.

— Ça ne va pas être facile, Peter. (Tony changea un instant de fréquence.) Natasha, coupe la tête de cette chose, tu veux bien ?

Du haut de son réverbère, la Veuve Noire sourit. Elle fit jaillir ses dards et la tête du Fatalibot tomba. Mais son corps continuait à bouger, s'agitant de manière anarchique et dangereuse à proximité des badauds retranchés derrière les barrières.

— Peter, je vais avoir besoin de ton aide pour faire appliquer les nouvelles règles. Je te donnerai des détails bientôt.

— D'accord.

— Et il y a autre chose. Tu sais de quoi je veux parler.

— Tony…

— Peter, il faut que tu le fasses. (Tony marqua une pause et augmenta légèrement le son de son haut-parleur.) D'ailleurs, à partir de minuit, ce sera obligatoire.

Il était impossible de lire l'expression de Spider-Man sous son masque, mais les données enregistrées par Tony indiquaient un taux élevé d'adrénaline dans son corps et une accélération de son rythme cardiaque.

Cage n'en avait pas fini avec le Fatalibot et lui assénait sans relâche des coups violents sur les rotules.

— Ce n'est pas négociable, Peter.

— Je… Je veux que tu me promettes une chose.

— Je t'écoute.

— C'est au sujet de ma tante May. Quoi qu'il arrive, je veux qu'elle soit en sécurité.

— Peter, tu peux être sûr que, si tu fais ce que je te demande, je veillerai personnellement sur cette adorable vieille dame jusqu'à la mort de l'un de nous. Et elle est bien capable de me survivre.

Spider-Man banda ses muscles, poussa un grognement et, puisant dans toutes les forces de ses pouvoirs d'araignée, il tira sur la toile. Cage sauta à terre, de même que la Veuve Noire. Miss Marvel s'éleva dans les airs, tout en grâce et en puissance.

Le Fatalibot s'écrasa dans la rue dans une pluie d'étincelles. Une articulation de sa jambe tressaillit brièvement, cliquetant contre une bouche d'égout. Puis le calme revint.

Tony baissa les yeux et observa la scène. Le Fatalibot était étendu de tout son long sur le bitume lézardé, au beau milieu de la rue. Les Vengeurs l'encerclaient en s'époussetant. Natasha étira un muscle douloureux.

Tony leva son pouce en l'air en direction de la foule, et la police commença à enlever les barrières. Les gens s'approchèrent prudemment. Des hommes d'affaires, des touristes, des femmes avec des poussettes. Fascinés par le robot, ils restèrent silencieux un long moment. Pas un mot. Le souffle coupé.

Puis un tonnerre d'applaudissements explosa soudain.

Tony prit la main de Miss Marvel et, ensemble, tel un couple royal, ils descendirent vers le sol.

— Vous entendez ça ? dit Tony. C'est la joie d'un peuple qui recommence à croire aux super-héros.

— Pas sûr. (Cage s'approcha, frottant ses articulations.) Sommes-nous encore des super-héros, ou de simples agents du S.H.I.E.L.D. payés par le gouvernement ?

— Non, Luke, nous restons des super-héros. Nous nous battons contre des super-vilains et nous sauvons des vies. (Tony lança un coup d'œil à Spider-Man.) La seule petite différence, c'est que les enfants, les incompétents et les marginaux n'auront plus leur place parmi nous.

La Veuve leva un sourcil et, sarcastique comme à l'accoutumée, demanda :

— Et tu places Captain America dans quelle catégorie, Anthony ?

Tony reprit un peu de hauteur, se retourna et tendit ses bras puissants en direction de la foule, qui l'acclama.

Miss Marvel sourit. Cage grimaça et détourna le regard. Natasha hocha la tête.

Le visage de Spider-Man était masqué, mais Tony savait qu'il écoutait attentivement.

Il redescendit vers le robot immobile, étendu face contre terre. Il tendit sa main gantée de métal à un couple d'adolescents qui écarquillèrent les yeux. Le garçon la serra et leva son pouce vers Tony.

— Cette fois, Cap se trompe, Natasha. Crois-moi.

HUIT

Jane Richards en avait assez. Assez de la nourriture de l'hôpital, du café de l'hôpital. Assez de faire la conversation à son frère pour tenter de lui remonter le moral. Assez de harceler les médecins pour savoir si l'opération s'était bien passée. Assez d'expliquer aux infirmières qu'il fallait absolument faire baisser sa température si elles ne voulaient pas entrer un beau matin dans sa chambre et découvrir ses draps réduits en cendres.

En fait, elle était surtout fatiguée.

— Franklin ? (Elle jeta ses chaussures et alluma la lampe du salon.) Val, ma chérie ?

Silence.

Elle regarda son téléphone portable. Une lumière clignotante indiquait un nouveau texto. Il était de Ben Grimm.

Jane, Franklin voulait voir le dernier Pixar, alors
    j'ai emmené les deux nains au ciné. J'ai pensé que
    Grosse Tête et toi, vous aimeriez être peinards.

Il y avait un second message :

> Bon d'accord, c'est moi qui voulais voir le Pixar. Val
> préférait un documentaire, mais c'est moi le plus
> grand, c'est moi qui décide.

Jane sourit. C'était dans des moments comme celui-ci qu'elle réalisait la chance qu'elle avait de faire partie des Quatre Fantastiques. Ils n'étaient pas simplement une équipe, comme les Vengeurs ou les Défenseurs. Ils étaient une famille. Une source de réconfort dans les périodes difficiles.

Elle traversa l'appartement, lut ses mails, alluma la télé sans mettre le son. Il y avait encore des images de l'explosion de Stamford avec son épais nuage noir. Quand cesseraient-ils de diffuser ça ?

Comme par habitude, Jane passa de la salle à manger à la cuisine, puis aux trois salles de bain. Puis à la petite chambre de Franklin et celle, plus petite encore, de Val. La suite parentale était plongée dans l'obscurité, vide. Le lit, arrangé le matin par le robot domestique, n'était pas défait.

Arrête de ruminer, se dit-elle. *Tu sais où il est.*

Le labo de Red bourdonnait comme une ruche. La semaine précédente, il avait loué une douzaine de super-ordinateurs à l'université de Columbia. Il les avait mis en réseau avec ses propres bases de données. Le sol n'était plus qu'un enchevêtrement de câbles, de serveurs, de routeurs et d'interrupteurs.

Au milieu trônait une table hexagonale recouverte d'ordinateurs portables, de documents et de tablettes tactiles. Red était assis à l'extrémité de la table. Son cou distendu s'étirait en tous sens, et son regard passait rapidement d'une tablette à une liasse de papiers estampillés d'un hologramme « Top Secret ».

Je l'aime, pensa Jane.

Elle savait comment il réagissait quand il était plongé dans ses recherches. Pour capter son attention, il fallait qu'elle dise au moins quatre énormités et qu'elle attende un grognement en retour. Parfois, il était même nécessaire de faire usage de la force.

À sa grande surprise, Red leva les yeux et lui sourit.

— Jane! s'exclama-t-il. Tu ne devineras jamais ce qui s'est passé ce matin.

Elle sourit et jeta un regard sur le labyrinthe de câbles.

— On a reçu la facture d'électricité ?

— J'ai prévenu les Vengeurs de la présence d'un Fatalibot et je les ai aidés à le mettre hors d'état de nuire. Et… et ensuite, Tony est venu ici et on a discuté un long moment. Il a beaucoup de projets, ma chérie. Des projets très importants.

— Mmmh.

— C'est le travail le plus passionnant que j'ai été amené à effectuer.

Ses yeux pétillaient. Jane ne l'avait jamais vu dans cet état.

— Tony ne plaisantait pas lorsqu'il affirmait vouloir révolutionner chaque méta-humain de ce pays. Je n'ai pas été aussi excité depuis mon premier trou noir.

— J'aurais aimé partager ton enthousiasme, dit-elle lentement, seulement, la moitié de nos amis risquent de se retrouver en prison.

— Oui, oui, je sais. (Red se tourna pour activer un immense écran mural.) Mais c'est leur choix. Ils peuvent toujours se faire recenser.

— À ce sujet…

— C'est une nécessité. Jette donc un œil à mes projections.

Les sourcils froncés, Jane s'approcha de l'écran, recouvert du sol au plafond de l'écriture de Red : équations, notes, cercles, ratures.

— C'est du charabia, dit-elle.

— Non, non. (Il s'étira derrière elle et pointa l'écran du doigt.) Là, c'est la courbe exponentielle du nombre de super-individus. Chaque année, il y a de nouveaux mutants, des accidents, des êtres dotés de pouvoirs générés artificiellement comme Tony. Des extraterrestres et même des voyageurs temporels. Ça représente un énorme danger pour la société.

— On parle d'êtres vivants, là, murmura-t-elle.

— Nous courons tout droit à la catastrophe si nous ne contrôlons pas leurs activités. (Elle sentit la main de Red se poser doucement sur son épaule.) Il ne s'agit pas de politique, ma chérie, mais de science. J'étais déjà parvenu à cette conclusion, et le projet de Tony est le meilleur moyen d'éviter un désastre.

Elle resta silencieuse.

— Tu aurais dû voir l'équipe en pleine action ce matin, poursuivit Red. Tony m'a montré la vidéo. Ils ont fait un boulot remarquable, et tout ça en respectant le nouveau cadre légal. Ça peut marcher, ma chérie. De plus, c'est une opportunité que nous devons saisir. (Il s'agitait à présent dans tous les sens, ses bras étirés touchant des écrans tactiles partout dans la pièce.) Tu n'imagines pas le nombre d'idées que nous avons lancées.

La main de Red s'était de nouveau posée sur Jane et lui caressait le creux des reins. Puis, lentement, elle descendit.

Jane et Red avaient toujours eu une vie sexuelle active, même après la naissance de leurs enfants. Plus d'une fois, elle avait ri sous cape en pensant à l'image que leurs amis se faisaient de leur couple. Tout le monde voyait Red comme un homme froid et obsédé par la science, et elle, comme l'archétype de la mère parfaite. S'ils savaient…

Mais là… le geste la dérangeait, comme s'il était incongru. Involontairement, elle généra un champ de force. Red retira vivement sa main, comme s'il avait été piqué.

— Pardon, dirent-ils tous les deux en même temps.

Soudain, un bourdonnement retentissant emplit la pièce. Jane se précipita vers le portail d'accès à la Zone Négative, dont les lumières clignotaient. Le pourtour s'anima et le portail révéla une masse tourbillonnante d'étoiles parsemée d'astéroïdes et, dans le lointain, des formes humanoïdes qui se déplaçaient rapidement.

— Tout va bien, dit Red, c'est juste un test.

Le portail émit un bourdonnement plus violent et aigu. Au-dessus de lui, près du plafond, un écran afficha : « Projet 42 / Voûte d'entrée percée avec succès ».

— C'est quoi, ce projet 42 ? cria Jane.

Red pencha la tête vers elle et la fixa bizarrement. Il marqua un temps d'hésitation.

Une voix métallique se fit alors entendre dans le vacarme.

— Top secret.

Jane vit la silhouette rouge et or d'Iron Man apparaître dans l'encadrement du portail. Ses propulseurs allumés, il sortit, resta en suspension un instant et se posa dans la pièce.

— Bonjour, Jane, dit-il.

— Tony, répondit-elle d'une voix la plus neutre possible.

Le bruit finit par cesser. Les étoiles disparurent et le portail se referma.

Red sourit à Tony puis étira le haut de son corps jusqu'à lui faire face.

— Comment c'était à l'intérieur ?

— Intéressant. (Tony regarda Jane de ses yeux brillants.) Je pense que ça va marcher.

— Je vais rassembler les données sur…

— Nous en parlerons plus tard. Il faut que je parte. (Tony s'immobilisa, comme s'il était soudain distrait par un signal provenant de son armure.) La Loi de Recensement entre en vigueur à minuit. Vous avez bien rempli tous les documents ?

Red fronça les sourcils.

— Notre identité est déjà connue publiquement.

— Peu importe, il y a des formulaires à compléter. Nous devons connaître votre niveau de pouvoir, vos points faibles, vos antécédents judiciaires ou les éventuels incidents causés par une perte de contrôle de l'un de vous.

— Oui, bien sûr. (Red acquiesça. Son cerveau fonctionnait à plein régime.) Il faudra que je parle au Docteur Pym de ce Protocole Niflhel que tu as mentionné quand…

— Red. (Tony se pencha en avant. Les fentes oculaires de son armure étaient incandescentes.) *Pas maintenant.*

Jane plissa les yeux. Red ne lui avait jamais rien caché jusqu'alors.

— Chérie. (Red tourna son cou distendu et sourit timidement à sa femme.) Tu peux t'occuper de cette paperasse dont parle Tony ?

— Les documents sont en ligne, ajouta celui-ci.

Elle remarqua qu'il se déplaçait légèrement au-dessus du sol, ce qui accentuait son air hautain et autoritaire. Il ressemblait à un personnage de film de science-fiction des années cinquante, un seigneur extraterrestre descendu sur Terre dispenser ses bienfaits. L'armure d'Iron Man recouvrait entièrement son corps, ne dévoilant rien de son humanité.

Et Red semblait totalement sous sa coupe. Comme un adolescent amoureux.

— Très bien, dit-elle. Euh, au fait…

— Oui, chérie ?

— Ton beau-frère va mieux. Le chirurgien a réussi à extraire les fragments d'os de son cerveau. Il pourra peut-être sortir dans un jour ou deux.

— C'est…

— Au cas où ça t'intéresserait.

Puis elle tourna les talons et quitta la pièce, la tête haute. Tandis qu'elle s'éloignait, elle sentit peser sur elle le regard rouge et froid d'Iron Man.

NEUF

La limousine de Tony Stark disposait d'un bar bien rempli. Coca normal ou light, jus d'orange et de raisin, punch aux fruits, boissons énergétiques et huit sortes d'eaux vitaminées. Café, décaféiné, plus des alcools sud-américains dangereusement surdosés en caféine. Bouteilles en verre ornées de caractères japonais et scellées par une bille. Marques vintage comme *Jolt*, *Patio* ou *New Coke*, récupérées dans des entrepôts du monde entier.

Les boissons, alignées sur de la glace pilée, regardaient Tony tels des yeux de verre et de métal. Mais aucune ne lui faisait envie.

Change-toi les idées, pensa-t-il. Il alluma la télévision et le visage d'une blonde au brushing impeccable apparut au-dessus du logo d'une chaîne câblée.

— ...venons d'apprendre que Tony Stark donnerait une conférence de presse demain, disait-elle. Cette intervention est bien sûr en rapport avec l'application de la Loi de Recensement des Surhumains. Quel est votre avis sur la question ?

L'écran était à présent envahi par le visage d'un homme au regard sévère. Sourcils broussailleux, tempes grisonnantes, petite moustache. Chemise blanche, manches retroussées. Narines palpitant d'excitation.

Sous le visage, on pouvait lire :

J. JONAH JAMESON
DIRECTEUR DU *DAILY BUGLE*

— Quel est mon avis ? répéta Jameson. Mais je suis aux anges, Megan. Et ce n'est qu'un premier pas vers la résolution de notre énorme problème avec les surhommes. Ce soir à minuit, tout ce que mon journal réclame depuis toujours se concrétisera avec cette loi.

Ouh là, se dit Tony, *il est encore plus effrayant quand il sourit.*

— Pensez-vous…

— Finis les masques, poursuivit Jameson en coupant la parole à la journaliste. Ces clowns ne pourront plus se cacher ou donner des excuses bidons pour garder leur identité secrète. Soit ils accepteront de travailler pour le S.H.I.E.L.D, soit ils troqueront leurs costumes contre une tenue pénitentiaire. Point barre.

— Monsieur Jameson, croyez-vous vraiment que tous les super-héros vont se plier à cette loi ?

— Non. (Il se pencha vers la caméra avec un regard carnassier.) Seulement les plus intelligents.

Tony sourit. *Désolé, mon vieux, mais Peter a fini d'être ton bouc émissaire.*

Cela étant, c'était une bonne chose qu'un journal à grand tirage soutienne la loi. Même si ce journal était dirigé par un quasi-psychopathe.

La journaliste posa une autre question. Jameson l'ignora complètement, et se lança dans une grande tirade sur les combats héroïquement menés par le *Daily Bugle* durant toutes ces années pour que la justice soit respectée. Tony, agacé, changea de chaîne.

Encore l'épais nuage de fumée noire s'élevant au-dessus de l'école détruite de Stamford. *Comme si cela ne suffisait pas que j'en rêve toutes les nuits.* Il coupa le son.

L'heure s'affichait dans un coin de l'écran : 23 h 53.

— Gare-toi, Happy, dit Tony. Nous avons un événement à fêter.

La voix de Happy se fit entendre dans le haut-parleur.

— Tu as une bière pour moi ?

— Tu conduis, Happy. (Tony lança à nouveau un regard vers les terribles images sur l'écran.) Ce soir, il faut qu'on respecte la loi.

— TU AS DES nouvelles de Captain America ? demanda Hap.

Tony passait nerveusement son smartphone d'une main à l'autre. Il regarda Happy, assis en face de lui, lever son verre d'eau gazeuse en appuyant son dos robuste contre la cloison de séparation de l'habitacle.

Il a l'air si... détendu, pensa Tony. *Et moi, est-ce que je réussirai à le redevenir un jour ?*

— Non, aucune. (Tony se renfrogna.) Œil de Faucon a disparu de la circulation lui aussi, et pas moyen de mettre la main sur Cage. Je crois que Cap est en train de constituer sa propre équipe en douce. (Il lança le téléphone à Happy.) Bon sang, je n'ose pas regarder. Tu peux me dire combien de héros se sont inscrits ?

Happy fixa l'écran.

— Voyons voir... Trente-sept. Non, trente-huit. La Veuve vient de se faire recenser.

— C'est tout elle de faire durer le suspense. (Tony prit une profonde respiration.) Trente-huit.

— C'est ce que tu avais prévu, non ?

— À peu près, oui. Et... Hap, est-ce que les FF ont envoyé leurs formulaires ?

— Deux secondes... (Happy posa un doigt épais sur l'écran et fit défiler les pages.) Oui. Tous les quatre.

Bon. C'était déjà ça.

— Les inscriptions continuent à arriver. Je pense qu'il y aura des retardataires. (Happy regarda sa montre.) Hé, il reste une minute. On fait le décompte, comme au Nouvel An ?

— Non. (Tony se renversa sur son siège et ferma les yeux. Il contracta ses paupières jusqu'à ce qu'il commence à voir des taches.) J'espère que nous n'avons pas commis une...

Un bip strident retentit, résonnant entre les vitres fermées de la limousine. Tony ouvrit les yeux brusquement, juste à temps pour voir Happy, surpris, jeter le téléphone en l'air comme une poêle brûlante.

Tony rattrapa l'appareil et coupa le son.

— C'est une alerte du S.H.I.E.L.D, dit-il.

Quand il leva les yeux, Happy lui tendait déjà le casque d'Iron Man.

LE CENTRE DE Commandement Mobile 3A du S.H.I.E.L.D. était un aéroglisseur de haute technologie, conçu spécifiquement pour les opérations urbaines. Tony le rejoignit quelques pâtés de maisons plus loin, au nord de Wall Street. Il ne vit tout d'abord qu'une sorte de brouillard, comme une vague de chaleur ondoyant dans la nuit au niveau des fenêtres du cinquième étage d'un bâtiment. Il enclencha ses propulseurs sur la vitesse maximale, procédant par paliers pour la moduler. Lorsqu'il parvint à s'aligner sur la vitesse de l'engin, ses capteurs réussirent à pénétrer le manteau furtif qui l'entourait, et il fut en mesure de voir le Centre de Commandement du S.H.I.E.L.D : un long véhicule plat, pointu à l'avant, volant entre les hauts buildings.

— Iron Man, véritable nom Tony Stark, annonça-t-il. Demande autorisation de monter à bord.

L'intérieur était sombre, étroit et rempli d'écrans de surveillance. Un véritable QG militaire. Quatre agents en uniforme manipulaient des ordinateurs.

— Mineur costumé clandestin, dit Maria Hill en montrant un écran. Il a essayé de faire échouer un braquage. C'est une violation de la Loi.

Tony releva sa visière et regarda l'écran, qui montrait un jeune Noir masqué avec une fiche extraite de ses propres bases de données :

```
Véritable nom : Eli Bradley
Autres noms : PATRIOT
Groupe d'appartenance : Jeunes Vengeurs (non autorisé)
```

Pouvoirs : force surhumaine, agilité ; lance des
  étoiles
Nature du pouvoir : inné / artificiel (hybride)
Lieu de résidence : New York, NY

Tony fronça les sourcils.

— Où est-il à présent ?

Hill se tourna vers un agent.

— Russell, le nouveau projecteur d'hologrammes est branché ?

— Oui, chef.

— Activez-le.

Elle fit un signe à Tony. Au centre de la pièce, une image en trois dimensions s'anima : Patriot, effrayé, la respiration saccadée, éclairé par un réverbère ou des lumières sur un toit, cherchant à sauver sa peau. Il courait, sautait, faisant des bonds incroyables du haut d'un bâtiment à un autre.

— Cet écran est le nec plus ultra, dit Hill. On utilise des caméras normales, mais il agrandit la…

— Je sais. (Tony passa la main sur l'image, elle ne bougea pas.) C'est moi qui l'ai conçu.

— On le tient, dit l'agent. Les caméras de surveillance du NYPD sont verrouillées sur sa signature thermique. Fox-trot 4 n'est pas loin, juste à quelques pâtés de maisons au sud.

Sur l'image, la lumière du projecteur d'un hélicoptère apparut derrière Patriot. Il se retourna, l'air terrorisé. Puis il reprit sa course, plus vite encore.

Hill sourit.

— Tu peux courir, petit monstre.

Tony se renfrogna. Il n'avait jamais vraiment apprécié cette femme et son côté extrémiste. C'était le genre de soldat qui choisissait toujours la solution la plus simple et la plus violente pour résoudre un problème. La disparition de Nick Fury avait causé un grand vide à la tête du S.H.I.E.L.D, ce qui était dangereux pour une organisation chargée de surveiller le monde libre. Hill avait repéré l'opportunité et l'avait saisie.

Et de toute évidence, elle en tirait un grand plaisir.

— La Loi de Recensement a été promulguée il y a trente-huit minutes, commandant. On pourrait laisser une chance à ce gamin, non ?

Hill leva un sourcil.

— Pour commencer, Stark, mon titre, c'est directrice, maintenant.

— Par intérim, il me semble.

Elle lui lança un regard furieux.

— Patriot et les Jeunes Vengeurs – un groupe, dois-je vous le rappeler, dont *vous* avez tacitement autorisé la formation – ont twitté toute la nuit contre la Loi. (Elle s'approcha d'un agent, qui activa un écran plat couvert de textes.) Vous voulez des exemples ? « Mourir plutôt que d'enlever son masque. », « Que le S.H.I.E.L.D. aille se faire f… », « Tony Stark : un héros au cœur de pierre. » (Elle sourit.) Je trouve celui-ci assez poétique, je dois dire.

— Madame, interrompit l'agent, nous avons un signal de Fox-trot 4.

Sur l'image holographique, ils virent Patriot faire un bond spectaculaire entre deux immeubles. À deux doigts de tomber dans le vide, il se récupéra *in extremis* et se hissa sur un toit. L'hélico décrivait des cercles au-dessus de lui, son faisceau de lumière déchirant la nuit. Tony remarqua les armes qui équipaient l'appareil de chaque côté, juste au-dessus du train d'atterrissage.

Dans un crachotement, la voix du pilote retentit dans le Centre de Commandement.

— J'ai le visuel, S.H.I.E.L.D-TAC. Suis en position.

Hill s'avança.

— Bien reçu, Fox-trot 4. Interdiction formelle d'utiliser autre chose que des *seringues sédatives*.

Elle se tourna vers Tony.

— Rassuré ?

Il ne répondit pas.

Une pluie de fléchettes et de balles en caoutchouc s'abattit sur Patriot, déchirant le dos de sa veste. Il hurla, mais continua de courir.

— Aucune blessure, S.H.I.E.L.D-TAC.

L'agent se tourna vers Hill, interloqué.

— Ce gosse est résistant aux balles, maintenant?

— Fichue base de données, dit un autre agent. Je croyais que quelqu'un faisait les mises à jour.

— Patience, messieurs. (Hill sourit à nouveau.) Comme l'a souligné monsieur Stark, notre nouvelle mission a démarré il y a moins d'une heure.

— Où va-t-il? demanda Tony. Il s'éloigne de la presqu'île.

— D'après nos infos, les Jeunes Vengeurs ont un refuge tout près de…

Toujours poursuivi par l'hélicoptère, Patriot s'élança du rebord d'un immeuble. Mais cette fois, il ne visait pas un toit. Il s'agita dans les airs, avant de s'écraser au beau milieu d'une verrière qui vola en éclats. Il poussa un cri et dégringola dans le bâtiment.

— … là, termina Hill.

— On bascule sur la caméra de l'hélico, dit l'agent.

L'image tremblotante montra un gros plan de Patriot dans la verrière fracassée. La pièce semblait sombre et vide. Tony ne distinguait pas d'autres silhouettes.

— Faut qu'on se tire d'ici, les gars! hurla Patriot. Le S.H.I.E.L.D. m'a surpris en pleine intervention et ne veut plus me lâcher!

— Il va avoir une surprise, dit Hill. On a cueilli le reste de l'équipe il y a une demi-heure.

— En fait, Wiccan est toujours en cavale, précisa l'un des agents. Mais la police locale l'a repéré.

— Les gars, c'est sérieux! (La silhouette de Patriot vacilla tandis que l'hélico survolait la verrière.) Ces mecs ne plaisantent pas!

— Sédatifs inefficaces, S.H.I.E.L.D-TAC, annonça le pilote de l'hélico. Et je ne l'ai plus dans mon viseur.

Hill se tourna vers un agent.

— Cet immeuble est vide?

— Oui, chef. Aucun signe de vie.

— Fox-trot 4, autorisation de passer au niveau supérieur.

Tony se tourna vers elle, l'air inquiet.

— Qu'est-ce que ça veut...

L'agent afficha l'image en grand. Deux missiles incendiaires jaillirent des lanceurs de l'appareil en direction de l'immeuble.

La caméra de l'hélico prit le relais juste à temps pour montrer le visage horrifié de Patriot. Il fixait la caméra, la bouche ouverte, tandis que les missiles se rapprochaient de lui.

Puis l'immeuble explosa. La façade et les trois derniers étages furent soufflés dans les airs, projetant du verre et du métal partout. Un nuage de cendre noire assombrit l'écran, masquant la scène de désolation.

Tony attrapa Hill par les épaules.

— Mais qu'est-ce que vous faites? Vous êtes *folle*?

Elle se crispa de douleur sous sa poigne de fer et le repoussa avec colère.

— Ce gosse est quasiment indestructible. Vous vous attendiez à quoi?

— Je ne m'attendais pas à ce que vous causiez des dégâts matériels uniquement pour le plaisir. (Il montra le nuage de poussière sur l'écran.) L'idée, c'est de ne *pas* semer la panique dans la population!

— Nos méthodes diffèrent, semble-t-il.

— Si ce gamin est mort...

— Non. (L'agent pianota sur ses claviers de commandes. L'hologramme tremblota, se figea et s'évanouit, avant de réapparaître.) Je n'arrive pas à avoir une image, les caméras de la police sont HS à cause de l'explosion. Mais Fox-trot 4 confirme: ils l'ont chopé.

— C'est inadmissible. (La visière de Tony se ferma avec un bruit sec et tous ses systèmes se connectèrent.) Je vais... je dois en référer au Président.

Il tourna les talons et se dirigea vers la sortie.

— Stark.

Quelque chose dans le ton de sa voix l'incita à s'arrêter.

— On est dans le même camp, dit Hill.

Il s'approcha de la trappe d'accès et ouvrit le sas. La porte intérieure bascula dans un chuintement.

— Je sais, répondit-il.

Et il s'envola dans la nuit.

DIX

La maison de tante May était très calme. Elle était remplie de vieux livres, de bibelots, de souvenirs de vacances du temps où les voyages en avion étaient moins fréquents. Partout, des photos encadrées : Peter, oncle Ben, les parents de Peter décédés depuis des années, posant fièrement dans leurs uniformes militaires. Des clichés couleur sépia remontant au début du 20e siècle, peut-être même au 19e. Une odeur de naphtaline, de désinfectants fabriqués il y a des décennies.

Peter Parker s'assit et lissa le vieux dessus-de-lit à carreaux. Comme tout le reste dans la pièce, il avait toujours été là. Il regarda son vieux microscope usé, l'appareil photo argentique avec lequel il avait pris ses premiers clichés, son trophée de sciences abîmé par Flash Thompson, qui l'avait jeté par terre à l'époque.

Tout était dans le même état. *Conservé*, pensa Peter, *mais pas par manie. Par fierté. Là était toute la différence.*

Il y avait dans cette pièce tant de choses qui parlaient de lui, de Peter Parker. Pourtant, il manquait un élément important de son existence, un grand fil dans l'écheveau de sa vie.

Il se dirigea vers son placard et poussa une planche mal ajustée. Il tâtonna un instant et mit la main sur son tout premier masque de Spider-Man, en tissu, qui le fixa de ses immenses yeux blancs, légèrement jaunis par le temps.

— Peter ?

La voix de May lui rappela soudain pourquoi il était venu. Pris de panique, il chiffonna le masque et le fourra dans la poche arrière de son pantalon.

— Je suis là, tante May.

Chaque fois que Peter lui rendait visite, tante May lui faisait des sablés, quelle que soit l'heure du jour ou de la nuit. Ça tombait bien, il avait faim.

— Mon Dieu, Peter, tu es déjà debout ? Le soleil n'est même pas encore levé.

Elle se tenait dans l'encadrement de la porte. Un peu chancelante, remarqua-t-il, mais adressant un large sourire à son neveu. Ses cheveux tirés en arrière étaient rassemblés en un chignon serré ; de nouvelles rides marquaient son visage, année après année. Ses mains étaient striées de veines bleutées, mais elles ne tremblaient pas.

Un seul détail était inhabituel : sur le plateau qu'elle portait, il n'y avait pas de sablés, mais des cookies aux pépites de chocolat.

— Je n'arrivais pas à dormir. (Peter eut un sourire hésitant en regardant le plateau.) Des cookies, tante May ?

Elle baissa les yeux, comme si elle voyait le plateau pour la première fois. L'espace d'un instant, elle eut l'air perturbée. Peter se sentit de nouveau inquiet.

Puis elle secoua la tête.

— Je ne sais pas pourquoi, mon grand. J'ai eu le sentiment que ce jour était différent des autres.

— Mais je ne me plains pas.

Il prit un cookie, mordit dedans. Il était encore chaud, les pépites de chocolat fondirent sur sa langue. C'était une sensation agréable. Il était chez lui.

May sourit et posa le plateau. Peter termina son cookie et la dévisagea en silence.

— Comment te sens-tu, tante May ?

— Très bien, Peter, comme toujours. (Elle fit un geste de la main comme pour évacuer le sujet.) Mais je me fais du souci pour *toi*.

— Moi ?

Elle s'assit sur le lit et lui fit signe de s'installer à côté d'elle.

— Désolée de te dire ça, mais tu n'as pas l'air très... chanceux avec les filles.

— Tante May...

— Je pense à la nièce d'Anna Watson. Je trouve que c'est vraiment dommage, c'est tout.

— Ne change pas de sujet. Tu prends bien tes médicaments ?

— Qui est en train de changer de sujet, là ? (Elle posa sa main sur le genou de Peter.) Tout va bien, je t'assure.

— Oh non, tante May, il y a beaucoup de choses qui ne vont pas. (Devant son expression inquiète, il ajouta :) Pas ici, je veux dire. Pas avec toi. Mais... dans le monde.

Elle acquiesça d'un air grave.

— Tu penses au drame de Stamford.

— Oui. Les gens ont vraiment peur, maintenant.

— C'est terrible. (Elle se leva, les yeux dans le vague.) J'étais petite quand Joseph McCarthy a lancé sa chasse aux sorcières. Il a réussi à créer un climat de peur en faisant croire aux gens qu'il y avait des communistes partout, au Congrès, dans leur jardin, cachés derrière les buissons en attendant de renverser le gouvernement.

— Et il y en avait ?

— Quelques-uns, peut-être. Mais la plupart d'entre eux étaient trop occupés à fumer de la marijuana pour vouloir renverser quoi que ce soit.

Peter éclata de rire.

— Là, c'est un peu différent, tante May. Les gens ont peur des surhumains, et c'est vrai qu'ils sont nombreux à traîner dans les rues. Ou dans les airs.

— Mon point de vue, Peter, c'est que les gens prennent de mauvaises décisions quand ils ont peur.

Il acquiesça.

— Tu as l'air nerveux, mon grand. Il y a un problème ?

— Je… Il… Il faut que je te parle de quelque chose, tante May. Et c'est un peu, euh, délicat.

Délicat ? pensa-t-il. *C'est un euphémisme. Allez Peter, prends ton courage à deux mains.*

— Peter, écoute-moi. (Elle prit le menton du jeune homme dans sa main et le força à la regarder dans les yeux.) Quoi qu'il se passe dans le monde, c'est *loin* de nous. Ça ne nous touche pas. Ça ne pénètre pas entre ces murs. Il n'y a que toi et moi ici, et tu peux tout me dire.

— D'accord. Mais… tu risques d'avoir un choc.

Ses yeux s'écarquillèrent. Elle se releva brusquement, tituba, et le fixa.

— C'est donc vrai.

— Quoi ?

— Mais ce n'est pas grave, Peter. Je m'en doutais un peu. Le fils de madame Cardoman lui en a parlé, et il est *bien* plus heureux maintenant. Il a même l'intention de se marier avec son… partenaire, comme vous dites. (Elle posa un doigt sur son menton.) D'ailleurs, ça me fait penser que *lui* aussi, à une époque, il sortait avec des top models.

— Quoi ? (Peter bondit.) Mais non, tante May, je ne… Alors comme ça, Jason Cardoman est gay ? Oh, bien sûr qu'il l'est. Mais…

— Comprends-moi, Peter. Ma génération n'a pas grandi avec… Enfin, on ne parlait pas de ces choses-là. (Elle caressa la joue de Peter.) Mais les temps ont changé. Le plus important, c'est que tu restes simplement le neveu merveilleux que tu es.

— Tante May, je ne suis pas gay.

— Ah.

Un instant, elle eut de nouveau l'air perturbé. Elle parcourut la pièce du regard puis le posa sur Peter.

Ça y est, pensa-t-il. *C'est le moment.*

Mais je ne peux pas. Je n'y arrive pas.

Elle vint se placer derrière lui. Ses doigts fins se refermèrent sur un petit morceau de tissu rouge qui sortait de la poche arrière de son pantalon. Elle tira dessus, jusqu'à ce qu'un motif de toile d'araignée apparaisse. Puis, d'un coup sec, elle le sortit complètement.

Ils restèrent immobiles un long moment, fixant tous les deux le masque aux yeux blancs de Spider-Man.

Et, à la grande surprise de Peter, tante May sourit. Un grand sourire, merveilleux, apaisé.

— Peter, dit-elle, je suis au courant depuis des années.

Il sentit les larmes lui monter aux yeux.

— Tu n'es pas aussi bon cachottier que tu le penses, jeune homme.

— Tante May… oh, tante May…

— Mais pourquoi aujourd'hui, Peter ? Pourquoi maintenant ?

— Parce que…

Il la prit dans ses bras et la serra contre lui, enfouissant sa tête dans son cou, comme il le faisait quand il était petit.

— … parce qu'il va se passer quelque chose, murmura-t-il. Quelque chose qui *va* pénétrer entre ces murs.

Elle tapota doucement ses épaules.

— Mais ça va aller, poursuivit-il. Tu seras en sécurité. Je me suis assuré de ça. Dans tous les cas, tu seras en sécurité.

— Peter, murmura-t-elle à son oreille. Mon cher petit. Je te crois. Quoi qu'il arrive, je suis très, très fière de toi.

Il la retint contre lui, le berçant doucement. Des larmes coulaient sur ses joues.

L'espace d'un instant, il fut envahi par un profond sentiment de paix.

Mais un accès de panique s'empara de nouveau de lui. Et une pensée :

Le plus dur est à venir.

ONZE

— FOURGON NUMÉRO 1, nous le tenons. Le petit sorcier est neutralisé.

Au son de la voix du commandant Hill, les mains de Captain America se crispèrent sur le volant.

— Localisation ? demanda-t-il calmement.

— Pont de Brooklyn.

Un badge portant l'inscription : «Agent Lannon» était épinglé sur l'uniforme du S.H.I.E.L.D. volé par Cap. Par chance, Maria Hill ne semblait pas avoir reconnu sa voix.

Cap jeta un coup d'œil à l'agent assis sur le siège passager, un type baraqué nommé Axton. Il se tenait droit dans son armure intégrale et souriait en tapotant sa main de sa matraque électrique.

— C'est le dernier, déclara Axton.

— Cramponne-toi.

Cap tourna le volant de toutes ses forces. Feux allumés et sirènes hurlantes, le fourgon numéro 1 du S.H.I.E.L.D – un véhicule de huit tonnes aux parois renforcées d'adamantium – opéra un demi-tour si brutal au milieu du carrefour bondé que les pneus du côté passager se soulevèrent de la chaussée. Puis il se stabilisa dans un crissement sourd et repartit pleins gaz vers le sud de West Street.

— S.H.I.E.L.D-TAC, ici le fourgon 1, annonça Cap. Nous arrivons pour l'embarquer.

— Bien reçu, fourgon 1. C'est le boxon là-bas, mais on va dire aux flics du NYPD de vous dégager la voie.

— Regarde-moi ça, dit Axton en se penchant en avant pour afficher les photos des Jeunes Vengeurs sur l'écran de l'ordinateur de bord. Patriot, Hulkling, Stature, Speed. Speed ? Tu parles d'un nom de héros !

Cap enclencha de nouveau la sirène. Une camionnette fit un écart pour se ranger sur le bas-côté et les laisser passer.

— Ces gamins, poursuivait Axton, ils ont quoi... seize ans ? Dix-sept, tout au plus ? Et ils se permettent de sortir nous narguer en collants ? Il était temps que quelqu'un leur donne une leçon.

Un grand panneau vert apparut, une flèche blanche indiquant la direction du pont de Brooklyn. Cap tourna brusquement à gauche pour s'engager dans Chambers Street.

Plus haut, il voyait clignoter des lumières. L'écho des sirènes résonna dans la nuit.

— C'est pas comme si on les excluait de la société, mec. Personne n'empêche ces voyous de faire leur truc. Le gouvernement va même jusqu'à les *payer* pour qu'ils aient un statut officiel. Mais tu sais quoi ? Ils veulent pas de ça. Ils ne prennent pas leur *pied* en étant dans la légalité. Ce qui excite ces tarés, c'est de se cacher derrière un masque.

Sur la droite, une rangée de voitures de police, tous feux allumés, bloquait la rampe d'accès au pont de Brooklyn. Cap ralentit. Un lieutenant aux cheveux grisonnants fit un signe à ses hommes, et les véhicules s'écartèrent pour le laisser passer.

Axton parlait toujours.

— Attends qu'ils voient la nouvelle prison qu'ils construisent spécialement pour eux ! Frank, aux appros, il dit qu'elle te brouille tellement le cerveau que tu peux même pas *penser* à t'évader.

Le fourgon fit une embardée sur un nid-de-poule, cahota entre les voitures de police et s'engagea sur le pont. Les deux voies menant à Brooklyn avaient été dégagées. Droit devant, Cap ne distinguait qu'une petite silhouette étendue au milieu de la route, encadrée par deux autres véhicules de patrouille.

Wiccan. Le dernier des Jeunes Vengeurs.

— Sédaté, dit Axton. J'espère que cette petite ordure a morflé. Ma sœur sortait avec un super-héros, figure-toi. « Turbo », il se faisait appeler. Il se croyait génial.

Le fourgon s'approcha de Wiccan, inerte dans son costume gris, une cape rouge déchirée autour du cou. Les flics formaient un demi-cercle autour de l'adolescent, leurs armes pointées sur lui.

— Ceci dit, il n'avait pas de vrais pouvoirs. Je parle de Turbo. J'ai toujours rêvé de me retrouver seul avec lui quand il enlèverait son exosquelette. Je lui aurais collé la tête dans la cuvette des chiottes, il s'en serait rappelé toute sa vie. Hé, mec, tu devrais pas ralentir un peu ?

— Tu sais quoi, Axton ?

Cap donna un coup de volant, envoyant son passager heurter violemment la portière. Puis il appuya sur le déverrouillage centralisé et lança un coup de pied dans le bras d'Axton. Le coude de l'agent alla frapper le loquet, la portière s'ouvrit et Axton tomba du véhicule en mouvement.

— Tu parles trop, dit Cap.

L'agent du S.H.I.E.L.D. s'écrasa sur la chaussée en hurlant, à quelques centimètres seulement du corps de Wiccan. Les flics reculèrent, surpris.

Du bout du doigt, Cap activa un émetteur caché dans son col.

— Faucon, appela-t-il. Extraction. Immédiatement !

La réponse du Faucon fut couverte par un flot de jurons sur la fréquence du S.H.I.E.L.D.

— S.H.I.E.L.D-TAC ! hurlait Axton. Le fourgon numéro 1 a été détourné !

J'aurais dû le frapper plus fort, pensa Cap.

Dans le rétroviseur, il distingua un halo de lumière rouge et blanc dans le ciel nocturne. Des ailes de deux mètres se déployèrent, dispersant les flics. Ils tirèrent quelques coups de feu, mais le Faucon avait déjà repris de l'altitude, le corps de Wiccan dans les bras.

— Je l'ai, dit la voix du Faucon.

Les sourcils froncés, Cap tapota sur la radio du S.H.I.E.L.D. Silence. Ils avaient changé leurs fréquences, l'excluant de leurs discussions.

Devant lui, la route était dégagée, la police l'ayant bloquée aux deux extrémités.

— Faucon, où es-tu ?

— À environ cinq mètres au-dessus de toi.

Cap regarda dans le rétroviseur. Les flics pointaient leurs armes vers le ciel, essayant d'aligner leurs viseurs sur le Faucon qui prenait de la hauteur en les esquivant.

Puis un autre flash de lumière attira son attention. Droit devant, sur la partie du pont côté Brooklyn, deux voitures du NYPD surgirent, fonçant sur lui à toute vitesse, gyrophares et sirènes enclenchés.

— Reste avec moi, Faucon.

Cap appuya à fond sur l'accélérateur, précipitant le fourgon vers les deux véhicules. Les conducteurs braquèrent pour l'éviter, mais il était déjà trop tard.

Cap serra les dents.

Le fourgon numéro 1 heurta la première voiture de police de plein fouet, faisant voler ses phares en éclats. Les occupants s'extirpèrent à la hâte du véhicule et atterrirent brutalement sur le bitume. Horrifiés, ils regardèrent les énormes roues du fourgon grimper sur le capot de la voiture, fracasser le pare-brise et broyer le moteur qui s'écrasa sur la chaussée. Puis le fourgon finit d'escalader le véhicule de police et l'aplatit comme une crêpe.

L'autre voiture s'arrêta dans un dérapage. Le conducteur se pencha par la fenêtre et tira quelques coups de feu. Les balles rebondirent sur l'arrière du van sans l'endommager.

Cap était reparti.

— Pas de repos jusqu'à Brooklyn, dit la voix du Faucon.

Cap fronça les sourcils.

— C'est un poème ou quoi ?

Puis il les vit, droit devant. Des lumières clignotantes énormes, plus grandes que les gyrophares de la police locale. Les appareils du S.H.I.E.L.D, tombant du ciel pour l'intercepter.

Cap regarda de nouveau dans le rétroviseur. Les flics du NYPD, ceux qui avaient capturé Wiccan, le poursuivaient. Et ils se rapprochaient très rapidement.

La nouvelle politique sécuritaire, se dit Cap. *Une chose est sûre, elle est efficace.*

— Cap, dit le Faucon, tu as le NYPD aux trousses et le S.H.I.E.L.D. au-dessus de la tête. Je ne sais pas toi, mais pour moi, ce pont n'a que deux extrémités.

Cap fit la grimace et activa l'ordinateur du fourgon. Il déroula rapidement une série d'entrées pour s'arrêter sur celle-ci :

```
Sujet : William « Billy » Kaplan
Autre nom : WICCAN
Groupe d'appartenance : Les Jeunes Vengeurs (non
   autorisé)
Pouvoirs : magie basée sur les probabilités,
   téléportation
Nature du pouvoir : inné
Lieu de résidence : New York, NY
```

Devant lui, les troupes du S.H.I.E.L.D. se posaient en plein milieu de la rue. Trois hélicos, un autre fourgon et – non, il ne rêvait pas – c'était bien le Centre de Commandement 3A, planant juste au-dessus de la première sortie vers Brooklyn.

La voix de Maria Hill résonna dans l'habitacle.

— Rendez-vous, *Captain*. Vous ne pouvez pas vous enfuir.

Ils ne cherchaient même pas à l'intercepter. Il n'y avait pas urgence : ils savaient qu'ils le tenaient.

— Faucon, demanda Cap, le petit est conscient ?

— Hélas. Il vient de se réveiller et s'est mis à hurler.

— Changement de plan. Rejoins-moi… Tout de suite.

— Quoi ?!

Cap jeta un coup d'œil sur la portière passager. Elle était toujours béante depuis la sortie peu élégante d'Axton.

— La portière est ouverte.

Les troupes au sol bloquaient la sortie à présent, préparant leurs armes et formant un rang serré. Au-dessus planaient les hélicos, aux portes desquels étincelaient des fusils.

Cap regarda devant lui, puis à droite; puis de nouveau devant lui, et encore à droite – et cette fois, il vit l'éclat blanc des ailes du Faucon. En plein vol, le héros fit passer Wiccan sur son bras droit en grommelant et tendit la main pour attraper la poignée de la portière.

— Pas d'embardée, tu veux?

L'instant d'après, ils étaient dans l'habitacle. Wiccan gémissait et se débattait. Le Faucon lui lança un regard furieux et claqua la portière derrière eux.

— Fiston, dit Cap d'une voix ferme.

Wiccan leva les yeux vers lui et se tut.

Après avoir repris son souffle, le Faucon replia adroitement ses ailes dans son dos. Puis en faisant la grimace, il désigna la route devant eux.

— Il y a une tonne d'agents du S.H.I.E.L.D.

— Fiston, répéta Cap. On a besoin d'une extraction. Tu vois ce que je veux dire?

Wiccan se contenta de le fixer avec un regard terrifié.

— Tes coéquipiers sont à l'arrière de ce véhicule, poursuivit Cap. Tous: Patriot, Hulkling, Stature et Speed. Je ne peux pas les sortir de là, ni nous sortir de là, tout seul. J'ai besoin de ton aide.

Cap afficha une carte de Manhattan sur l'écran vidéo de la cabine. Il toucha du doigt un point particulier et un cercle rouge apparut à côté du mot «Chelsea».

Ils se rapprochaient du barrage du S.H.I.E.L.D. Les lasers écarlates d'une douzaine de fusils à particules étaient pointés sur le fourgon.

— Il nous faut un sortilège de téléportation, dit Cap en montrant la carte du doigt. Et il nous le faut tout de suite.

Le Faucon empoigna le gamin et le regarda droit dans les yeux.

— *Tu as compris?*

— Oui. Oui, monsieur.

Wiccan se mit à marmonner des mots incompréhensibles, les yeux grands ouverts. Il semblait complètement traumatisé.

Au-dessus d'eux, le bourdonnement des hélicoptères du S.H.I.E.L.D. se rapprochait. Le soleil se levait, les premières lueurs de l'aube pointaient à l'horizon.

— Le temps presse, fiston, insista Cap.

Le premier coup fut tiré par un canon à main du S.H.I.E.L.D. Il frappa l'avant du fourgon, le fit trembler mais le ralentit à peine. Une mince fissure se forma sur le pare-brise.

— Ailleurs, murmurait Wiccan. Je veux être ailleurs Je veux être ailleurs Je…

— Captain.

La voix de Maria Hill était faible, cassée.

Soudain, une lueur bleu vif apparut dans la cabine. Jetant un coup d'œil à droite, Cap vit que Wiccan irradiait d'énergie. Le Faucon recula, stupéfait. La lueur bleue se propagea jusqu'à envahir tout l'habitacle.

— Je veux être *ailleurs*.

La voix de Wiccan était plus claire, plus affirmée.

Cap se pencha en avant. Le pont, la route, les agents du S.H.I.E.L.D. devant eux… tout semblait briller, étinceler de ce même éclat bleu. Il y eut un flash, puis tout disparut.

Pendant un long moment, Cap ne vit rien d'autre que l'aveuglante lumière bleue. Elle pulsait et flamboyait si fort qu'elle brûlait les yeux. Puis elle sembla se décomposer en une douzaine de faisceaux, se diffractant tous à partir du noyau central. Il y eut une centaine, puis un millier, puis un million de rayons lumineux, tous dirigés vers un point différent de l'espace.

Les probabilités, réalisa Cap.

L'instant d'après, il tombait, s'éloignant du centre lumineux pour dégringoler vers l'un des faisceaux. Une seule destination, parmi des millions.

— … ailleurs, psalmodiait Wiccan d'une voix faible.

Le fourgon cahota, toucha le sol et, soudain, l'accélération plaqua Cap contre son siège. Il regarda autour de lui, paniqué. Le fourgon s'engouffra dans un immense hangar vide, de la taille de la moitié d'un terrain de football. Il fonçait sur un mur de briques à cent kilomètres à l'heure.

— De Charybde en Scylla, marmonna le Faucon.

Cap écrasa la pédale de frein et tourna le volant. Les pneus crissèrent et se mirent à fumer. Le fourgon fit un tête-à-queue avant de s'arrêter devant le mur. Enfin, pas tout à fait. L'arrière dérapa et alla s'écraser violemment contre les briques. Alors qu'il était à deux doigts de se renverser, le véhicule finit par se stabiliser.

Wiccan avait toujours le regard fixe. «Ailleurs», répétait-il d'une voix presque inaudible.

Le Faucon sourit et lui donna une tape dans le dos.

— Tu as réussi, petit. Nous y sommes.

D'un geste brusque, Cap ouvrit la portière et sauta rapidement au sol. Le hayon à l'arrière du fourgon était cabossé, mais la serrure avait résisté. À l'aide d'un outil du S.H.I.E.L.D, Cap déverrouilla le mécanisme.

— Allez, sortez, dit-il.

D'un pas hésitant, les quatre Jeunes Vengeurs descendirent la rampe. Stature, la jeune métamorphe blonde, sortit la première, suivie par Patriot, Hulkling et Speed. Ils portaient tous de lourds colliers inhibiteurs de pouvoirs. Leurs poignets étaient menottés dans le dos.

Faucon conduisit Wiccan auprès de ses amis. Quand le regard de Wiccan croisa celui d'Hulkling, ils sourirent tous les deux et se donnèrent un coup d'épaule.

Cap se dirigea vers Stature. Une coupure sur sa joue avait taché de sang son costume rouge et noir; elle recula. Cap défit ses menottes et elle étendit les bras, grandissant involontairement de trente centimètres.

— Que se passe-t-il? demanda-t-elle. Où sommes-nous?

— Félicitations, les enfants, répondit Cap. Et bienvenue au sein de la Résistance.

Un groupe hétéroclite venait à leur rencontre. Daredevil, tout de rouge vêtu. Goliath, haut de trois mètres à présent. Œil de Faucon, l'archer, son arc en bandoulière. La féline Tigra. Et Luke Cage.

Le Faucon sourit. Il s'avança vers Cage et lui donna une tape sur l'épaule.

— Cage, mon frère, tu as enfin repris tes esprits.

— Tout va bien, dit Cage, mais il avait l'air perturbé.

Stature s'approcha de Goliath.

— Docteur Foster, vous êtes avec eux ?

Goliath sourit et tendit les bras.

— Grandis-toi un peu plus, que je puisse te serrer contre moi.

Un par un, les Jeunes Vengeurs se débarrassèrent de leurs chaînes.

— Où sommes-nous ? demanda Patriot.

— Dans le bunker du S.H.I.E.L.D. numéro vingt-trois, répondit Cap. Il date de la guerre froide. Son existence n'est connue que des gradés du S.H.I.E.L.D. dont l'accréditation est de niveau 34.

— Combien sont-ils ?

— Maintenant que Nick Fury n'est plus là ? Zéro. C'est lui qui m'a parlé de cet endroit, il y a longtemps.

Cap sentit retomber son adrénaline. Une vague de tristesse, un sentiment de perte l'envahit. Soudain, Fury lui manquait… et Thor, aussi. Thor aurait éliminé les agents du S.H.I.E.L.D. sur le pont d'un seul coup de son marteau. Et il en aurait ri.

Plus tard, soldat. Cap se redressa et épousseta son épaule. *Une guerre fait rage.*

Les membres de la Résistance saluèrent les nouveaux venus. Wiccan, Hulkling et Speed étaient tout excités de discuter avec Daredevil et Œil de Faucon. Les filles, fascinées par Tigra, touchaient timidement sa fourrure. Le Faucon racontait son opération de sauvetage aérien avec de grands gestes, tandis que Goliath, Cage et Patriot l'écoutaient.

— Cap ?

Il se retourna. Wiccan était devant lui, les sourcils froncés, tenant la main de Hulkling. Ce dernier, un grand gaillard à la peau verte, regardait Wiccan avec inquiétude. Cap réalisa pour la première fois qu'ils étaient en couple.

— Fiston, dit Cap. Tu as fait du beau boulot. Tu nous as tous sauvé la peau.

— Merci, mais euh… quel est le plan ? Qu'avez-vous l'intention de faire, cachés dans cette base ?

Cap se redressa de toute sa hauteur. Le silence se fit dans la pièce, tous les regards se tournèrent vers lui.

— Nous avons l'intention d'aider les gens, répondit-il, comme nous l'avons toujours fait. De défendre ce qui est juste.

Stature fronça les sourcils.

— Mais comment pouvez-vous… pouvons-nous faire ça ? Nous sommes tous des hors-la-loi, désormais. Des criminels recherchés.

— Cela ne va pas être facile. (Cap respira profondément.) Toutes les cartes sont entre les mains de Tony Stark. La loi est de son côté, le S.H.I.E.L.D. également, et il a plus d'argent et de technologie à sa disposition que la plupart des États souverains. Cela fait dix ans que Stark Enterprises rafle tout le budget de la Sécurité intérieure. Dieu sait quelles nouvelles armes ils ont dans leurs labos. Nous devons donc être malins. Nous devons être discrets. Et nous devons utiliser toutes les ressources à notre portée. Si nous voulons triompher – si nous voulons vivre comme des *héros*, libres d'opérer dans l'intérêt de tous – nous allons devoir *gagner* notre liberté. Nous allons devoir bâtir pierre par pierre le pays dans lequel nous voulons vivre. Tout comme l'ont fait nos ancêtres immigrants.

Il y eut une seconde de silence. Puis le Faucon poussa un cri de joie, et un concert d'applaudissements et d'ovations éclata.

Cap se détourna, retint une larme. Plus tard, ce moment symboliserait pour lui la véritable naissance de la Résistance.

Hélas, les sacrifices à venir seraient nombreux.

DOUZE

À L'INSTANT OÙ Tony Stark monta sur l'estrade, il sentit son ventre se nouer. Il regarda autour de lui, déconcerté. Il avait tenu des dizaines de conférences de presse ici, dans l'auditorium de Stark Enterprises. Ses murs blancs et ses grandes baies vitrées lui étaient presque aussi familiers que son appartement ou son labo. En ce jour, la salle était pleine à craquer, et des chaises pliantes avaient été ajoutées sur les côtés. Les journalistes patientaient en parlant à voix basse.

Soudain, il comprit : *C'est ça.* La dernière fois que la salle de conférences avait été aussi remplie, c'était deux ans auparavant quand, sur un coup de tête, il avait révélé au monde entier sa double vie en tant qu'Iron Man.

Il s'éclaircit la voix et se pencha vers le micro.

— Vous aussi, vous avez une impression de déjà-vu?

Un éclat de rire parcourut la salle. Tony lança un regard à Pepper Potts, qui se tenait droite comme un i derrière lui, avec l'expression neutre d'une collaboratrice. Happy Hogan l'encadrait d'un côté, et le secrétaire à la Sécurité intérieure des États-Unis de l'autre.

Pepper fronça les sourcils et fit mine de le pousser du coude.

Puis Tony remarqua une autre similitude avec la fameuse conférence de presse de l'époque. Christine Everhart, de *Vanity Fair*, était assise au premier rang, ses jolies jambes croisées. Quand il posa les yeux sur elle, elle inclina la tête et lui lança un regard provocant.

Il lui adressa un petit sourire et baissa les yeux. Puis il consulta rapidement ses fiches et les jeta sur le pupitre.

— En général, quand je me trouve devant un groupe de personnes, je commence par dire : « Je m'appelle Tony, et je suis alcoolique. »

Il y eut un nouveau rire, un peu nerveux, dans l'assemblée. *Au moins, ils ne sont pas hostiles.*

— Bien sûr, je ne suis pas ici pour vous parler de ça. Et pourtant, le sujet d'aujourd'hui n'est pas si différent. (Il marqua une pause pour ménager son effet et but une gorgée d'eau pétillante.) L'une des premières choses que vous apprenez en cure de désintoxication, c'est à être honnête avec les autres, à tous les niveaux. J'ai appliqué ce principe de transparence il y a deux ans en rendant publics mon identité d'Iron Man, ma déclaration d'impôts, mes origines familiales et même un compte rendu exhaustif et douloureux de mes échecs personnels. Ma vie n'est pas seulement un livre ouvert, c'est quasiment une œuvre en open source publiée sous licence Creative Commons.

Rires dans la salle.

— Mais il y a quelque chose que les gens qui n'ont pas mon... problème... ont du mal à comprendre. Un alcoolique ne demande pas de l'aide quand tout va bien. Certains d'entre nous attendent de toucher le fond. Pour d'autres, le déclic se produit quand les effets de leur mode de vie deviennent insupportables pour eux-mêmes et pour leur entourage. Enfin, d'autres ont un *moment de lucidité*. Une vision brève et claire de leur avenir, du terrible destin qu'ils connaîtront s'ils ne changent pas.

» Mesdames et messieurs, Stamford a été mon moment de lucidité. Il y a beaucoup d'aspects de ma vie dont j'ai honte, mais je suis très fier de ma carrière de super-héros. J'ai sauvé des milliers de vies, mis des centaines de criminels dangereux sous les verrous, et empêché des dizaines de catastrophes de se produire. J'ai créé les

Vengeurs, la plus grande équipe de super-héros du monde, dont la longue liste de succès parle d'elle-même.

» Non, non, je vous en prie, n'applaudissez pas. Ce n'est pas pour cette raison que je vous ai fait venir aujourd'hui. En fait, j'ai tiré un autre enseignement de l'alcoolisme : même quand on a décidé de ne plus boire, on n'est pas tiré d'affaire pour autant. Ce n'est qu'une première étape.

» Pour moi, et pour la super-communauté à laquelle je suis fier d'appartenir, la décision de lever le secret, de révéler les détails de ma vie cachée, a représenté cette première étape. La seconde commence aujourd'hui.

Il s'arrêta, la gorge sèche. Il parcourut la salle du regard, et la nuée de journalistes griffonnant ou tapant frénétiquement leurs notes sur des supports divers.

— Surhumains, métahumains, héros, vilains. Quel que soit le nom qu'on leur donne, ils se sont multipliés durant la dernière décennie. Certains d'entre eux sont nés avec des capacités physiques et mentales supérieures, d'autres ont acquis leurs pouvoirs de manière accidentelle. D'autres, comme moi, ont mis au point une technologie leur permettant de décupler leurs talents naturels. D'autres, dépourvus de véritables pouvoirs, ont pris sur eux de revêtir des costumes pour aller arpenter les rues. Et d'autres encore sont des aliens, totalement extraterrestres ou en partie humains.

» Nous vivons dans un monde incertain, effrayant. Des guerres ravagent le Moyen-Orient et d'autres régions du monde, et la peur du terrorisme n'a pas diminué. Partout dans ce pays, des familles affrontent la menace de la pauvreté, de l'effondrement du rêve américain qui a toujours été la promesse de ce pays. Ce rêve auquel je dois tant moi-même.

» Aussi, si je me présente devant vous aujourd'hui, c'est pour prendre un engagement : celui de tout mettre en œuvre pour que ce monde soit un peu moins effrayant. Je ne peux pas sauver l'économie mondiale, ni faire grand-chose contre les armes nucléaires portables et les attaques biologiques. Mais je peux, et je vais, résoudre le problème des armes surhumaines de destruction massive.

» À compter de ce jour, tout homme, femme ou alien, qu'il opère sur terre ou dans les airs, devra se plier à une procédure rigoureuse avant d'utiliser ses pouvoirs naturels ou artificiels dans un lieu public. Il doit tout d'abord s'inscrire sur le site Internet du département de la Sécurité intérieure. C'est rapide et indolore. Parmi les renseignements à fournir, le postulant devra indiquer son véritable nom, son adresse, un numéro auquel il peut être contacté en permanence, son niveau d'expérience et l'étendue de ses super-pouvoirs, s'il en a.

» Cette candidature sera ensuite étudiée par le secrétaire à la Sécurité intérieure et moi-même.

Le secrétaire acquiesça d'un signe de la tête.

— Notre évaluation débouchera sur plusieurs cas de figure. Le candidat pourra être autorisé à exercer une activité métahumaine selon les termes de la Loi de Recensement des Surhumains. Il recevra un contrat l'informant clairement des règles de conduite à respecter, et il se verra remettre un badge de membre du S.H.I.E.L.D. Il sera rémunéré selon son expérience et ses compétences, et il bénéficiera d'une couverture sociale, en accord avec les dispositions du gouvernement fédéral et la charte internationale du S.H.I.E.L.D.

Tony reprit sa respiration.

— Si le candidat est moins expérimenté, une licence provisoire lui sera accordée. Il pourra exercer ses talents après, et seulement après, avoir suivi un stage intensif de huit semaines dans l'un des centres de formation du S.H.I.E.L.D. Ces centres sont top secret et implantés loin des zones habitées afin que les exercices d'entraînement ne fassent courir aucun danger à la population. Une fois sa formation achevée, le candidat sera évalué par un jury de super-héros expérimentés. S'il est jugé responsable et compétent dans l'utilisation de ses pouvoirs, une licence en bonne et due forme lui sera remise. Sinon, il aura la possibilité de suivre à nouveau la formation, ou de se retirer du processus d'agrément.

» Bien sûr, nous aurons également affaire à des candidats représentant un danger évident ou potentiel pour le public, en raison de leur imprudence, de leur manque de sens moral ou de la nature totalement incontrôlable de leurs pouvoirs. Dans ce cas, nous leur refuserons le droit d'utiliser leurs aptitudes, ce qui nous paraît être une mesure raisonnable et justifiée. Même si un individu a les connaissances requises pour fabriquer une bombe atomique, cela ne lui donne pas le droit d'en assembler une au milieu de Times Square. (Tony marqua une pause.) Croyez-moi, je n'avais que neuf ans quand j'ai appris ça.

La salle se mit à rire. *Ça marche*, pensa Tony. *Ils sont acquis à ma cause.*

— Je vais répondre à quelques questions, puis je vous réserve une surprise. Avant toute chose, rappelez-vous qu'il ne s'agit pas là d'une décision *personnelle*. C'est la loi. Elle a été votée au Congrès et promulguée par le Président. Il m'a demandé d'en superviser moi-même l'application, et j'ai accepté. C'est un privilège et un devoir pour moi, à plus d'un titre. Oui, Gerry ?

Un homme corpulent se leva.

— Quel sera le statut des super-vilains, monsieur Stark ?

— Eh bien, s'ils se font recenser, ils tomberont bien évidemment dans la troisième catégorie : ils n'auront pas le droit d'exercer. Sauf s'ils expriment le souhait de s'amender et de suivre la formation prévue. Aussi incroyable que cela puisse paraître, le dialogue est engagé avec des vilains de haut vol.

— Même s'ils sont recherchés pour crime ?

— Il y aura… quelques cas… exigeant un traitement particulier. Mais je tiens à souligner qu'ils seront rares. Nous nous attendons à ce que la majorité des super-vilains refusent de se faire recenser, ce qui les mettra automatiquement en infraction. Je ne peux pas vous donner plus de détails sur nos projets sans risquer de communiquer des informations sensibles à ces criminels. Sachez juste que nous sommes en train de développer des méthodes radicalement nouvelles et redoutablement efficaces pour capturer les individus hors-la-loi et les empêcher de nuire. Melissa ?

— Quel sera le sort des super-héros refusant de se faire recenser, mais notoirement connus pour avoir arrêté des criminels dangereux et sauvé des vies par le passé ? Si l'on suit votre raisonnement, ils seront traités de la même manière que les vilains, n'est-ce pas ?

Tony regarda droit devant lui un court instant.

— En effet, répondit-il.

Suivit alors une avalanche de questions. Les journalistes se penchaient en avant, la main levée, chacun criant plus fort que l'autre pour se faire entendre.

Puis une voix couvrit la clameur. Christine Everhart se leva, ses yeux noirs plantés dans ceux de Tony. Il avala sa salive, soudain nerveux.

— Monsieur Stark, dit-elle lentement, je pense que le public voudra savoir pour quelle raison un justicier, un prétendu super-héros, recevrait un salaire et des avantages sociaux alors que tant d'Américains ordinaires sont au chômage ?

Tony hocha la tête, il avait anticipé cette remarque.

— C'est une très bonne question, Chris… mademoiselle Everhart. En premier lieu, seuls les héros accrédités et ayant accepté d'être sous contrôle public bénéficieront de ces avantages. Ensuite, sachez que le Sénat a longuement débattu de ce point avant de considérer que la « carotte » du salaire et des avantages était le moyen le plus efficace de recruter rapidement un maximum de super-héros.

» Mais de manière plus générale, je ne pense pas que nous, les Américains, nous soyons très avisés quand nous nous demandons : « Pourquoi mon voisin bénéficie-t-il de cet avantage ? » La bonne question à nous poser, c'est « Comment faire pour que *davantage* d'Américains réussissent aussi bien que mon voisin ? » C'est ainsi que nous construirons une société meilleure. C'est le but que je poursuis ici aujourd'hui, et chaque fois que je franchis les portes de Stark Enterprises.

Des applaudissements retentirent. Mais la journaliste, restée debout, fit la moue.

— À ce propos, dit-elle en tendant le bras vers la bannière « Stark » sur le mur du fond. Puisque vous évoquez Stark Enterprises, la nouvelle loi ne va-t-elle pas rapporter à la compagnie une avalanche de nouveaux contrats avec le gouvernement ? Or, cette compagnie est *la vôtre*, et elle a déjà largement profité de l'augmentation des budgets de la Sécurité intérieure après le 11 septembre.

Tony sentait les yeux du secrétaire rivés sur lui. Pepper se déplaça légèrement, ses talons hauts claquant sur l'estrade.

— Mademoiselle Everhart, répliqua Tony, comme vous le savez, Stark Enterprises ne fabrique plus d'armes. C'est une autre promesse que j'ai faite, et j'ai l'intention de tenir parole.

» Cela dit, oui, nous sommes partenaires du gouvernement américain dans la lutte contre le terrorisme, qu'il soit le fait de super-humains ou non. Et il serait stupide de ma part de nier que ce parte-nariat, cette alliance, est la raison majeure pour laquelle le Président m'a demandé de superviser l'application de la loi. La sécurité du peuple américain est la priorité absolue du gouvernement, de Stark Enterprises et d'Anthony Stark lui-même. Je ne vois là aucun conflit d'intérêts.

Le secrétaire s'avança et applaudit de ses mains épaisses. Les jour-nalistes l'imitèrent.

Everhart s'assit, l'air furieux. *Il y a peu de chances que je passe une autre nuit avec elle*, pensa Tony.

Quoique… on ne sait jamais.

— Encore une question… Oui, Dan ?

Un homme jovial, vêtu d'un costume froissé, se leva.

— Combien coûte votre costume, Tony ?

Rires dans la salle. Tony sourit en tâtant sa veste Armani.

— Très cher. (Il se tourna vers Pepper, qui lui tendit un attaché-case.) Mais pas autant que celui-ci.

Il ouvrit la serrure et présenta le contenu de la mallette à l'assis-tance. Le casque rouge et or d'Iron Man apparut, au milieu du maillage métallique parfaitement plié de l'armure. Les gants et les bottes étaient calés dans les coins.

— Voilà mon travail, expliqua Tony. Voilà ce que je fais, qui je suis. J'ai fabriqué ce costume de mes propres mains, et ça m'a pris des années. Voilà pourquoi je suis devant vous aujourd'hui, pourquoi j'ai accepté de faire appliquer cette loi : pour que tous les citoyens de ce pays bénéficient des mêmes opportunités, de la même liberté et de la même sécurité que moi, et qu'ainsi, toutes les conditions soient réunies pour qu'ils puissent travailler et se construire un avenir radieux.

» À ce propos, je souhaite vous présenter une femme qui compte beaucoup pour moi. Madame Miriam Sharpe a perdu son fils dans le tragique accident de Stamford, et c'est grâce à elle que j'ai mesuré ma part de responsabilité dans ce drame. Je lui dois réparation, et elle est devenue ma conscience dans toute cette entreprise, ainsi que le porte-parole des citoyens. Je vous remercie d'applaudir madame Sharpe.

Mme Sharpe s'avança, souriante et sûre d'elle. Elle avait changé de style depuis les obsèques. Elle portait un tailleur à la coupe parfaite et elle était maquillée avec soin. Mais elle ressemblait toujours à une ménagère ordinaire, une mère comme tant d'autres.

Toute la salle se leva, applaudissant à tout rompre.

Arrivée à la hauteur de Tony, Mme Sharpe fondit en larmes.

— Merci, monsieur Stark. Merci beaucoup, vraiment.

Tony la prit par les épaules et la regarda dans les yeux.

– Non, madame Sharpe. C'est *moi* qui vous remercie.

Un froissement au plafond. Tony leva les yeux et se hâta de placer Mme Sharpe à côté de lui.

— En revanche, dit-il, un doigt pointé en l'air, je suis sûr qu'il n'est pas nécessaire de vous présenter *l'incroyable Spider-Man*.

Spider-Man descendit avec grâce, se balançant au bout d'un fil de toile, avant d'atterrir sur l'estrade en position accroupie, posant les deux pieds et une main au sol dans un mouvement parfaitement synchronisé. Il portait son vieux costume en tissu rouge et bleu. Tony en avait parlé avec lui, et tous deux avaient conclu que ce costume était le plus connu du public.

Tony s'écarta et Spidey bondit en direction des applaudissements. Mais dès qu'il fut debout sur l'estrade, son attitude changea. Il semblait hésitant, presque timide.

— Mmmh, merci. Merci beaucoup, dit-il en se grattant nerveusement la nuque. C'est très… stimulant d'entendre Tony raconter tout ça, et de voir à quel point son message vous touche. Ça va grandement faciliter les choses. Enfin, un peu.

Rire nerveux.

— La Loi de Recensement nous impose à faire un choix, poursuivit-il. Soit nous suivons la voie de Captain America et tolérons que les êtres doués de super-pouvoirs échappent à tout contrôle, soit nous optons pour la légalité, et nous regagnons un peu la confiance de nos compatriotes.

Allez, Peter, se dit Tony, *vas-y.*

— Je suis fier de ce que je fais. De ce que je suis. Et je suis là pour le prouver.

Spider-Man leva un bras et, d'un geste vif, il ôta son masque. La foule retint son souffle, les flashs crépitèrent, les chaises pliantes se renversèrent avec fracas alors que tous les journalistes se relevaient brusquement. L'espace d'un instant, l'homme au costume d'araignée eut l'air paniqué, puis il sourit timidement.

— Je m'appelle Peter Parker, dit-il. Et je suis Spider-Man depuis l'âge de quinze ans.

Tony Stark s'avança. Il passa un bras autour des épaules de Peter et adressa un long regard reconnaissant au jeune homme.

Puis il se tourna vers la salle.

— Des questions ?

PARTIE 3

LES DENIERS
DE JUDAS

TREIZE

— Un peu plus de café, monsieur Hendrick ?

Captain America fronça les sourcils et ajusta sa cravate. Sa fausse moustache lui piquait la lèvre supérieure.

— Monsieur Hendrick ?

Cap leva les yeux et vit la jeune serveuse, une cafetière à la main. Il secoua la tête ; elle s'éloigna, l'air agacé.

Goliath éclata de rire. Il se pencha par-dessus la table et redressa le badge épinglé sur la chemise de travail de Cap.

— Tu ferais bien d'apprendre à parler aux femmes, *Hendrick*.

Ils étaient quatre autour de la table : Cap, Goliath, Daredevil et Luke Cage, chacun déguisé à sa manière. Goliath portait un blouson de cuir, Daredevil était méconnaissable avec sa chemisette blanche, son débardeur et ses lunettes teintées très tendance.

Cap fronça les sourcils une nouvelle fois.

— Je m'appelle Brett Hendrick, dit-il à voix basse pour la quatrième fois. Je suis le chef de la sécurité d'un centre commercial du Queens.

— C'est bien, approuva Daredevil. Moi, je suis Cooper Peyton, ingénieur électrotechnique à Long Island.

— Victor Tegler, enchaîna Goliath. Travailleur social à Harlem. Franchement, je ne me sens pas crédible. J'ai grandi sur la côte Ouest.

Daredevil haussa les épaules.

— Des hommes plus importants que toi ont commencé leur carrière comme travailleurs sociaux.

— Cage ?

Luke Cage leva les yeux de ses notes. Son corps robuste et musclé était engoncé dans un costume noir, et il semblait visiblement mal à l'aise.

— *Rockwell Dodsworth* ? Quel drôle de nom ! s'exclama-t-il. Et j'y crois pas... Consultant en informatique dans une société financière internationale ? Je t'avais dit de me dégoter un boulot sympa, genre pilote automobile. Ou producteur de musique, à la rigueur.

Daredevil se renfrogna.

— C'est tout ce que mes contacts avaient de disponible.

— Matt a pris des risques pour nous trouver ces nouvelles identités, dit Cap. Il pourrait être rayé du barreau pour ça.

— Tout juste, acquiesça Daredevil, un demi-sourire aux lèvres. Comme si c'était *cela* qui m'inquiétait.

— Et puis, ces identités n'ont pas d'importance. Elles ne sont qu'un alibi quand nous ne sommes pas en mission.

— À vrai dire, poursuivit Daredevil, je me prends au jeu de cette nouvelle personnalité. Je m'invente de nouveaux plats préférés, de nouveaux films cultes. Des groupes favoris.

Cap observa l'aventurier aveugle quelques instants. Cela faisait presque trois semaines qu'ils vivaient dans la clandestinité, une période d'ajustement difficile. Mais visiblement, l'expérience avait stimulé Daredevil. Depuis que Cap le connaissait, DD était un justicier austère, taciturne, avec une forte tendance nihiliste. Et voilà qu'il semblait enthousiaste, déterminé.

Le changement a du bon, parfois.

— Bah, peu importe, dit Cage en étirant les bras. J'ai encore mal partout après la raclée qu'on a collée aux Sinister Six hier.

— *Toi*, tu as mal partout ? (Goliath lui donna une tape dans le dos.) Mec, j'ai dû grandir jusqu'à cinq mètres pour déséquilibrer le Rhino.

— C'était du bon boulot, déclara Daredevil. Et ce n'est qu'un début. N'est-ce pas, Cap ?

— Quoi ? (Captain America leva les yeux.) Pardon, je pensais à un rendez-vous que j'ai dû annuler avec un petit garçon de l'association Rêves. Je lui avais promis que je jouerai au baseball avec lui dans son jardin, mais l'endroit doit être truffé de mercenaires maintenant.

— Ça craint, soupira Goliath.

— Toutes ces petites choses qui ne nous sont plus permises depuis leur loi de recensement à la noix, déclara Cap. Ce sont pourtant ces petites choses qui font de nous ce que nous sommes.

— Tu l'as dit. (Un sourire malicieux éclaira le visage à la peau sombre de Cage.) Hendrick.

— La ferme, *Rockwell*.

La serveuse arriva, apportant leurs assiettes. Les quatre hommes se jetèrent dessus comme s'ils n'avaient pas mangé depuis des semaines.

— Je n'arrive toujours pas à comprendre Spider-Man, lança soudain Goliath. Vous pensez que Tony le *manipule* ? Peut-être par le biais de ce nouveau costume ?

— Tony ne s'abaisserait pas à cela, répondit Cap. Son ego n'en tirerait aucune satisfaction. Il veut que tout le monde l'approuve et considère ses actes comme la voix de la raison.

— Et je connais Peter. Il est impressionnable. (Daredevil fronça les sourcils). Le jour du drame de Stamford, j'ai deviné qu'il était déjà subjugué par Tony.

— Stratégiquement parlant, c'est une excellente initiative. Personne n'a tenu à protéger son identité secrète mieux que Spider-Man. Sa révélation est un message fort adressé à tous les super-héros costumés encore indécis.

Les téléphones de Cap et de Goliath sonnèrent en même temps. Cap regarda son écran et se leva d'un bond.

— Un problème ? demanda Cage.

Goliath lut à haute voix :

— Un incendie s'est déclaré dans une usine de pétrochimie non loin de l'Hudson. D'après la base, trois à quatre cents personnes sont bloquées dans les locaux.

Cap apostropha la serveuse.

— Tenez, mademoiselle. Et gardez la monnaie. Le repas était délicieux.

— Merci beaucoup, monsieur Hendrick, dit-elle en découvrant le billet de cent dollars que Cap lui avait glissé dans la main.

— Appelez-moi Brett.

Cap se dirigea vers la porte arrière du restaurant, les trois autres sur ses talons. Il appela un numéro abrégé sur son téléphone.

— Œil de Faucon, que fais-tu ?

— J'essaie d'entraîner les gamins. Tu as besoin de nous pour cette mission ?

— Oui. Amène tout le monde. (Cap raccrocha et appuya sur une autre touche.) Faucon ?

— J'arrive. J'ai Tigra, la Cape et l'Épée avec moi.

— Bien reçu.

Cap ouvrit précipitamment la porte qui donnait sur l'arrière de l'établissement. Ils aboutirent dans une ruelle où régnait une forte odeur de détritus et d'urine. De part et d'autre, les fenêtres des maisons étaient murées.

— Recevoir des appels d'urgence, être obligés de se changer dans des ruelles sordides… (Goliath souriait en enlevant son blouson de cuir.) C'est triste à dire, mais je commence à y prendre goût.

UNE FUMÉE VERTE s'élevait de l'usine pétrochimique Geffen-Meyers, sombre et angoissante dans la lumière blafarde du crépuscule. Cap la sentait depuis un moment déjà. L'usine faisant face au fleuve, l'ampleur du désastre était difficile à évaluer de la rue. Les gyrophares des voitures de police clignotaient tout autour du bâtiment.

Cap organisa à la hâte un briefing dans un parking voisin. Quand l'équipe fut au complet, il prit Wiccan et la Cape à part. Tous deux avaient l'air nerveux, hésitants.

— Vous êtes nos téléporteurs, annonça Cap. Des gens sont peut-être en train de mourir dans l'usine, mais nous ne pouvons pas franchir le barrage de police. Pouvez-vous nous emmener à l'intérieur ?

Wiccan fronça les sourcils.

— Je peux faire entrer mon équipe, voire deux ou trois personnes de plus.

— La Cape?

Celui-ci regarda autour de lui, effrayé. L'Épée, sa petite amie, lui prit la main.

— C'est d'accord, chef.

Cap, Tigra, le Faucon, Wiccan et les Jeunes Vengeurs furent les premiers à se matérialiser à l'intérieur de l'usine. Le toit du bâtiment avait été soufflé et plusieurs explosions avaient éventré le sol. Des foyers d'incendie faisaient rage ici et là, de l'eau jaillissait des canalisations endommagées. Certaines parties du complexe étaient ensevelies sous les gravats des murs à moitié effondrés; tout un côté du bâtiment s'était écroulé sur les quais, brisant un ponton de chargement dont l'extrémité était tombée dans l'eau. Une fumée verte flottait dans l'air, s'agglutinant en nappes toxiques.

— La vache, dit Tigra en se pinçant le nez. Quelle *puanteur*.

Au milieu du bâtiment, un voile noir se matérialisa en tourbillonnant. Cap se raidit et regarda Œil de Faucon, Daredevil, Cage, Goliath et l'Épée en sortir et tomber à terre en grelottant.

— Tout va bien, dit l'Épée. La sensation de froid va s'estomper très rapidement.

L'ombre tournoya avant de se solidifier pour prendre la forme de la Cape. Étourdi, il chancela quelques instants. L'Épée se précipita vers lui, étincelante, et lui tendit les mains. Sa lumière se déversa dans le corps épuisé de la Cape, disparaissant dans les ténèbres de son être. Le revitalisant.

Cap secoua la tête. Ces deux-là étaient tout l'un pour l'autre. La Cape dépendait de l'Épée pour survivre. Comment pouvait-on demander à ces deux jeunes gens de se faire recenser et de mettre leur vie entre les mains du gouvernement?

— Tout le monde est là, déclara le Faucon.

Daredevil se pencha pour ramasser quelque chose par terre. Cap se tourna vers lui.

— Une pièce d'un dollar en argent, dit Daredevil.

— Quelque chose ne va pas, remarqua Cap en plissant les yeux. Combien d'ouvriers étaient mentionnés dans le rapport ?

— Trois à quatre cents. (Goliath fronçait les sourcils en consultant un analyseur portable.) Mais je ne capte pas de signal radio. Aucune alerte n'est lancée dans l'u...

Goliath s'arrêta net, les yeux fixés sur le sol.

Le Faucon le rejoignit d'un battement d'ailes, aussitôt suivi par Cap.

— Qu'est-ce que c'est ?

C'est alors qu'ils le virent tous. Un bloc de pierre sur lequel était gravée l'inscription :

**GEFFEN-MEYERS
UNE FILIALE DE
STARK ENTERPRISES**

— *Évacuation immédiate* ! hurla Cap. *C'est un piège...*

Trop tard. Une pluie de fléchettes tranquillisantes tombait du ciel. Tigra s'écarta d'un bond, le Faucon prit son envol. En moins d'une seconde, Œil de Faucon encocha une flèche sur son arc.

Mais les projectiles ne frappèrent que deux cibles : Wiccan et la Cape.

— *Tyrone* ! cria l'Épée en se précipitant pour retenir le corps chancelant de son ami.

Cap releva brusquement la tête. Dix mètres plus haut, se détachant sur les nuages, au moins six hélicoptères du S.H.I.E.L.D. planaient dans le ciel, leurs moteurs assourdis par la technologie de camouflage Stark. L'un des hélicos pivota et un tireur apparut sur son flanc, le clair de lune se reflétant sur le canon de son arme.

— Évidemment qu'il s'agit d'un piège. C'était le seul moyen de vous réunir tous au même endroit.

Cap se retourna, brandissant son bouclier. L'armure rutilante d'Iron Man flottait au-dessus d'un mur à moitié effondré, ses rayons répulseurs étincelant d'énergie.

Puis, d'un bond, Spider-Man surgit derrière Tony, ses lance-toile activés.

— Ne tente rien, Cap.

Celui-ci pinça les lèvres et ordonna à ses coéquipiers de reculer. Ils se replièrent derrière lui, vers le fleuve.

Les alliés de Tony Stark émergèrent du brouillard vert qui se dissipait peu à peu et se rangèrent derrière leur chef. Miss Marvel. La sculpturale Miss Hulk. Trois des Quatre Fantastiques : Red et Jane Richards, et Ben Grimm, alias la Chose. La Veuve Noire.

L'Épée leva les yeux du corps inanimé de la Cape.

— Que lui avez-vous *fait* ?

— Simple seringue sédative pour empêcher qui que ce soit de se téléporter, dit Spider-Man.

Puis il regarda vers le ciel.

— Sky-bird 1, vous nous couvrez ?

Une voix rauque, filtrée, lui répondit.

— Affirmatif. Donnez-nous le signal. *Je vous en prie*, donnez-nous le signal.

Cap se renfrogna. Il reconnaissait cette voix : c'était celle de son ancien « partenaire », l'agent Axton du S.H.I.E.L.D.

Puis Maria Hill intervint.

— Monsieur Stark, nous sommes en position et prêts à mettre fin à cette…

— Ou nous faisons ça à *ma façon*, commandant, interrompit Tony. Ou vous pouvez annuler la mission tout de suite.

Hill poussa un soupir.

— Commandant Hill à toutes les unités aériennes. Ne tirez pas. Je répète, ne tirez pas et attendez les ordres.

Tous les regards étaient tournés vers Iron Man et Captain America. Cap redressa les épaules et se dirigea droit vers Tony Stark.

— Depuis quand fais-tu du sentiment, Tony ?

— Nous ne sommes pas venus vous arrêter, Cap. (Tony désigna les hélicoptères d'un geste de la main.) J'ai convaincu le S.H.I.E.L.D. de vous offrir une dernière chance d'être amnistiés.

— Tu veux dire de nous rendre. *Non merci.*

— Arrête un peu, Cap, dit Spider-Man en rejoignant Tony d'un bond. Tu sais très bien que les seuls gagnants de cette histoire sont les super-vilains. Or, ça va à l'encontre même de tes principes.

Cap dévisagea longuement Spider-Man. Le nouveau costume aux yeux métalliques lui donnait un aspect bien moins humain qu'avant. Cap pouvait presque voir le jeune homme à l'intérieur se métamorphoser, tel un insecte dans un cocon, en une nouvelle version d'Iron Man.

— Ne me parle pas de principes, Spider-Man. J'ai vu ton petit numéro à la télé. Comment a réagi ta tante May en apprenant que le Vautour avait son adresse?

Spider-Man serra les poings.

— Pourquoi ne demandes-tu pas aux parents des enfants de Stamford s'ils estiment que *Captain America* mène toujours le bon combat?

Spidey fit un pas vers Cap, qui se raidit. Les deux hommes se toisèrent un long moment. Puis Tony s'interposa entre eux, soulevant lentement sa visière pour révéler son visage.

Il avait l'air très fatigué.

— Cap, s'il te plaît. Je sais que tu es énervé et que ma proposition va grandement chambouler notre mode de fonctionnement. Mais nous ne sommes plus en 1945. (Tony désigna d'un geste les membres de la Résistance, rassemblés derrière Cap.) Les gens en ont assez des masques et autres identités secrètes. Ils veulent se sentir *en sécurité* lorsque nous sommes dans les parages. Nous avons perdu leur confiance, leur respect. C'est le seul moyen de les regagner.

» Ça fait si longtemps qu'on se connaît, Cap, poursuivit-il. Tu sais que je ne ferais pas ça si je n'y croyais pas de tout mon cœur. Je ne veux pas te combattre, aucun de nous n'en a envie. Tout ce que je te demande… c'est de me laisser t'expliquer mon grand projet pour le 21ᵉ siècle.

— C'est une initiative extraordinaire, renchérit Red Richards, son cou étiré serpentant autour d'eux.

Jane Richards fusillait son mari du regard, remarqua Cap. Elle n'avait pas l'air contente. Ben Grimm non plus.

— Cinq minutes. (Tony tendit sa main gantée de métal.) Acceptes-tu de m'accorder cinq minutes?

Cap se retourna vers ses troupes. Cage semblait d'humeur très sombre. Le regard de Tigra était furieux, presque féroce. Sa taille réduite à deux mètres cinquante, Goliath se tenait un peu à l'écart. L'Épée était toujours agenouillée à côté de son partenaire et les Jeunes Vengeurs étaient regroupés autour du corps inerte de Wiccan.

Daredevil était appuyé contre un mur, seul. Il jouait à lancer et rattraper sa pièce d'argent.

Les deux plus proches lieutenants de Cap, l'Archer et le Faucon, étaient côte à côte. Ils firent un signe de tête à leur chef : *À toi de décider.*

Cap se tourna vers Tony.

— Cinq minutes.

— Je n'en demande pas plus.

Lentement, Cap tendit la main et serra celle de Tony. À travers son gant, il sentit le contact froid de l'armure métallique.

Le sourire de Spider-Man était presque visible sous son masque.

— Super ! Bravo, Cap ! Je savais que ça allait bien se passer !

Soudain, Tony retira sa main d'un geste brusque et la regarda.

— Bon sang !

Un éclair bleu jaillit de sa paume pour s'enrouler autour de son armure. Ses membres se mirent à trembler de manière incontrôlable et il poussa un cri d'agonie.

Cap recula d'un pas.

— Un vieux brouilleur d'électrons du S.H.I.E.L.D, déclara-t-il en montrant un petit dispositif sur le gant de Tony. Un autre gadget que Fury m'a donné il y a des années.

— P-pourquoi ?

— Au cas où un jour, tu basculerais du mauvais côté.

Spider-Man s'approcha, mais Tony le repoussa en grimaçant de douleur. Les autres poids lourds de l'équipe de Tony – Miss Hulk, la Chose, Miss Marvel – ne bougeaient pas, attendant un signal.

La Résistance avança et encadra son chef.

Iron Man se tordait sur le sol, luttant pour regagner le contrôle de son armure. Cap baissa les yeux vers lui.

— Ton *grand projet* ressemble davantage à l'Allemagne des années 40 pour moi. Quel sort réserves-tu à ceux qui refusent de se faire recenser ?

— Tu ne comprends pas, siffla Tony en tentant de se redresser.

Sa visière, toujours relevée au-dessus de son front, était parcourue d'étincelles bleues.

— Il y a une chose que je comprends. *Tu t'en es pris à deux de mes hommes.*

Cap lui décocha un énorme coup de poing dans la mâchoire. Le coup qu'il avait toujours rêvé d'asséner à Hitler, à Mussolini, à Staline. La tête de Tony bascula en arrière en projetant une giclée de sang.

Aussitôt, une explosion de violence éclata dans l'usine. Miss Marvel s'éleva dans les airs en tirant des rafales d'énergie; le Faucon s'envola à sa rencontre, ses ailes battant frénétiquement. Œil de Faucon banda son arc, exhortant les Jeunes Vengeurs à avancer, mais la Chose et Miss Hulk firent barrage pour les empêcher de passer.

Goliath augmenta sa taille jusqu'à deux mètres soixante-dix, puis trois mètres cinquante, agitant dangereusement les bras de tous côtés. De puissantes lames de lumière jaillirent des mains de l'Épée et crépitèrent au contact du costume métallique de Spider-Man.

Lancés dans une poursuite effrénée sur les murs en ruine, Daredevil et la Veuve Noire dansaient un sinistre ballet. Il lança sa matraque, ratant de peu la tête de l'espionne.

Cap donna un violent coup de pied dans le dos de Tony et entendit craquer un relais d'alimentation. Les lentilles du casque de Tony étincelèrent quand un dernier court-circuit désactiva son armure. Puis il ne bougea plus.

Un bourdonnement au-dessus de leurs têtes.

— Attention, les gars! cria Cap.

Mais lorsqu'il leva les yeux, les hélicoptères du S.H.I.E.L.D. avaient pris de l'altitude et s'éloignaient.

Il fronça les sourcils, puis fit un bond en arrière au moment même où Tigra atterrissait devant lui, toutes griffes dehors pour taillader le corps musclé de Miss Hulk. Les deux femmes s'empoignaient férocement. Tigra était rapide et enragée, mais les coups puissants de Miss Hulk commençaient à l'affaiblir. Tigra tendit le bras, lacérant le visage de sa rivale. Miss Hulk hurla et sauta sur la femme-chat. Elles roulèrent au sol…

…et Cap se retrouva face à Red Richards.

— Cap. (Red étirait sa main vers lui.) S'il te plaît…

Quelque chose attira le regard de Cap. Il s'approcha de l'oreille de Red et en extirpa un minuscule émetteur. D'un geste vif, celui-ci tenta de le lui reprendre, mais c'était déjà trop tard.

Cap courut à l'autre bout de l'usine, sourd aux appels de Red. Il plaça l'émetteur volé contre son oreille et entendit la voix de Maria Hill :

— …à toutes les unités aériennes : n'attaquez pas. Je répète, ne bougez pas, sauf si le périmètre est franchi. Préparez-vous à activer le protocole Niflhel à mon signal – correction, au signal d'Iron Man. En attendant, gardez vos positions.

La Chose frappa Hulkling à la mâchoire, violemment.

— J'ai aucune envie de vous taper, les gars ! dit-il. Pourquoi faut-il que vous en fassiez qu'à votre tête ?

Partout, c'était le chaos. Le Faucon et Miss Marvel continuaient leur combat aérien ; Daredevil, en position accroupie, chancelait sous les dards de la Veuve. Luke Cage avait rejoint Tigra, toujours aux prises avec Miss Hulk.

Œil de Faucon se dirigea vers Cap, tout en tirant des volées de flèches.

— Nous avons l'avantage du nombre, Cap, dit-il, mais ils sont beaucoup plus puissants que nous. Et ils ont des hélicoptères.

Cap acquiesça, l'air grave, tout en reculant vers le mur de l'usine. Il fit un geste à Goliath. Le géant hocha la tête et hurla :

— Tous à l'eau !

La Chose se jeta sur une jambe de Goliath, tandis que Miss Hulk attaquait l'autre. Goliath trébucha et tomba en poussant un cri de douleur. Quand il s'effondra sur le sol de béton, tout le bâtiment trembla.

Patriot rejoignit Cap, Spider-Man sur ses talons. Furibond et anormalement silencieux, le Tisseur avançait à toute allure grâce à ses tentacules de métal. Patriot le bombardait de *shurikens*, mais les projectiles en forme d'étoiles rebondissaient contre son costume rouge et or sans lui faire le moindre mal.

Cap leva son bouclier, et Spider-Man disparut.

— Où… (Patriot se tourna vers Cap.) Où est-il passé ?

— Spider-Man porte un tout nouveau costume fabriqué par Stark. (Cap scrutait les alentours.) Une armure pare-balles qui lui permet de voler et de se rendre invisible…

— Sans parler de sa fonction spéciale « *tabassage en règle* ».

Avant que Cap ait pu réagir, Spider-Man s'était matérialisé à quelques dizaines de centimètres au-dessus de lui, subitement et en silence.

Cap fit un bond de côté, évitant de justesse un jet de toile. D'un mouvement rapide de ses tentacules, Spidey lui arracha son bouclier avant de lui administrer un violent coup de pied qui le fit tomber à la renverse.

Une fois au sol, Cap roula sur le dos et releva la tête, cherchant Spider-Man des yeux. Mais il ne vit que le Faucon qui descendait vers lui en piqué.

— Cap ! *Attention* !

L'instant d'après, Iron Man fondait sur lui. La visière baissée, ses yeux rouges flamboyant de pouvoir, l'invincible Vengeur dans toute sa splendeur. Tony attrapa Cap par les épaules et le souleva de terre.

— J'ai amélioré le temps de relance de mon armure, Cap. Impressionnant, non ?

Tony hissa Cap au-dessus de sa tête et le balança à travers un mur.

— Uggghhhhh !

Des phosphènes dansaient devant les yeux de Cap. Autour de lui, les bruits de lutte semblaient comme assourdis. Tel un boxeur, il leva les bras pour protéger son visage en sang, mais un violent coup de poing d'Iron Man, amplifié par les servomoteurs, lui écrasa l'estomac, le pliant en deux. Il s'écroula, donnant des coups de pied à l'aveuglette, dans le vide.

— Tu perds ton temps, poursuivit Tony. Cette armure a enregistré tous les coups que tu as pu porter. Tous tes mouvements sont anticipés.

Il frappa de nouveau Cap au visage. Une fois, deux fois. Cap entendit un craquement et sentit un goût de sang dans sa bouche, à l'endroit où il y avait jusque-là une dent.

Le monde se dissolvait. Quelqu'un (Œil de Faucon?) cria :

— Il est en train de le *tuer* !

Il y eut un étrange grésillement dans l'oreille de Cap, suivi par un concert de voix. Il crut d'abord qu'il avait des hallucinations, puis il se souvint : *l'émetteur du S.H.I.E.L.D.*

— La situation devient incontrôlable.

— Trois douzaines d'unités supplémentaires entourent le périmètre.

Puis Maria Hill :

— Préparez-vous à intervenir. L'ordre de Stark vient de tomber : activez le protocole Niflhel.

Le casque d'Iron Man apparut dans le champ visuel de Cap, flou et étincelant.

— Je suis désolé, Cap, dit Tony. Je suis sincèrement désolé.

À cet instant, derrière Tony, l'horizon sembla s'embraser. Un violent éclair tomba du ciel avec un craquement assourdissant, envoyant le Faucon et Miss Marvel tournoyer dans les airs. Il frappa au cœur même de l'usine chimique, éclatant le béton, renversant Cage et Œil de Faucon.

Cap se protégea les yeux de la lumière aveuglante. Quand sa vision s'éclaircit, ce qu'il vit le plongea en état de choc.

Une colonne de lumière s'élevait de l'usine chimique, des éclairs fusant dans toutes les directions. Et dans l'œil du cyclone, son marteau brandi bien haut, se dressait le puissant Thor, impérieux et fulminant.

QUATORZE

Q<small>UAND LE COMBAT ÉCLATA</small>, Jane Richards se rabattit sur sa tactique habituelle. Elle devint invisible.

Elle avait manifesté sa réticence à participer à l'opération dans l'usine chimique. Red lui avait certifié à plusieurs reprises que Tony avait tout planifié, que rien ne pouvait mal tourner. Il avait ajouté qu'il était important qu'ils soient tous là pour le soutenir et prouver à Captain America que la plupart des héros étaient favorables à la Loi de Recensement. Il lui avait demandé de penser à leurs enfants, au monde dans lequel elle voulait que Franklin et Valeria grandissent.

Puis Red s'était volatilisé, aspiré comme par enchantement à bord de l'Héliporteur du S.H.I.E.L.D. en compagnie de Tony Stark. « Je te retrouve sur place », avait-il dit. Puis, trop vite comme toujours : « Je t'aime ».

Et maintenant, Jane était là, appuyée contre un mur de béton fissuré, regardant un dieu du tonnerre ressuscité invoquer la foudre. Le marteau de Thor craquait et étincelait, et la pluie commençait à tomber sur l'usine dévastée. Au-dessus, des hélicoptères du S.H.I.E.L.D. tournoyaient en évitant les éclairs surnaturels.

Jane était toujours invisible.

La voix métallique de Tony grésilla dans son écouteur :

— Reculez tous.

À travers le rideau de pluie, Jane vit Miss Hulk, Miss Marvel et Spider-Man s'éloigner de la source de lumière. Elle ne distinguait pas Cap, mais certains membres de la Résistance – Luke Cage, l'Épée, et les Jeunes Vengeurs Patriot et Hulkling – se dirigeaient lentement vers le dieu du tonnerre.

— Thor ? dit le Faucon, tombant du ciel.

Thor lui lança un regard noir et pénétrant.

Thor a quelque chose de différent, pensa Jane. *Il paraît... encore plus grand qu'avant. Colossal, saturé de pouvoir. Malveillant.*

— Thor, qu'est-ce que tu fais ? C'est moi, mec. Le Faucon.

Œil de Faucon fronça les sourcils, essuya la pluie sur ses yeux.

— On te croyait tous *mort*.

Thor ne répondit pas. Il se contenta de plisser les yeux avec une expression de colère et de dédain. Une goutte de salive se forma sur sa lèvre retroussée, avant d'être emportée par la pluie.

Il brandit de nouveau son marteau et le lança à une vitesse prodigieuse sur les membres de la Résistance. L'arme frappa le Faucon à l'estomac, le déséquilibrant et le propulsant contre Œil de Faucon. Tigra bondit juste à temps pour éviter l'impact avec les deux hommes.

Le marteau poursuivit sa progression, comme si rien n'avait interrompu sa trajectoire en forme d'arc. Il écorcha la joue de Goliath, qui se mit à saigner. Stature, le Jeune Vengeur capable de changer de taille, rétrécit juste à temps pour éviter le projectile ; mais l'Épée eut moins de chance. Le marteau la frappa de plein fouet, la projetant contre Speed et Patriot.

— Laissez-moi faire ! cria Luke Cage en faisant un pas en avant.

La peau de Cage, se souvint Jane, était dure comme l'acier. Mais pas assez dure. Cage serra les dents, bomba le torse face au marteau. L'arme de Thor le frappa avec une telle force que Cage fut catapulté hors de l'usine. Il survola le fleuve en battant des bras, avant de retomber avec un lointain bruit d'éclaboussure.

Jane regarda autour d'elle, cherchant nerveusement Red. Elle l'aperçut à l'autre bout de l'usine, tache floue, bleue et étirée.

Il étudiait chaque mouvement, à la manière d'un biologiste observant la naissance d'un nouveau type de micro-organisme.

Parfois, Jane haïssait sa curiosité scientifique.

Elle reprit sa forme normale et lui adressa un signe de la main. Red croisa son regard, esquissa un sourire et l'invita à le rejoindre. Elle fit la grimace, hocha la tête et, d'une simple pensée, elle redevint invisible.

Elle marcha vers lui, contournant le combat, restant à une distance prudente de Thor. Immobile, le dieu du tonnerre ricanait, ses yeux mauvais suivant la longue courbe décrite par son marteau dans les airs.

Tandis qu'elle longeait un côté de l'usine, Jane entrevit plusieurs petites scènes de drame, chacune illuminée par une série d'éclairs :

Éclair : Sur un flanc du bâtiment, Daredevil et la Veuve Noire se poursuivaient sur des murs en ruine, à travers des vitres brisées, surgissant ou disparaissant dans la pluie torrentielle. Au sommet d'une cuve désaffectée, Daredevil s'arrêta et baissa les yeux sur la Veuve avec un rictus de dépit.

Jane lut sur ses lèvres : « Tu ne sais pas ce qu'est la liberté. »

La Veuve calcula avec précision la trajectoire de ses dards et tira plusieurs volées. Daredevil tenta de les esquiver, mais il était trop lent. Frappé par les projectiles, il se tordit de douleur, puis tomba de son perchoir.

Quand la Veuve le vit s'effondrer, son visage exprima un mélange de mépris et de regret.

Éclair : La foudre tonna dans le recoin où Wiccan et la Cape étaient étendus, drogués et inconscients. Hulkling, le poids lourd des Jeunes Vengeurs, bondit et intercepta la décharge juste avant qu'elle ne frappe Wiccan. Foudroyé en pleine poitrine, il hurla et s'affala sur le corps inerte de son ami.

Il a un facteur autoguérisseur, se rappela Jane. *Enfin, je crois.*

Éclair : L'Épée se releva, grimaçant de douleur, sa frêle silhouette trempée jusqu'aux os.

— Oh mon Dieu, cria-t-elle, sa voix aiguë presque inaudible dans le fracas de l'orage. C'est un désastre. Nous devons partir d'ici. *C'est un véritable désastre…*

Thor tendit une main épaisse qu'il referma autour de son marteau, l'arrêtant en plein vol. Des éclairs en surgirent à nouveau, comme un nouvel avertissement des dieux.

L'Épée a raison, pensa Jane. C'est un véritable désastre. Elle chercha Red du regard.

À quel moment le monde a-t-il basculé dans ce cauchemar?

La Résistance était en train de se regrouper. Patriot, Speed et Stature formaient un barrage pour protéger leurs camarades tombés. Œil de Faucon et le Faucon discutaient avec véhémence, tout en montrant Thor du doigt.

Celui-ci se contenta de grogner et leva lentement son marteau.

Tony, se dit soudain Jane. *Où est le tout-puissant Tony Stark?*

Puis le dieu du tonnerre bascula en avant. Pesant de tout son poids sur son arme, il la planta dans le sol comme un marteau-pilon. Le béton explosa dans un flash aveuglant de lumière.

Le chaos, des cris. Les membres de la Résistance étant les plus près, ils furent les plus durement touchés; mais Jane vit le corps de Red, ramassé sur lui-même, faire un vol plané. Son champ de force s'activa presque instinctivement, amortissant l'impact, mais elle fut elle aussi soulevée de terre. Elle percuta un mur, hurla de douleur…

…et vit, à moins de trois mètres, Captain America. En sang, meurtri, le visage déformé par la souffrance. Allongé le dos au mur, ruisselant de pluie, surplombé par la silhouette imposante d'Iron Man. Spider-Man, à moitié accroupi, était juste derrière Tony.

— Cap, prévint Tony, *je t'en prie*, reste à terre. Je ne voudrais pas avoir à te frapper à nouveau.

Cap poussa un grognement et plaça une main dans son dos pour le soutenir. Puis il essaya de se relever. En vain.

— Ta mâchoire tient à peine en place, poursuivit Tony. Si tu te rends, je te ferai soigner. Le S.H.I.E.L.D. a amené une équipe médicale.

— Le S.H.I.E.L.D, répéta Cap.

Le nom sonnait comme un juron dans sa bouche.

Il fit la grimace et, au prix de terribles efforts, il parvint enfin à se mettre debout. Il lança un regard furieux vers son ennemi tout de rouge et or vêtu.

— Tu crois vraiment que je vais me laisser battre par un guignol comme toi ? siffla-t-il.

Je devrais dire quelque chose, pensa Jane. *Je devrais arrêter ça.* Mais elle se sentait impuissante, presque paralysée.

Voilà où ils en étaient arrivés, réalisait-elle. Un conflit sans réconciliation possible entre Iron Man et Captain America, chacun d'eux étant absolument convaincu que sa cause était juste. Personne ne pourrait leur faire entendre raison. Ni les dieux, ni les vilains, ni même leurs amis héros. Ce combat ne prendrait fin qu'avec la mort de l'un des deux.

Spider-Man fit un pas en avant.

— Laisse-moi faire, Tony, dit-il en se rapprochant de Captain America, son nouveau costume luisant comme la carapace d'un insecte nouveau-né.

Mais Tony secoua la tête, recula et pressa un bouton sur son gant.

— Iron Man à toutes les unités. (Sa voix résonnait dans l'émetteur de Jane.) Activez vos audio-blocks. Ça va faire mal, ajouta-t-il en se tournant vers Cap.

Un cri perçant, épouvantable, déchira l'air. L'oreille interne comme poignardée, Jane se tordit de douleur et tomba à genoux, la tête entre les mains.

Elle détecta l'odeur de Red avant même de le voir, elle sentit ses longs doigts tortueux danser sur son visage. Il lui toucha l'oreille et appuya sur une touche de son émetteur. Le bruit diminua pour n'être plus qu'un gémissement à peine audible.

— Désolé, dit-il. Je n'ai pas eu le temps de t'informer de cette partie du plan. Une chance que tu sois redevenue visible quand la fréquence sonore a frappé. (Il souriait, d'un sourire très las.) Je suis soulagé que tu ailles bien.

Elle l'observa un moment. Son air penaud si familier, son cou allongé. Sa joue contre la sienne.

Puis elle entendit les cris. Allongés sur le sol, les membres de la Résistance se tordaient de douleur. Ils n'avaient aucune protection contre l'assaut sonique de Tony.

Captain America se hissa sur ses genoux, la bouche grande ouverte dans un cri muet.

— Je dois admettre que tu es coriace, dit Tony. Ce type de fréquence sonore ébranlerait le cerveau de n'importe quel être humain. Mais toi, tu trouves tout de même la force de te relever.

Cap baissa la tête et cracha, secoué par un spasme.

— Je vais essayer de faire vite, poursuivit Tony. Ferme les yeux, et quand tu les rouvriras, tu seras dans notre nouveau centre de détention.

— C'est horrible, murmura Jane.

— Je n'aime pas ça non plus, avoua Red. Mais au moins, ça évite les chocs frontaux.

Un nouveau coup de foudre éclata. Red se tourna vers Thor, majestueux et cruel au centre du carnage. La pluie glissait sur ses longues boucles blondes, le mouillant à peine.

— Thor, dit Red. Arrête. L'équipe de nettoyage du S.H.I.E.L.D. va prendre le relais maintenant.

— Peter, occupe-toi des prisonniers, ordonna Tony. Nous devons les répertorier avant que…

— Attention !

Tony releva brusquement la tête. Trop tard. Goliath les toisait du haut de ses six mètres. Jane ne l'avait jamais vu aussi grand. Il rugissait de douleur ; il n'avait aucune protection contre la fréquence sonore, mais il tenait au-dessus de sa tête une énorme cuve chimique percée d'où s'échappait un liquide vert.

Avec un hurlement d'agonie, il lâcha son fardeau sur Iron Man.

L'Épée, les yeux écarquillés par la douleur, lança une volée de lames aveuglantes. La cuve s'écrasa sur Iron Man, les lames frappèrent la cuve et celle-ci explosa dans une énorme boule de feu.

Miss Hulk, qui était en bordure du brasier, hurla et se mit à courir, son costume en flammes. La Veuve Noire se précipita à son secours.

Les langues de feu s'élevèrent vers le ciel, léchèrent la cabine d'un hélicoptère du S.H.I.E.L.D. L'appareil tangua, puis dégringola et heurta Miss Marvel en plein vol. Sonnée, elle poussa un cri et tomba au sol.

Mon Dieu, pensa Jane. *Ont-ils tué Tony ?*

Lentement, la boule de feu s'éteignit. En son centre, accroupie sur un genou, se dessina la silhouette d'Iron Man.

— Je vais bien, dit la voix de Tony dans l'émetteur de Jane. Juste un peu roussi.

C'est alors qu'elle remarqua que les gémissements dans ses oreilles avaient disparu.

La boule de feu n'avait pas tué Tony, mais elle avait désactivé la fréquence sonore. Un par un, les membres de la Résistance se relevaient : Œil de Faucon, le Faucon, Tigra, l'Épée et les Jeunes Vengeurs.

Captain America leva le bras.

— *À l'attaque !* hurla-t-il, avant de basculer vers l'avant et de s'effondrer.

Une fois de plus, le monde explosa en un déferlement de costumes multicolores et de rafales de pouvoirs. Spider-Man jeta son dévolu sur Speed, ses tentacules essayant d'attraper le jeune bolide. Le Faucon prit son envol pour fondre sur la Chose. Œil de Faucon tenta de viser la Veuve Noire, qui lui décocha une volée de dards.

Miss Marvel se releva lentement et grimaça en s'appuyant sur son bras blessé. Son regard était furibond.

À plat ventre sur le sol de béton, Captain America ne bougeait plus. Le Faucon cria à l'Archer :

— Fonce chercher Cap ! On doit le sortir d'ici !

Jane se tourna vers son mari.

— Il faut arrêter ça.

Elle crut déceler une lueur de panique dans ses yeux.

— J'ai déjà désactivé Thor.

— Que veux-tu dire par *désactiver* ?

Tony Stark s'avança en titubant, son armure grinçant à chaque pas. L'explosion l'avait endommagée.

— Regroupez-vous, dit Tony. Il faut…

Mais Goliath avait tourné son corps de géant vers les Vengeurs assemblés. Il s'accroupit, attrapa le sol défoncé à ses pieds et *tira*. Ils tombèrent à la renverse et furent propulsés en l'air. Les rafales d'énergie fusèrent de tous les côtés. Miss Marvel dégringola en plein vol. Spider-Man lança un jet de toile pour se raccrocher à une poutrelle à moitié effondrée.

Thor se retourna pour contempler le chaos. Les éclairs crépitaient.

Le Faucon descendit en piqué, Œil de Faucon dans les bras. L'Archer montra du doigt le corps inanimé de Cap en contrebas.

Lentement, le dieu du tonnerre brandit son marteau.

Goliath se tourna vers lui.

— Prépare-toi à faire le come-back le plus court de l'histoire, Thor.

Non, se dit Jane. *Oh non*.

Le marteau de Thor étincela, plus brillant que jamais. Avec un craquement assourdissant, un éclair en sortit, fendit l'air…

…et transperça la poitrine de Goliath.

Puis il y eut du sang, des éclairs et la pluie, et le corps haut de six mètres de Goliath alla s'écrouler à l'extrémité de l'usine chimique. Il s'écrasa à grand bruit, explosant le plastique, le métal et le béton.

Toujours invisible, Jane se glissa jusqu'à lui. Peu lui importait ce que Red pensait. Peu lui importait que le S.H.I.E.L.D. l'arrête. Peu lui importait que Thor lance un nouvel éclair, faisant d'elle sa prochaine victime.

Elle toucha l'immense main froide de Goliath, vit la fumée s'élever de la cavité creusée dans son cœur. Et elle comprit tout de suite : il était mort.

La pluie tombait toujours à torrents. Mais les combats avaient cessé. Miss Marvel tenait son bras en grimaçant de douleur. Miss Hulk gisait au sol, la moitié du corps couvert de brûlures. Iron Man, à genoux, tentait de relancer ses systèmes dans un état critique.

Le S.H.I.E.L.D. planait au-dessus d'eux, les observant de ses yeux froids et mécaniques.

Personne ne bougeait. Tous regardaient le cadavre de six mètres d'un héros qui avait osé défier la Loi de Recensement des Surhumains.

Jane ne ressentait rien. Elle avait froid. La seule chose qui lui venait à l'esprit était une phrase prononcée par Tony Stark lors de sa conférence de presse : « Stamford a été mon moment de lucidité. »

Celui-ci, réalisa-t-elle, *est le mien*.

Traumatisés, les membres de la Résistance ne savaient plus quoi faire. Le Faucon et l'Archer tentaient de soulever Captain America. Les Jeunes Vengeurs les rejoignirent, l'Épée derrière eux.

— Reculez, ordonna le Faucon. Restez groupés. Nous devons sortir d'ici ou nous sommes tous…

Thor se tourna vers lui, son marteau levé. Ses yeux plissés avaient une cruauté inhumaine, et un nouvel éclair fusa. Une décharge de la force de celle qui avait tué Goliath ciblait cette fois tous les membres de la Résistance.

Iron Man vola vers le dieu nordique, son armure endommagée en équilibre instable.

— Thor! cria-t-il. Non…

…Red se précipita vers eux, mais l'assaut du dieu le fit reculer…

…puis Jane Richards, la Femme Invisible, membre fondateur des Quatre Fantastiques, rejoignit d'un bond la Résistance. Elle serra les dents, leva les bras et dressa le plus grand champ de force de toute sa vie.

Les éclairs de Thor fusèrent, crépitèrent contre le champ de force, et s'arrêtèrent net.

Iron Man et Spider-Man regardèrent autour d'eux et activèrent des capteurs, cherchant un nouvel ennemi. Derrière le champ de force, les membres de la Résistance étaient tout aussi décontenancés. Le Faucon tenait le corps inerte de Cap dans ses bras.

Jane sortit de son champ de force, face à Thor, Iron Man et Spider-Man. D'une simple pensée, elle renforça l'écran de protection derrière elle.

Et elle devint visible.

Ben Grimm, alias la Chose, s'avança. Il regardait Jane, médusé.

— Jane? Qu'est-ce qui te prend?

Derrière son masque, les yeux de Tony Stark allèrent de Red à Jane, pour revenir se poser sur Red.

Thor fixait Jane d'un regard meurtrier. Il commença à lever son marteau.

Red s'étira en avant pour se placer devant le dieu du tonnerre.

— Code d'arrêt d'urgence! cria-t-il. Autorisation Richard Wagner 1813-1883.

Le regard de Thor devint vide ; pour la première fois, ses traits s'adoucirent. La force de ses éclairs faiblit, et le marteau glissa de ses doigts gourds pour tomber avec fracas sur le sol.

Jane serra les dents ; maintenir cet immense champ de force lui demandait des efforts considérables. Elle se retourna vers la Résistance.

— Partez d'ici, dit-elle. *Vite.*

Patriot fit un geste vers les corps inertes de Wiccan, Hulkling et la Cape.

— On ne peut pas laisser nos blessés derrière nous !

Ils étaient allongés sur le sol, hors de portée du champ de force.

— Elle a raison, dit le Faucon. Nous devons partir.

Jane se retourna, tendit les mains… et la Résistance disparut peu à peu. D'abord Œil de Faucon et Tigra, puis Patriot, Stature, Speed et l'Épée. Il ne resta plus que le Faucon, portant toujours le corps inconscient de son chef.

— Jane, dit le Faucon. Merci.

Et ils se volatilisèrent à leur tour.

Si Jane pouvait se rendre invisible, elle n'avait pas le pouvoir de téléportation. Les membres de la Résistance allaient devoir se débrouiller pour s'enfuir. Mais au moins, elle leur avait donné un coup de pouce.

À la grande surprise de Jane, personne ne s'élança à la poursuite des rebelles. La Veuve Noire était occupée à panser les blessures de Miss Hulk et de Miss Marvel. Le S.H.I.E.L.D. semblait confus, hésitant ; les hélicoptères tournoyaient, inspectant les lieux, mais sans donner la chasse. Les mouvements de Tony étaient toujours saccadés, mal coordonnés. Thor était pétrifié, aussi immobile qu'une statue sous la pluie.

Ben et Red, les coéquipiers de Jane et sa famille proche, se contentaient de la regarder. Ils avaient l'air hébétés, en état de choc.

Accroupi sur un mur, Spider-Man ne quittait pas des yeux le corps fumant de Goliath.

Red étira un bras pour prendre Jane par la taille.

— Chérie…

Elle s'écarta en secouant la tête.

— Ne m'adresse plus la parole. Ne me dis plus un traître mot.

Puis, une fois de plus, Jane Richards se volatilisa.

QUINZE

Tony Stark était assailli par les données. Comptes rendus médicaux. Contrôles d'acheminement des nouveaux prisonniers. Déclarations des représentants du Congrès. Message de Maria Hill, la voix douce comme du papier de verre, exigeant une nouvelle réunion stratégique. Rapports sur les camps d'entraînement de l'Initiative en construction dans l'Arizona et ailleurs. Organisation de funérailles. Centaines d'e-mails émanant de journalistes qui, pour la plupart, étaient curieux de savoir ce qui avait bien pu se passer ce jour-là dans le West Side de Manhattan.

À côté de Tony, dans l'ascenseur, Red Richards étirait et contractait son cou, l'air absent, parlant entre ses dents.

Tony souleva la visière de son casque, interrompant le flux de données.

— Red ? Tout va bien ?

La tête à la hauteur du plafond, Red examinait une lampe. Ses lèvres bougeaient presque silencieusement.

— Red ?

— Mmmh ? Pardon, Tony. (La tête de Red reprit brusquement sa place sur son corps, telle une tortue se retirant dans sa carapace.) Je faisais des calculs en rapport avec la Zone Négative.

Il avait les yeux écarquillés, hagards.

— Elle reviendra, Red.

— Mmmh ? Oh. Oui. Je suppose. (Un mouvement convulsif lui crispa le visage, un tic facial que Tony ne lui connaissait pas.) Je suis surtout préoccupé par les procédures mises en place pour les nouveaux prisonniers. Wiccan est puissant, et Daredevil peut se montrer très retors.

— Je sais.

— Le transfert est prévu pour la fin de la journée, c'est ça ? Peut-être devrais-je aller au Baxter Building pour m'assurer que le portail est prêt.

— Plus tard, Red. J'ai besoin de toi ici.

— Ah.

Nouvelle contraction musculaire.

Quelque chose le hante, pensa Tony. *Mais ce n'est pas le centre de détention, ni ses calculs abstraits. Ni la trahison de sa femme, même si le choc viendra tôt ou tard.*

Non. Il est obsédé par la même vision que moi : Bill Foster, Goliath, foudroyé par un éclair en pleine poitrine.

Les portes s'ouvrirent dans un sifflement, donnant directement dans le biolab de la Tour des Vengeurs. Plafonds hauts, lumières vives, écrans, moniteurs et tables d'examen partout. Et des surhumains. La Veuve Noire, Spider-Man et Miss Marvel, le bras en écharpe. Ben Grimm se tenait en retrait, anormalement silencieux.

Au centre de la pièce, le corps imposant de Thor était allongé sur une table d'opération. Ses yeux bleu clair fixaient le plafond, dépourvus de toute lueur d'intelligence. Son marteau était posé de travers à côté de lui.

Penché sur une incision dans la tête de Thor, le Dr Hank Pym fronçait les sourcils. Il leva son scalpel, et sa main fut prise d'un léger tremblement.

— Tony ? (Spider-Man s'approcha, dans son costume intégral.) Que s'est-il passé là-bas ?

Tony fit une grimace qu'il espérait compatissante.

— Je croyais qu'il ne devait pas y avoir de blessés ? poursuivit Spider-Man.

Tony l'arrêta d'un geste de la main et se tourna vers le corps inerte de Thor.

— Hank ? Quelles nouvelles ?

Hank Pym leva les yeux. Sa blouse blanche contrastait avec les costumes aux couleurs vives de l'assistance. On aurait dit qu'il avait pleuré.

— Quelles nouvelles ?

Hank posa son scalpel, se dirigea vers un écran de télévision et l'alluma. Une vue aérienne de l'usine chimique apparut. Des hélicoptères entraient et sortaient du cadre de la caméra en bourdonnant ; en contrebas, les héros détalaient de tous côtés comme des fourmis. Puis, inexorablement, Thor brandissait son marteau et transperçait la poitrine de Goliath.

— Les images du S.H.I.E.L.D, précisa la Veuve Noire. (Elle désigna Hank d'un geste.) Il les regarde en boucle.

Tony fronça les sourcils. Hank Pym avait lui-même été un superhéros, d'abord sous le nom de l'Homme-Fourmi, puis de Giant-Man et de Pourpoint Jaune. Il avait été le premier héros capable de modifier sa taille. Mais il avait raccroché depuis quelques années, préférant se consacrer à la recherche scientifique. Et notamment au Protocole Niflhel.

Goliath, se souvint Tony, avait été l'assistant de Hank autrefois.

— Hank, dit Tony. C'est une tragédie. Je suis désolé. Je sais que Bill et toi, vous étiez amis.

— Amis. Oui. (Hank posa un regard accusateur sur Tony.) Et je viens de regarder un surhumain dont j'ai participé à la *création* transpercer le cœur de mon ami.

Red observait Thor.

— Je me demande pourquoi il – je parle de Thor – pourquoi il s'est comporté ainsi. Est-ce qu'il lui manque une conscience humaine ? A-t-il besoin d'un hôte humain avec lequel fusionner ?

— Pourquoi ? *Pourquoi ?* (Hank se tourna brusquement vers Red.) Peut-être que le vrai problème, c'est que nous aurions dû nous abstenir de *cloner un dieu* !

Spider-Man bondit en l'air.

— Un clone ? (Il se posa sur le mur, juste au-dessus du dieu du tonnerre.) Thor est un *clone* ?

Tony fit la grimace. Il balaya du regard le groupe de héros, observant leurs réactions. Miss Marvel tourna la tête vers lui, une lueur inhabituelle de doute dans les yeux. La Veuve Noire semblait en état de choc. Ben Grimm était pétrifié, son énorme mâchoire de pierre grande ouverte.

Hank Pym tremblait de tout son corps, comme s'il tentait d'évacuer sa propre culpabilité.

— Tony ? reprit Spider-Man. Je n'en reviens pas ! Il existe un procédé permettant de cloner un dieu ?

Hank s'assit, baissa la tête.

— Tony a tout prévu dès la toute première réunion des Vengeurs. Il m'a demandé de prélever une mèche de cheveux de Thor. (Il eut un rire sarcastique.) J'étais l'Homme-Fourmi, à l'époque. Je pouvais rétrécir jusqu'à devenir microscopique. Thor a cru qu'il avait des puces.

— Si je comprends bien... (Spider-Man tendit le bras pour s'emparer du marteau de Thor.) Ce n'est pas le vrai Mjolnir ? C'est une copie... le Marteau de Clor ?

Tony le regarda, perplexe.

— Clor, répéta Spider-Man. Clone-Thor. Tu percutes ?

— Ce n'est pas drôle, Peter.

Spider-Man se mit au garde-à-vous. Le marteau toujours en main, il tendit le bras vers Tony, lui faisant un salut nazi.

Puis, aussitôt, il baissa le marteau.

— Pardon.

Tony passa le groupe en revue. Ils avaient tous confiance en lui pour les guider, pour leur assurer qu'ils avaient choisi la bonne voie. Et voilà qu'ils étaient tous ébranlés. Même Spider-Man, toujours en mouvement, étincelant dans son costume métallique.

C'est un moment crucial, comprit Tony. *Tous les fondements du recensement pourraient s'écrouler, ici et maintenant. Tout dépend de ce que je vais dire dans les minutes qui suivent.*

— Peter, dit Tony. Montre-moi ton visage. C'est une simple demande, pas un ordre.

Lentement, Spider-Man ôta son masque. Il était fatigué, lui aussi. Il avait les yeux cernés, et l'air un peu honteux.

— Merci. (Tony traversa la pièce pour s'arrêter juste devant Miss Marvel.) Je sais que vous ne vous attendiez pas exactement à cela quand vous avez signé. Carol, comment va ton bras ?

— Je ne suis pas la plus à plaindre, répondit-elle. Miss Hulk est toujours en soins intensifs. Mais elle récupère.

— Tant mieux. C'est une bonne nouvelle. Maintenant, écoutez-moi. Nous pensons tous à la même chose : Bill Foster. Sa mort est une tragédie, un épouvantable accident. Le genre de drame qui ne devrait jamais, jamais arriver, encore moins sous notre responsabilité.

» Mais nous savions tous que ce ne serait pas facile, nous savions qu'il y aurait des batailles à livrer. Je n'irai pas par quatre chemins : ceux qui pensaient qu'il n'y aurait aucune victime se sont fait des illusions. Nous sommes face à un changement majeur dans la vie de tous les métahumains de la Terre.

» Voilà ce qu'il ne faut pas perdre de vue. Bill Foster n'aurait pas dû mourir. Mais sa mort est le prix à payer pour atteindre notre but. Si elle évite que neuf cents autres civils périssent en tant que dommages collatéraux dans un conflit entre surhumains, alors – je m'en veux de dire ça, mais oui – je peux vivre avec la mort de Bill sur la conscience. Pas facilement, et je ne dormirai pas bien cette nuit. Mais je peux vivre avec.

Miss Marvel approuva, le visage grave. La Veuve Noire fronça les sourcils. Ben Grimm s'appuya contre une table, telle une statue de pierre sans expression.

Hank Pym regarda le clone de Thor en secouant la tête.

— Les maths, dit doucement Red Richards. Les maths résolvent tout.

— Merci, Red.

— Tony, je… (Peter Parker jeta un regard nerveux autour de lui.) J'ai envie de te croire. Je sais que tes intentions sont bonnes. Mais ça… (Il désigna l'image figée du cadavre de Goliath sur l'écran.)

C'est ce qui arrivera chaque fois que quelqu'un refusera de se faire recenser ou de suivre les règles?

— Bien sûr que non. Il y a le centre de détention pour ça.

— Ah oui. Le centre de détention. (Peter hocha la tête et regarda Tony droit dans les yeux.) Tu crois que je peux le visiter, Tony?

Il y eut comme un changement perceptible dans la pièce, dans l'air. Un déplacement du pouvoir, de l'autorité.

— Tu m'as recruté pour ma vivacité d'esprit, poursuivit Peter. N'est-ce pas, chef?

Tony le fixa un moment. Puis il sourit, d'un sourire chaleureux, paternel.

— Bien sûr, Peter. Red et moi, nous nous apprêtions à faire un saut là-bas. Tu nous accompagnes?

Peter remit son masque, ses lentilles rouge et or venant recouvrir ses yeux. Il hocha de nouveau la tête.

— Hank, déclara Tony. Tu en as assez fait ici. Ton recensement est enregistré. Si tu prenais une semaine de congé? *Clor* peut être mis au frais en attendant ton retour.

Red étira un bras, tapa dans le dos de Hank Pym. Ce dernier hocha la tête, se leva et se dirigea vers la sortie, accablé. Il n'était plus que l'ombre de lui-même.

— Tous les autres, prenez le temps dont vous avez besoin, poursuivit Tony. Mais restez dans les parages. La situation ne peut que s'aggraver, et je vais avoir besoin de chacun de vous.

Un murmure d'assentiment. Dans l'immédiat, il faudrait s'en contenter.

— Bien. (Tony rabattit sa visière sur son visage, et fit signe à Red et Spider-Man de le suivre.) En route, messieurs. Le projet 42 nous attend.

SEIZE

CAPTAIN AMERICA SENTAIT grandir en lui quelque chose de noir. Une ombre froide et mauvaise, au plus profond de ses entrailles. Une sensation qu'il n'avait jamais éprouvée auparavant et qui ne lui plaisait pas du tout.

Ce n'était pas la mort de Goliath… Pas exactement. Cap avait déjà perdu des hommes à la guerre ou lors de combats civils. C'était toujours douloureux, mais cela faisait partie de la vie. La vie qu'il avait choisie, des décennies plus tôt, quand l'orphelin chétif qu'il était s'était porté volontaire pour le projet Super-soldat.

— Ne bouge pas, dit le Faucon, qui bandait le front de Cap.

Non, se disait Cap, ce n'était pas la mort en elle-même, mais la *manière* dont Bill Foster était mort. Des hommes et des femmes sous les ordres de Cap avaient péri pour défendre leur pays, sauver des innocents, ou pour protéger leurs frères d'armes. Parfois, la perte d'un homme n'était qu'un accident, banal et tragique. Dans ces cas-là, on trinquait tristement au disparu, on donnait quelques coups de poing dans les murs, et la vie continuait.

Là, c'était différent. La mort de Goliath était la conséquence directe des actes de Tony. Tony Stark, l'homme que Cap avait considéré comme son ami durant des années.

Cap toussa, puis grimaça. Tout son corps lui faisait mal : son visage, ses bras, ses jambes. Tony ne l'avait pas ménagé.

Le Faucon noua un dernier bandage et recula d'un pas.

— Tu ressembles à une momie, dit-il. Mais il te reste quelques dents.

— Je compte bien m'en servir, répondit Cap.

Il tira sur les électrodes fixées sur sa poitrine bandée. Le service médical du quartier général de la Résistance disposait d'un matériel de diagnostic remarquable. Une opératrice en blouse blanche surveillait les moniteurs ; comme tout le personnel qu'ils avaient engagé, elle avait été cooptée par au moins deux membres de la Résistance.

Œil de Faucon entra dans la pièce, l'Épée, Stature, Speed et Patriot sur ses talons. Les adolescents avaient l'air perturbés, hésitant. L'Archer aussi.

— Comment va le grand chef ? demanda-t-il.

— J'ai besoin de toi. (Cap se leva et décolla les dernières électrodes malgré les protestations de l'opératrice.) Nous allons devoir abandonner cette planque. Tony va remuer ciel et terre pour nous débusquer. Même cette base secrète du S.H.I.E.L.D. est une cachette trop risquée.

— Assez, Cap, dit Œil de Faucon. Ne dis pas un mot de plus.

Cap fronça les sourcils. Le Faucon vint se placer derrière lui.

Œil de Faucon baissa les yeux, fit passer son carquois d'une épaule à l'autre.

— Cap, je pense que nous devrions demander l'amnistie.

— L'amnistie ? Tu as perdu la tête ? (Cap désigna la pièce d'un geste, et grimaça quand son épaule se déboîta brièvement.) Quatorze nouvelles recrues sont venues grossir nos rangs. Valkyrie, Nighthawk, Photon… Tony perd des partisans à chaque minute qui passe.

— Et nous, combien d'alliés avons-nous perdus ? Hulkling, Wiccan, Daredevil, la Cape… (Œil de Faucon se tourna vers l'Épée qui avait tressailli au nom de son partenaire.) Pardon, ma belle.

— Clint, commença le Faucon.

— Non, écoutez-moi. Ils sont tous en route pour je ne sais quel super-goulag construit par Red Richards.

Cap choisit soigneusement ses mots.

— Tu ne vas tout de même pas les laisser s'en tirer à si bon compte ?

L'Épée fit la grimace.

— Personne ne peut les empêcher de faire quoi que ce soit maintenant qu'ils ont Thor à leurs côtés.

— Ce n'était pas Thor, protesta sèchement Cap, mais un monstre créé de toutes pièces pour venir renforcer leur armée de super-héros. Tu n'as pas connu Thor, petite. N'imagine pas un instant – pas un seul instant – qu'il aurait *assassiné* un brave homme comme Bill Foster.

L'Épée recula. Stature posa une main sur son épaule.

Cap s'en voulut aussitôt. *J'agresse une gamine. Qu'est-ce qui ne va pas chez moi ?*

— Cap, dit l'Archer, j'ai été un hors-la-loi. Pendant une grande partie de ma vie. Et c'est l'enfer. Si je m'en suis sorti, c'est grâce à toi… Bon sang, pendant un temps, toi et moi, nous *étions* pratiquement les Vengeurs à nous deux.

» Et un jour, tu m'as dit : quand la loi a l'avantage du nombre et des armes à vingt contre un, il y a un moment où il faut cesser de se battre.

— C'est vrai quand tu es dans ton tort, répliqua Cap. Quand tu as raison, tu t'accroches et tu *tiens bon*.

— Je suis vraiment désolé pour Bill Foster. Mais il est mort dès l'instant où il s'est cru plus fort que la loi.

— Clint.

— Arrête, Cap. Je m'en vais. Alors quoi que tu fasses, *ne me dis pas* où tu comptes délocaliser cette base.

— Je ne te dirais même pas l'heure qu'il est.

— Très bien. Et tu devrais réfléchir à autre chose. Plus il y a de membres dans ta petite communauté clandestine, plus tu cours le risque d'avoir une taupe dans tes rangs.

Cap ne répondit pas. Il avait envisagé cette possibilité. Tony avait réussi à les attirer dans l'usine chimique un peu trop facilement.

Œil de Faucon tourna les talons, prêt à partir.

— Que comptes-tu faire, Clint ? dit le Faucon, serrant les poings de rage. Enfiler de jolies rangers et mettre une raclée à tous ceux qu'ils te désigneront ?

— Non. (La voix d'Œil de Faucon s'était radoucie.) Je vais défendre le bien.

Personne ne pipa mot. Patriot lança un regard interrogateur à Speed, qui lui adressa un sourire nerveux et haussa les épaules. Speed se tourna vers Stature, qui détourna les yeux.

Puis Stature emboîta le pas à Œil de Faucon.

— Cassie? dit Patriot en l'attrapant par le bras.

— Désolée, Eli, mais je n'ai aucune envie de finir dans leur super-prison, comme Wiccan et Hulkling. Je veux combattre des criminels, pas des flics ou d'autres super-héros.

Speed vint se placer devant elle, lui toucha l'épaule.

— Enfin, Cass…

— Tommy, tu sais comment cela va finir. (Cassie lança un coup d'œil vers Cap.) Il fait partie de ces vieux qui ont peur de l'avenir.

— Partez. (La voix de Cap n'était plus qu'un grognement sourd.) Si la liberté a si peu d'importance à vos yeux.

Stature serra brièvement ses coéquipiers dans ses bras. Puis elle courut rejoindre Œil de Faucon.

— Eli? Tommy? Et vous?

Patriot regarda son coéquipier. Speed lui sourit:

— On reste.

— L'Épée?

Les mains de la jeune fille étincelèrent, projetant des lames de lumière. Sa détermination se lisait dans l'éclat intense de ses yeux.

— Je veux retrouver mon partenaire, déclara-t-elle.

Cap approuva d'un signe de la tête.

— Parfait.

Ils se regroupèrent autour de lui. Le Faucon, Patriot, Speed et l'Épée. Tous comptaient sur lui pour les guider, les diriger. L'espace d'un instant, l'ombre au plus profond de Cap lâcha prise, s'éclaircit.

Il espérait être digne d'eux.

— Nous avons du pain sur la planche. Faucon, préviens les troupes: nous déménageons. Je crois que Cage a une planque à Harlem que nous allons pouvoir utiliser quelque temps. L'Épée, vois si quelqu'un a des informations sur les systèmes de sécurité de Stark

Enterprises. Patriot, Speed, occupez-vous des nouvelles recrues. Dressez une liste de leurs pouvoirs.

Tandis qu'ils se dispersaient, Cap fit un pas en avant. Sa jambe lui fit tellement mal qu'il faillit tomber.

— Quelqu'un peut aller me chercher une aspirine ?

DIX-SEPT

Douze jours s'étaient écoulés depuis la conférence de presse. Douze jours qui avaient bouleversé la vie de Peter Parker.

Tante May, traquée par les journalistes, devait rester terrée chez elle. Dans la rue, des passants traitaient Peter de « traître ». Le *Daily Bugle* avait déposé une plainte contre lui pour fausse déclaration et rupture de contrat, invoquant les sommes qu'il avait reçues durant des années pour ses photos de Spider-Man en action.

Et une visite de Peter dans son ancien lycée, où il avait été invité à parler de sa passion pour la physique, avait tourné au cauchemar quand le Docteur Octopus avait débarqué dans la salle. Par chance, aucun étudiant ou professeur n'avait été blessé. Mais M. Dillon, le proviseur, avait clairement fait savoir qu'à l'avenir, les interventions d'anciens élèves ne seraient plus autorisées.

Depuis, Peter souffrait de troubles du sommeil. Il se réveillait, plusieurs fois par nuit, avec un grondement sourd dans la tête. Il n'avait jamais eu de migraines auparavant, mais il se demandait s'il ne s'agissait pas là d'un premier symptôme.

Puis il y avait eu la mort de Goliath. Et ces images horribles, qu'il avait vues en haute définition à travers les lentilles de son nouveau costume, et qu'il ne parvenait pas à chasser de son esprit.

C'est donc tel un somnambule que Spider-Man était parti avec Tony et Red. Le S.H.I.E.L.D. avait bouclé plusieurs rues du centre-ville avec des camions et des fourgons afin d'isoler le Baxter Building. Lorsque Spidey en demanda la raison à Tony, le milliardaire répondit : « Transfert de prisonniers ».

Spider-Man survola les rues dégagées avec ses jets de toile et se posa sur la façade du Baxter Building. Tony et Red, en contrebas, désactivaient les systèmes de défense de la porte d'entrée principale. Quatre ou cinq hélicoptères du S.H.I.E.L.D. tournaient au-dessus du bâtiment, ainsi que le poste de commandement aérien utilisé par Maria Hill.

Une pensée effleura Spider-Man : *Combien d'agents le S.H.I.E.L.D. peut-il bien avoir ?*

— Stark à Commandant Hill. (La voix métallique de Tony retentit dans l'oreille de Spidey.) J'ai à faire à l'étage, Maria. Vos hommes peuvent s'occuper du transfert ?

— Je pense qu'ils devraient y arriver, *monsieur* Stark.

Spider-Man fronça les sourcils. Il appréciait Tony, il avait une sincère reconnaissance envers lui. Il croyait aussi en la cause qu'il défendait, et à la nécessité de protéger les innocents contre la puissance des métahumains. Les conflits entre surhommes étaient de plus en plus violents, le nombre de victimes civiles ne cessait d'augmenter. Si Tony pouvait inverser cette tendance, Spidey le suivrait n'importe où.

Mais Tony ne lui avait pas tout dit. Comme le fait qu'il avait chargé des scientifiques de cloner un dieu mort. Est-ce qu'il avait congelé des mèches de cheveux de *tout le monde*, au cas où ?

Les événements s'enchaînaient à toute vitesse. Spider-Man avait à peine le temps de digérer un choc qu'un autre le foudroyait.

Le foudroyait.

Comme Goliath.

— Peter, appela Tony, tu viens ou pas ?

Un bourdonnement d'énergie émanait du portail d'accès à la Zone Négative. Des lumières dansaient autour du cadre en métal. À l'intérieur flamboyait une nébuleuse surnaturelle, nimbée d'étoiles et d'astéroïdes. Un écran affichait : «Accès Projet 42 / Actif».

— Ton costume te protégera, dit Tony. Mais équipe-toi de ce sac à dos pour manœuvrer en apesanteur.

Spider-Man enfila le sac, qui était étonnamment léger. Il pointa le portail du doigt :

— C'est là-dedans que se trouve la prison ?

— Le centre de détention, corrigea Tony. Red, tu me donnes le code d'accès ?

Pas de réponse. Spidey lança un coup d'œil à Red. Il était penché sur un tableau de contrôle, l'air inexpressif. De son bras étiré en arrière, il manipulait nonchalamment une console de l'autre côté de la pièce.

— Red ?

— Mmmh ? (Red leva la tête, les yeux dans le vague.) Oh, oui. Bien sûr. (Il tapa rapidement sur quelques touches, étirant et rétractant ses doigts.) J'envoie le code à ton armure, Tony.

— Bien reçu. Tu sais ce que tu dois faire quand le S.H.I.E.L.D. arrivera, hein ?

Une fois de plus, pas de réponse.

Red était resté très silencieux durant le trajet. *Problèmes conjugaux*, pensa Spider-Man. *Je me demande l'effet que ça fait.*

— La légendaire Zone Négative, dit Spidey. On doit juste… traverser là ?

— Suis-moi.

Tony actionna les propulseurs de ses bottes. Il s'éleva dans les airs, bascula en position horizontale et fonça à l'intérieur du portail.

Spider-Man regarda fixement le passage, haussa les épaules, et sauta.

La traversée du portail lui procura une sensation qu'il n'avait jamais éprouvée. Il eut l'impression que ses bras, puis sa tête, son torse et ses jambes étaient comme *inversés*. Le processus n'était pas douloureux, mais il le trouva perturbant.

Puis le portail disparut. Spidey était dans la Zone Négative. Elle s'étendait tout autour de lui, immense, lumineuse, parsemée d'éléments de toutes tailles et de toutes formes : étoiles, astéroïdes aux arêtes vives, planètes lointaines. Elle évoquait un espace intersidéral qui serait rempli de matière et bordé de miroirs faussant les distances.

— Bizarre, hein ? (Tony planait juste au-dessus de lui.) Mais on s'y habitue.

— J'ai l'impression d'être... sens dessus dessous, dit Spider-Man.

— C'est assez proche de ce qui se passe vraiment.

— Comment est-ce possible ? Par quel miracle ce processus *ne nous tue pas* ?

— J'ai posé la question à Red un jour, répondit Tony. Il s'est lancé dans une explication compliquée sur la physique quantique à laquelle je n'ai rien compris. Puis il s'est arrêté au beau milieu d'une phrase, avec un petit sourire en coin.

— Il ne savait pas non plus.

— Il ne savait pas.

Tony désigna un amas d'astéroïdes et se dirigea vers eux. Spider-Man le suivit en activant le système gravitationnel de son sac à dos via une commande mentale de son costume.

— Le S.H.I.E.L.D. s'apprête à transférer des prisonniers, dit Spidey. Je suppose qu'il s'agit des types qu'on a capturés à l'usine chimique ?

— Exact.

— Alors c'est comme ça que ça va se passer ? Tous ceux qui ne se seront pas fait recenser seront conduits au Baxter Building et expédiés ici ?

— Provisoirement. La Zone Négative a été découverte par Red Richards et, pour le moment, le seul portail d'accès qui existe sur Terre est celui que nous venons d'emprunter, dans son laboratoire. Mais Stark Enterprises est en train de construire d'autres portails dans les principales prisons du pays. Une fois qu'ils seront opérationnels, quiconque sera en infraction avec la Loi de Recensement sera traité comme n'importe quel criminel : il sera remis aux autorités concernées, puis sera transféré ici.

Spider-Man se renfrogna.

— Tu as oublié de préciser qu'il aura d'abord droit à un procès équitable.

— La Loi n'a pas prévu de budget pour ça, Peter.

— Pardon ?

— Tu n'accordes pas de procès équitable à une bombe atomique. Ou à un ennemi sur le champ de bataille. (Tony fit un geste devant lui.) Modification de trajectoire. Suis-moi.

Ils se rapprochèrent d'un astéroïde, un roc déchiqueté parmi tant d'autres. Des bâtiments brillaient à sa surface, reflétant la lumière des étoiles. Spider-Man scruta cette masse un instant et commença à se sentir nauséeux.

— Cale-toi sur moi pour l'atterrissage, Peter. Et ne dévie pas du plan de vol… Peter ?

Les structures à la surface de l'astéroïde étaient clairement visibles à présent, se détachant comme des modules de construction. Mais elles avaient quelque chose d'étrange. Leur agencement semblait changer, passant de manière effrayante d'une configuration à une autre en un éclair. Spider-Man, sidéré, sentait monter en lui un sentiment de panique à chaque modification. Ses tripes, son cerveau lui hurlaient : cette architecture n'est pas humaine. Elle est perverse, terrifiante. *Mauvaise.*

Dans son oreille, la voix de Tony lui parut lointaine.

— … désolé. Adapte le filtre 18 sur tes lentilles, niveau d'intensité un cran en dessous du maximum.

Spidey avait du mal à comprendre ce qu'il disait. Le regard fixe, les yeux écarquillés, il avait des tics nerveux.

— Quoi ?

— Pas grave, je vais le faire pour toi.

Le champ visuel de Spider-Man se troubla et, l'espace d'une seconde, il ne vit plus rien. Il cligna des yeux, désorienté, puis tout redevint net.

Les bâtiments avaient cessé de se transformer. À présent, ils se dressaient telle une cité futuriste, brillante, majestueuse, sur la roche nue de l'astéroïde. Loin en contrebas, des gardes en armure patrouillaient autour du site et volaient près des tours les plus hautes.

— Le dispositif de sécurité a été conçu par Red, expliqua Tony. Il est basé sur une configuration architecturale spéciale, combinée avec les propriétés particulières de la Zone Négative, afin de créer un lieu dont il est impossible de s'échapper.

Toujours dans les airs, Spider-Man fixa le sommet des tours, plus bas. Il se souvint de l'effet qu'elles avaient produit sur lui quelques secondes auparavant, et frissonna.

— *Lune fourbe*, murmura-t-il.

— C'est l'un des romans de science-fiction préférés de Red. Je pense qu'il s'en est inspiré.

— Les gardes sont protégés ?

— En fait, la plupart d'entre eux sont des robots.

Tony le guida jusqu'à une aire d'atterrissage, où la roche nue contrastait avec l'éclat métallique du complexe. Trois gardes-robots s'approchèrent, un fusil à impulsion saillant de leurs bras.

— Poste de sécurité Bravo : identification Anthony Stark. Identité deuxième humanoïde requise.

— Spider-Man, véritable nom Peter Parker, dit Tony. Invité d'Anthony Stark.

— Confirmé. Dossier de recensement en règle.

Le visage du chef des gardes était sans expression. Des lumières dansaient derrière la plaque vitrée noire qui le protégeait.

— Code d'accès, s'il vous plaît.

— Tango Sierra Lloyd Bridges.

— Code d'accès confirmé.

Les gardes s'écartèrent. Tony conduisit Spider-Man, à pied, vers un mur argenté et lisse en apparence. Une porte s'ouvrit, haute de six mètres et presque aussi large.

— Lloyd Bridges ? demanda Spidey.

— Une application créée sur mesure génère au hasard de nouveaux mots de passe toutes les demi-heures. Et elle a un penchant inattendu pour les noms d'acteurs de télévision des années soixante. Hier, c'était Charlie Foxtrot Adam West. (Tony rit.) Si on arrive à Sebastian Cabot, je la supprime.

Ils empruntèrent un grand couloir qui débouchait sur une cour où de jeunes plants sortaient d'un humus rapporté de la Terre. Spider-Man leva la tête pour regarder les gratte-ciel à la façade lisse qui les entouraient. La taille de l'ensemble était incroyable : plafonds, bâtiments, tout semblait plus grand que nature. Et très neuf, très métallique, et totalement aseptisé.

— Tu as dit que la plupart des gardes étaient des robots ?

— Il y a du personnel médical et administratif humain, pour s'assurer qu'il n'y ait pas de problème. Mais Red et moi avons longuement discuté de ce point. Nous en avons conclu que plus nous minimiserions les risques d'erreur humaine, mieux cet endroit fonctionnerait.

Tony le conduisit dans un couloir plus petit et étroit. Il leva sa main gantée et une lourde porte s'ouvrit avec un bruit étouffé.

— Voici les appartements.

— Les cellules, tu veux dire ?

— Question de sémantique.

Le corridor était bordé d'épaisses portes métalliques. Sur chacune d'elles, à hauteur du regard, une petite fente garnie d'une vitre sans tain. Spider-Man sauta sur le mur et rampa jusqu'à la première porte. Il leva une main pour ôter son masque.

— Fais attention, l'avertit Tony. Sans tes lentilles, tu vas de nouveau souffrir de désorientation. Ce phénomène existe partout à l'intérieur de la prison, sauf dans les box des détenus.

— Compris.

Spidey se tourna vers la petite fente et se pencha pour regarder à l'intérieur de la cellule. Elle ressemblait à un salon modestement meublé. Un canapé, un téléviseur à écran plat, un bureau équipé d'un écran d'ordinateur tout intégré. Contre un mur, une petite couchette rabattable. Au fond de la pièce, Spider-Man distingua également un coin cuisine. Seul élément incongru : un large fauteuil portant des attaches pour les poignets et surmonté d'un casque.

— Je dois reconnaître que c'est plus chouette que le premier appartement que j'ai eu à Manhattan. Plus grand, aussi. (Spidey haussa les épaules.) C'est quoi, les trucs sur le fauteuil ?

— Un système de réalité virtuelle. On offre aux prisonniers des petites vacances mentales. Il faudra sans doute qu'on le modifie pour les vilains dotés d'un pouvoir de manipulation des technologies.

— Je ne vois personne dans cette cellule.

— Le complexe est tout juste opérationnel. Très peu de cellules sont occupées. (Tony pencha la tête et consulta des fichiers de données internes.) Ah, essaye celle-ci.

Spider-Man sauta au sol et se dirigea vers la cellule voisine. Il regarda par la fente vitrée.

Une cascade de sable s'abattit devant ses yeux et atterrit sur une pile de vêtements posés par terre dans la cellule. Le sable s'agglutina, commença à prendre forme et à se soulever du sol. Il remplit un tee-shirt et un jean pour former la silhouette reconnaissable entre toutes d'un vieil ennemi de Spider-Man : l'Homme-Sable.

— On l'a coincé il y a quelques semaines, dit Spidey. Avec les Sinister Six.

— *Tu* l'as coincé, rectifia Tony. Tu as fait du bon boulot.

Dans la cellule, l'Homme-Sable se mit à feuilleter un magazine et se renfrogna. Il saisit une télécommande et s'affala sur le canapé, projetant des grains de sable tout autour de lui.

— Il a l'air triste, dit Spider-Man.

— Triste ? Il est en prison. (Tony se tourna vers Spidey.) Des individus tels que lui sont trop dangereux pour se promener librement. Tu le sais bien.

— En ce qui le concerne, je ne discute pas, mais… beaucoup de mes amis, de nos amis, vont atterrir ici également. Ils seront enfermés comme lui.

— Ils ne manqueront de rien. Ils seront confortablement installés.

— Mais ils ne pourront pas quitter cet endroit.

— Bien sûr que si. Dès l'instant où ils accepteront de se faire recenser, de dévoiler publiquement leur identité et de se plier aux lois des États-Unis d'Amérique. Autrement dit, d'imiter ton geste courageux lors de la conférence de presse.

Une nouvelle fois, Spider-Man sentit un grondement sourd dans sa tête. La douleur qui l'avait empêché de dormir ces dernières nuits.

— Viens, dit Tony. La navette du S.H.I.E.L.D. ne devrait pas tarder à arriver.

Spidey le suivit. Ils remontèrent les couloirs, traversèrent de nouveau la cour et les énormes portes métalliques. Sa tête tournait. Les bâtiments avaient cent, voire cent cinquante étages. Combien de personnes finiraient par se retrouver ici ? Combien de temps resteraient-elles ? Combien avait coûté la *construction* de cet endroit ?

À l'extérieur, la navette du S.H.I.E.L.D. décrivait un arc de cercle pour se présenter à l'atterrissage. Lourde et massive, elle ressemblait à une version aéroportée des fourgons, et était équipée de quatre tuyères propulsives à l'arrière.

Une trappe s'ouvrit dans un crissement. Deux agents du S.H.I.E.L.D. sautèrent à terre, vêtus de tenues anti-émeute et portant des lunettes protectrices. Le garde-robot vint les intercepter.

— Code d'accès, s'il vous plaît.

— Echo Delta Julie Newmar, répondit un agent.

— Code d'accès confirmé.

Tony se tourna vers Spider-Man.

— Les codes s'améliorent.

L'un des agents du S.H.I.E.L.D. fit un geste vers l'intérieur de la navette. Deux autres agents sortirent sur l'aire d'atterrissage, encadrant la Cape. Le jeune homme portait son costume, mais il était menotté aux poignets et aux chevilles. Un casque imposant était fixé sur sa tête et lui cachait les yeux.

— Inhibiteur de pouvoirs, expliqua Tony. Il les protège également de la sensation de distorsion.

Wiccan et Hulkling descendirent à leur tour en trébuchant, coiffés de casques similaires.

— On leur a attribué un appartement double pour qu'ils soient ensemble. (Tony fit signe à Spider-Man.) Nous ne cherchons pas à les punir, Peter. Nous voulons juste les maîtriser.

Un agent de grande taille, solidement bâti, fermait la marche en escortant Daredevil, vêtu de son costume rouge. Bien qu'entravé, DD marchait sans difficulté ni hésitation. Quand il arriva à la hauteur de

Tony et Spidey, il s'arrêta et se tourna vers eux, malgré le casque qui recouvrait ses yeux.

Son sens radar, pensa Spider-Man. *Le casque ne doit pas neutraliser complètement son pouvoir.*

— Tony Stark en personne, dit Daredevil. Tu es ici pour admirer ton œuvre ?

Tony ne répondit pas.

— Impressionnant. (Daredevil fit un signe pour désigner les tours.) Une réalisation de Stark Enterprises, je suppose ? Le gouvernement a signé ces contrats sans appel d'offres. Combien de millions as-tu gagné ce mois-ci ?

Spider-Man se tourna vers Tony.

— De millions ?

Tony marqua une hésitation. Spidey eut un choc : *C'est beaucoup plus que des millions. Des milliards, peut-être.*

L'agent du S.H.I.E.L.D. poussa Daredevil pour le faire avancer. Mais Tony leva la main.

— C'est bon. J'aimerais lui parler.

Daredevil posa tour à tour ses yeux aveugles et masqués sur Tony et Spider-Man. Puis il s'avança vers la porte. Tony le rejoignit et Spidey les suivit.

— Daredevil... Matt, c'est ça ? Peu importe. (Tony tendit la main et ouvrit la porte.) Je veux que tu comprennes pourquoi nous faisons ça. Je t'assure que je ne prends aucun plaisir à traquer mes amis.

Daredevil fit une moue dédaigneuse.

— Je suis allé à Washington, poursuivit Tony, et j'ai assisté aux débats des membres du Congrès. Les discussions ont débouché sur deux solutions. Le recensement ou l'interdiction totale pour les super-héros d'exercer leur activité. Tu seras d'accord avec moi sur le fait que personne ne souhaite ça.

» Tu as entendu parler de l'Initiative des cinquante États ? Elle est en train de se concrétiser. À terme, il y aura cinquante super-équipes, une dans chaque État. Leurs membres seront formés, ils recevront une licence et devront répondre de leurs actes devant le contribuable américain. C'est la prochaine étape de l'évolution des surhumains.

Nous entraînons déjà de nouveaux super-héros, et nous souhaitons accueillir tous ceux qui voudraient nous rejoindre.

» Daredevil, si tu es intéressé – si tu veux rentrer dans le rang, te faire recenser et révéler publiquement ton identité dès maintenant – tu seras prioritaire sur ma liste. Tu pourrais même avoir ton propre groupe et choisir tes coéquipiers. Qu'en dis-tu ?

Ils avaient atteint le quartier pénitentiaire. L'agent du S.H.I.E.L.D. sortit une carte d'accès et prononça quelques mots devant la porte d'une cellule, qui glissa pour s'ouvrir. L'intérieur était semblable à la pièce occupée par l'Homme-Sable. Un peu mieux agencé peut-être, remarqua Spider-Man.

— Sinon, continua Tony, voici l'alternative. Et personne ne souhaite ça non plus.

Daredevil se tenait sur le pas de la porte, silencieux, l'air grave. Il finit par se tourner vers l'agent à la haute stature.

— Agent Chiang, dit-il, vous voulez bien lui donner, s'il vous plaît ?

Tony regarda l'agent.

— Me donner quoi ?

— Ah, oui. (L'agent glissa la main dans une poche intérieure de sa tenue et en sortit un petit disque.) Quand nous l'avons arrêté, nous avons trouvé ça sous sa langue. Nous l'avons examiné, il ne présente aucun danger. Mais il a dit qu'il l'avait gardé pour vous.

Tony prit l'objet dans sa main. Spider-Man jeta un œil et vit ce que c'était : une simple pièce en argent d'un dollar.

— Je… je ne comprends pas, dit Tony.

Daredevil se retourna à moitié vers lui.

— Ça te fait maintenant trente et *un* deniers, Judas.

Puis il lui tourna le dos et pénétra dans la cellule. La porte glissa derrière lui pour se refermer.

L'agent vérifia le verrouillage et repartit dans le couloir.

— Viens, dit Tony.

Spider-Man s'attarda un instant, fixant la cellule dans laquelle était enfermé son ami de longue date. Dans sa tête, le grondement s'amplifiait et des pulsations envahissaient son cerveau.

Il tourna les talons pour traverser de nouveau la prison avec Tony. Il passa devant des rangées de cellules qui seraient bientôt occupées, des salles de gym et des cours intérieures qui attendaient d'être utilisées. Tony semblait n'avoir plus rien à dire ; il était silencieux, pensif.

Et, lentement, Spider-Man comprit ce qui provoquait cette douleur dans son crâne. *Son sens d'araignée.* Mais ce n'était pas la sensation qui lui était familière, cette décharge vive qui le prévenait d'un danger imminent. C'était plus sourd, plus régulier, plus constant. Une tout autre forme d'alerte.

Il suivit Tony Stark hors du complexe, loin de l'astéroïde, loin de la prison dénommée « Projet 42 ». Mais il ne pouvait échapper au bourdonnement qui emplissait sa tête, à la sensation persistante que les choses s'étaient sérieusement gâtées, et qu'elles allaient encore empirer.

DIX-HUIT

Mon cher Red,

En premier lieu, je voulais que tu saches que Johnny va mieux. On lui a enlevé ses points de suture hier, et il récupère gaiement chez une certaine «Marika».

Sacré Johnny. Toujours égal à lui-même. Je devrais être heureuse. Pourtant, je ne le suis pas.

J'ai tellement honte de toi en ce moment, Red. Mais j'ai aussi honte de moi, de t'avoir suivi, d'avoir soutenu tes projets fascistes sans rien dire.

Voilà pourquoi je pars.

La valise était sur le lit, presque prête. C'était un bagage à roulettes, de format cabine : à peine assez grand pour contenir une tenue de rechange, des affaires de toilette et un costume de super-héros, bleu et usé. Curieusement, le costume lui allait toujours, même après deux enfants et des dizaines de combats contre des super-vilains.

Jane sourit. *C'est sans doute grâce aux molécules instables.*

Elle avait dû se faufiler en douce dans sa propre maison, surveillée par le S.H.I.E.L.D. Si Red vérifiait le journal des entrées, il verrait qu'elle avait tapé son code et, bien sûr, les caméras de sécurité auraient filmé l'ouverture et la fermeture rapide de la porte. Mais personne n'apparaîtrait à l'image. Du moins, personne de visible.

Mais Red était occupé. Très, très occupé, encore plus que d'habitude même. Un étage au-dessus, Tony et lui supervisaient le transfert des prisonniers de la Résistance vers le musée des horreurs qu'ils avaient installé dans la Zone Négative.

Une fois à l'intérieur du bâtiment, Jane n'avait plus ressenti la nécessité de rester invisible. Red ne la remarquerait pas, de toute façon. Depuis quelques jours, il n'avait de temps pour personne, à part Tony.

Elle ouvrit le premier tiroir du bureau et chercha son vieil émetteur : un gros talkie-walkie ancien modèle, marqué d'un « 4 ». Elle le jeta sur le lit, à côté de la valise. Et soudain, son regard s'arrêta sur un autre objet, au fond du tiroir. Elle l'en sortit et le regarda à la lumière.

Une maquette de fusée. Et pas n'importe quelle fusée : une réplique du vaisseau spatial privé que Ben Grimm avait fait décoller en plein désert lors de cette nuit fatidique. La nuit où Jane, Red, Ben et Johnny, exposés à des rayons cosmiques à la limite de l'atmosphère terrestre, étaient devenus les Quatre Fantastiques.

Jane avait presque oublié cette maquette. Red l'avait fabriquée pour elle à l'occasion de leur premier anniversaire de mariage. Elle était peinte avec soin jusque dans les moindres détails, et il y avait même quatre minuscules figurines dans le cockpit.

Elle se rappela avoir pensé que c'était sans doute le pire cadeau d'anniversaire de l'histoire. Et elle n'en avait eu que plus d'amour pour Red.

Elle essuya une larme, puis elle se tourna vers l'interphone sur la table de nuit et l'alluma. Elle écouta, une minute seulement, les voix de Franklin et de Valeria qui se disputaient avec Herbie, leur baby-sitter robotique, sur le choix du DVD qu'ils allaient regarder.

Soudain, elle entendit du bruit, juste devant la porte. Elle coupa l'interphone et se fit invisible ; puis elle réfléchit et reprit sa forme normale. À quoi bon se cacher ? Si Red ne savait pas déjà qu'elle était là, la valise presque finie la trahirait.

— Jane ?

La silhouette dans l'embrasure de la porte était bien plus imposante que celle de Red. Le corps de pierre de Ben Grimm était affaissé, comme après une défaite. Jane poussa un soupir de soulagement… qui se bloqua dans sa gorge quand elle vit ce qu'il tenait à la main.

Une autre valise. Bouclée.

> *Chéri, comprends bien qu'il ne s'agit pas d'un appel pour que tu m'accordes de l'attention. Loin de moi l'idée de te détourner de tes sacro-saints travaux.*
>
> *Non, si j'ai pris cette décision, c'est parce que tes mains, nos mains à tous les deux, sont souillées par le sang de Bill Foster. Et tu es tellement aveuglé par tes graphiques, tes projections et tes scénarios apocalyptiques que tu ne t'en es même pas rendu compte.*
>
> *Aujourd'hui, j'ai enfreint la loi. J'ai aidé des traîtres recherchés à échapper à des forces fédérales dûment accréditées. Il se trouve que certains de ces traîtres font partie de nos meilleurs amis, traqués par ces forces parce qu'ils consacrent leur vie à aider des innocents. Mais ça ne pèse pas lourd, semble-t-il.*
>
> *En ce moment, Tony et ses hommes de main sont très occupés à panser leurs blessures, incarcérer les prisonniers et mettre en place leurs centres de formation des super-héros dans tout le pays. S'il leur reste un minimum de décence, j'espère qu'ils organisent aussi des funérailles pour le pauvre Bill Foster.*
>
> *Tôt ou tard, néanmoins, ils me demanderont des comptes. Ils m'offriront sans doute l'amnistie, en raison de ton rôle crucial dans les projets de Tony. Je ne veux pas te mettre dans cette position, mais surtout, je ne veux pas de leur amnistie.*
>
> *Je veux faire ce qui est juste.*

Ils se regardèrent un moment en silence, embarrassés.

— Tu t'en vas ? demanda Jane.

Ben montra du doigt la valise sur le lit.

— Toi aussi ?

— Après ce qu'il s'est passé aujourd'hui, je ne peux pas faire autrement, Ben. (Elle sentit les larmes lui monter aux yeux.) Mais toi ? Je ne… As-tu l'intention de rejoindre le groupe de Captain America, toi aussi ?

— Nan.

Il lâcha sa valise, qui tomba lourdement au sol.

Que transporte-t-il là-dedans ? se demanda Jane. *Des pierres de rechange ?*

— Jane, j'ai regardé attentivement autour de moi, une fois la bataille finie. Dans l'usine chimique. Il y avait de la mélasse toxique partout sur le sol, des morceaux de verre et de métal, et plus un seul mur debout. C'est vrai que Tony avait déjà bien saccagé les lieux dès le départ, pour préparer le piège. Mais j'ai vu les dégâts que nous avons faits, nous tous, en nous battant comme des rats affamés dans un espace aussi réduit.

» Et je n'ai pas arrêté de me dire qu'il aurait pu y avoir des gens à proximité. Imagine qu'un seul civil ait réussi à franchir le barrage de police, un journaliste par exemple, et qu'il se soit retrouvé écrasé entre Luke Cage et moi ? Ou sous la cuve d'acide que Goliath a balancée ?

— Je sais. (Jane s'avança vers lui.) Écoute, j'ai un rendez-vous prévu à…

— Non ! Je veux pas le savoir. Pas question que je choisisse un camp. À mes yeux, Cap est tout aussi coupable que Tony Stark.

Jane fronça les sourcils.

— Qu'est-ce que tu dis ?

— Je dis que la Loi de Recensement est injuste, et j'peux pas défendre une loi en laquelle je crois pas.

— C'est bien ce que je…

— Mais je reste un patriote, Jane. J'aime mon pays. Je me battrai pas contre le gouvernement, mais je le laisserai pas non plus me traiter comme un criminel. Donc, ça me laisse qu'une option. Je m'expatrie.

Jane s'arrêta, recula d'un pas.

— Ah.

— En France, je pense. Du moins, jusqu'à ce que tout ça soit fini. (Il jeta un coup d'œil vers la table de nuit, et ses grands yeux bleus s'embrumèrent.) Hé. Mate un peu ça.

Son regard s'était arrêté sur la maquette de fusée. Jane la prit et la lui tendit. Ils la contemplèrent une minute en silence.

— Nous étions les premiers, murmura-t-elle.

— Ouais. (Il se tourna vers elle, une lueur étrange dans les yeux.) Ça t'arrive de regretter, Jane?

— Quoi?

— Tout ça. Le vol spatial, les pouvoirs. Les équipées avec Grosse Tête à travers tout l'univers: dans l'espace, les autres dimensions, cette putain de Zone Négative. Les combats, le danger... Tu avais d'autres prétendants, à l'époque.

— Arrête, Ben...

— Tu as déjà regretté de l'avoir épousé? De t'être rangée?

— Je ne sais pas si on peut appeler ça «être rangée», répondit-elle avec un sourire triste.

— C'est pas une réponse.

Le vieux talkie-walkie posé sur le lit émit une sonnerie stridente. Jane l'attrapa d'un geste vif.

Ben fronça les sourcils.

— Ça fait un bail que j'ai pas vu une antiquité pareille.

Elle leva un doigt pour lui faire signe d'attendre.

— Johnny?

— Tu m'entends, sœurette?

La voix était entrecoupée de parasites.

— Un instant, Johnny. (Elle se retourna.) Ben...

— Je dois y aller, Jane. Bonne chance.

— Bonne chance à toi aussi, gros bêta.

— Accorde-moi juste une faveur, tu veux? (Ben avait l'air grave.) Ne t'approche pas d'Atlantis.

— Jane? Je t'entends mal...

— Johnny, ne quitte pas...

Mais quand elle se tourna vers la porte, Ben avait disparu.

Pendant quelque temps, tu n'entendras plus parler de Johnny non plus, Red. Je veillerai sur lui, comme je l'ai toujours fait.

Mais là où nous allons, je ne peux pas emmener Franklin et Valeria. C'est pourquoi je te les confie. Et je t'en supplie, chéri : accorde-leur du temps, ce temps que tu leur as si souvent refusé par le passé.

Je ne voulais pas non plus que ton dernier souvenir de moi ne soit trop terni par les nombreuses altercations que nous avons connues ces dernières semaines. Je suis heureuse que nous ayons fait l'amour la nuit dernière, et je veux que tu saches que c'était merveilleux. Comme toujours.

Fantastique, même.

— Jane, on n'a pas utilisé ces émetteurs depuis des années. Où les as-tu trouvés ?

— Communiquer avec des téléphones portables serait trop risqué, Johnny. Tony Stark a accès à la localisation par satellite, désormais. Par contre, je pense que plus personne ne se sert de cette fréquence radio.

— Tu as toujours été l'intello de la famille. Enfin, de *notre* famille.

Une nouvelle série d'interférences perturba la ligne.

— … et maintenant ?

— Où es-tu ? Toujours chez Marika ?

— Martika. Ouais, c'est…

— *Martika*. Ne m'en dis pas plus. Retrouvons-nous dans une demi-heure, disons devant le Blazer Club. Personne ne s'attendra à nous revoir là-bas.

— La scène du crime. Ça me plaît.

— Sois discret. Pas de déguisement stupide. Oublie le faux nez et les lunettes.

— Dommage. Les femmes adorent.

— Je dois y aller, Johnny. À tout de suite. Je t'aime.

— T'es une sacrée nana.

La communication fut coupée.

Jane se tourna vers l'interphone. *Je devrais aller voir les petits,* pensa-t-elle. *Une dernière fois. Ça va être dur pour eux.*

Non. Si je fais ça, je ne pourrai plus m'en aller.

Elle prit la maquette de fusée, la souleva au creux de sa main. Elle allait la glisser dans ses bagages, quand elle se ravisa et retourna la ranger, soigneusement, dans le tiroir du bureau.

Je reviendrai, se dit-elle. *Je l'espère.*

Puis elle ferma sa valise et devint invisible.

J'espère ne pas passer pour une lâche en partant ainsi. J'espère que tu ne me vois pas comme une épouse indigne, ou pire encore, une mauvaise mère.

Crois-moi, je n'ai pas pris cette décision à la légère. La croisade de Tony Stark partait d'une bonne intention, je le sais. Mais je sais aussi, au plus profond de moi, qu'elle n'apportera rien de bon.

Tu es l'homme le plus intelligent que je connaisse, Red. Et j'espère, je prie pour que ton génie nous permette de sortir de cette situation avant que l'un des deux camps ne soit massacré par l'autre.

Je t'aime, chéri. Plus que tout au monde.

Trouve une solution.

Jane

DIX-NEUF

— Peter, je te dis que je vais bien. Personne ne m'a menacée, personne ne… Peter, *où allons-nous* ?

Peter Parker regarda le GPS de son téléphone, puis se pencha en avant.

— Prenez la prochaine à droite, dit-il au chauffeur de taxi.

— Certes, je ne suis pas ravie d'avoir des policiers devant chez moi en permanence, poursuivit tante May. Mais ils ont toujours été très aimables.

— Ce ne sont pas des policiers, mais des agents du S.H.I.E.L.D, précisa Peter.

— Peu importe, monsieur Je-sais-tout. Cela n'explique pas pourquoi j'ai dû faire mes bagages et quitter ma maison en douce. (Elle regarda par la vitre avec une grimace de dégoût.) Tu peux me dire ce que nous venons faire à *Brooklyn* ?

Le chauffeur de taxi se tourna vers eux.

— C'est cette rue-là, monsieur ?

— Oui, je crois. Ralentissez.

Comme beaucoup de quartiers de New York, Fort Greene avait été réhabilité au cours des dix dernières années. Des rangées de vieilles bâtisses de pierre du 19ᵉ siècle avaient été décapées et restaurées pour retrouver leur splendeur passée.

— Peter…

— Une minute, tante May. S'il te plaît. (Il fronça les sourcils, scruta les numéros sur les grilles.) Je crois que c'est le prochain… Oh, la vache.

Le taxi s'arrêta.

— Vous me l'avez ôté de la bouche, dit le chauffeur.

Tante May serra l'épaule de Peter, effrayée. Il se retourna, lui sourit, et dégagea doucement ses doigts. Puis il ouvrit la portière et regarda autour de lui.

La rue était bordée de trottoirs en béton et de rampes métalliques. Mais devant l'une des maisons, le trottoir était fait d'élégants pavés de grès à l'ancienne. Il y avait des plantes partout : derrière les grilles de la clôture, le long du trottoir, sur les marches de l'escalier menant à la porte d'entrée. Un jeune érable, tout juste planté, sortait d'un carré creusé dans l'allée.

Peter fonça les sourcils, vérifia l'adresse. Pas d'erreur.

— Peter. (Tante May bataillait avec sa valise.) Je croyais t'avoir appris à aider les dames à porter leurs sacs.

Peter souleva la valise sans effort, régla la course, et prit le bras de tante May pour gravir l'escalier. Son cœur battait à tout rompre. Cela ne s'annonçait pas facile, et l'allure de la maison lui donnait l'impression d'être dans un autre monde.

Elle ne se sentira peut-être pas chez elle, pensa-t-il. Puis : *Si. Il le faut.*

Une femme ouvrit la porte, vêtue d'un jean avec des traces de terre et d'herbe, et d'une chemise nouée autour de la taille. Ses longs cheveux roux étaient en bataille, des gouttes de sueur perlaient sur son front. Elle tenait une serviette à la main.

Ses yeux s'écarquillèrent de stupeur.

— Oh, mon Dieu.

— Mary Jane, dit Peter.

Ils se regardèrent un instant, silencieux et embarrassés.

Une pensée traversa l'esprit de Peter : *Va-t-elle me frapper avec la serviette ?*

Puis sa tante passa devant lui, les bras grands ouverts.

— Mon Dieu, dit-elle. Cela fait si longtemps.

Encore sous le choc, Mary Jane étreignit la vieille dame. Mais elle ne quittait pas Peter des yeux.

— C'est bon de te revoir, tante May, dit MJ doucement. Si tu entrais boire une tasse de thé ? Je pense que nous avons des choses à nous dire, ton neveu et moi.

L'ARRIÈRE DE LA maison était encore plus impressionnant que la façade. C'était un grand jardin verdoyant où se côtoyaient arbustes, plants de tomates et parterres de fleurs soigneusement entretenus. Tout au fond se dressait une ancienne remise surmontée d'une verrière en coupole : Mary Jane en avait fait une serre.

Peter regardait autour de lui, ébahi.

— Ta maison... Elle est géniale, MJ.

La jeune femme se pencha en avant pour tasser la terre dans un trou qu'elle avait creusé.

— Elle est en grande partie autonome, Tiger. Les murs sont isolés avec du jean recyclé, le toit est équipé de panneaux solaires et il est végétalisé, ce qui permet de garder la chaleur en hiver et empêche le ruissellement de l'eau polluée. J'envisage aussi de faire creuser un puits géothermique, mais il faut demander tout un tas d'autorisations.

— Ne le prends pas mal, MJ. Mais tout cela ne te ressemble pas.

— Un ami comédien a fait des installations similaires à Clinton Hill et m'en a parlé. Mais je crois qu'au fond, j'avais juste besoin d'un projet. De quelque chose qui soit vraiment à moi, après...

Elle laissa sa phrase en suspens.

— Après que je t'ai laissée en plan devant l'autel, dit-il à sa place.

— Tu veux dire, après que Spider-Man m'a laissée en plan. (Elle retroussa ses lèvres dans un demi-sourire.) Je suppose que c'est un secret que je n'ai plus besoin de garder.

— Je t'aurais épousée, dit-il avec un tremblement dans la voix. La date de notre mariage était fixée, et ce truand m'a assommé au dernier moment. Mais après ça, c'était quand tu voulais.

Après le fiasco du mariage, elle avait quitté la ville et refusé de lui parler pendant deux semaines. Il avait tout essayé pour la reconquérir : fleurs, cadeaux, lettres manuscrites, poignante vidéo d'excuses. Quand elle avait fini par accepter de le voir, il en avait conclu qu'elle lui avait enfin pardonné. Mais sa réponse avait été claire et définitive : elle n'épouserait jamais Spider-Man.

Et Spider-Man, avait-il découvert, faisait partie intégrante de lui. Il ne pouvait pas y renoncer.

D'un geste de la main, elle l'invita à la suivre, avec ce petit sourire en coin qui la caractérisait. Elle se dirigea vers un banc fait d'un simple tronc d'arbre et se laissa tomber dessus, étirant ses longues jambes. Sa chemise remonta un peu plus, révélant son ventre parfait. Cela n'avait rien d'étonnant qu'elle fasse toujours des photos pour *Vogue* et des vidéoclips pour VH-1.

Elle est superbe, se dit Peter. *On dirait même qu'elle a rajeuni.*

— Alors, Tiger. Tu ne pouvais pas me passer un coup de fil d'abord ? Tu es trop occupé à faire les gros titres ?

Il s'assit au bout du banc.

— Je me méfie du téléphone en ce moment.

— Toujours aussi parano. (Puis elle se pencha en avant, soudain sérieuse.) Minute, tout ce battage médiatique… Tu as amené ta tante ici parce que quelqu'un l'a menacée ?

— Non. Pas encore.

— J'ai suivi toute l'affaire Doc Ock aux infos. Tiger, tu n'as donc pas réfléchi à ça avant de révéler ton identité sur une chaîne de télé nationale ?

— Bien sûr que si ! (Il détourna les yeux.) Et quelqu'un m'a promis de veiller à sa sécurité. Mais…

— Mais quoi ?

— Mais je ne suis pas sûr de faire toujours confiance à cette personne.

— Nous ne sommes plus des gamins, Peter. Arrête de jouer aux devinettes.

— Tony. C'est Tony Stark.

— Tony Stark. (Elle mit une main devant sa jolie bouche.) L'homme le plus riche que nous connaissons, le type désormais en charge de toute l'activité des super-héros dans le pays. Tu ne crois pas qu'il a les moyens d'assurer la sécurité de ta tante ?

— Ce n'est pas une question de *moyens*. C'est juste que…

Il se leva, fit quelques pas.

— Fais attention aux géraniums, dit MJ. Ils commencent juste à fleurir.

— Il se passe des choses étranges, MJ. As-tu entendu parler du héros qui est mort hier ? Bill Foster ?

— Goliath, c'est ça ? (Elle fronça les sourcils.) Ils en ont parlé au journal, mais sans donner beaucoup de détails.

— C'est parce que Tony ne veut pas que le grand public sache comment c'est arrivé. Bill a été transpercé par un éclair, lancé par un clone défectueux de Thor ! Ce sont les hommes de Tony qui l'ont fabriqué de toutes pièces pour l'intégrer à leur équipe de héros.

MJ écarquilla les yeux.

— Je crois que je viens de faire une petite attaque, dit-elle.

— Je n'arrive pas à chasser cette image, poursuivit Peter. Le sang jaillissant du dos de Bill, son corps immense s'écroulant comme un chêne. Et ce n'est qu'un début. Tony a aussi construit une prison pour les métahumains… Une forteresse bizarre et aseptisée, gardée par des robots. Elle n'est même pas sur Terre, mais dans une étrange dimension appelée la « Zone Négative ».

Il marqua une pause pour reprendre son souffle. Il sentait qu'il commençait à craquer, que les barrières tombaient. L'atmosphère de cet endroit, le fait de revoir MJ. Il n'avait jamais eu plus proche confidente que Mary Jane et, maintenant qu'il était de nouveau près d'elle, il ne pouvait plus s'arrêter de parler.

— Il va y avoir… Tony veut cinquante super-équipes, une dans chaque État. Tout ça est top secret pour l'instant, mais j'ai vu les noms de certaines de ses futures recrues potentielles. On ne peut pas constituer cinquante équipes sans engager des individus très instables.

— Peter…

— Et Captain America ! Il n'y a pas meilleur homme au monde, et pourtant, je n'ai pas bougé en voyant Tony le frapper, le réduire en bouillie. Je ne suis pas une petite nature, MJ, tu le sais bien. J'en ai vu d'autres. Mais ça, c'était *mal*. C'était… Et merde…

Il essuya une larme, tenta de sourire.

— Saleté de pollen. Tu as trop de plantes ici, tu sais ça ?

Et soudain, elle fut là, juste devant lui, ses beaux yeux noirs plantés dans les siens. Le défiant, comme elle le faisait sans cesse quand ils étaient enfants. Il pouvait sentir l'odeur de sa peau, mêlée à celle de la terre et d'un parfum à la framboise. Sa bouche était légèrement entrouverte.

Il s'avança pour l'embrasser, poussé par un désir profond, inconscient. Mais elle le repoussa d'un geste de la main.

— Qu'est-ce que tu comptes faire ? demanda-t-elle

Peter baissa les yeux, embarrassé.

— Tony est un chic type. Il a fait tant de choses pour moi, et pour beaucoup de gens.

— Mais tu penses qu'il est allé trop loin.

— Je vais lui parler. Lui et moi, nous sommes sur la même longueur d'onde. Il me l'a dit.

— Tu n'as pas l'air très sûr de toi.

— Je ne suis sûr de rien. Enfin si, d'une chose. Une seule.

Il l'attira contre lui, la serra dans ses bras comme une sœur. Enfouit sa tête dans son cou.

— Tu es la seule personne… (Il sentit les larmes monter à nouveau.) La seule personne au monde en qui j'ai vraiment confiance.

Elle ne dit rien. Posa ses mains fines sur les épaules de Peter, le tenant fermement.

— J'ai besoin que tu éloignes tante May d'ici, dit-il. Pour la protéger.

— La protéger de quoi ?

— De… de rien, j'espère. Mais si cela ne se passe pas comme je le souhaite… S'*il* ne comprend pas…

— Enfin, Peter. (MJ s'éloigna, s'approcha d'un parterre de tournesols.) Tu ne me demandes tout de même pas de chambouler ma vie et…

— Je sais. Je sais, mais…

— ...et de quitter *ma* maison dont je viens *enfin* de faire mon paradis, après *tout* ce qui s'est...

Elle enfouit sa tête dans ses mains et se mit à pleurer.

Peter ne bougeait pas, démuni.

— Je ne veux pas qu'il lui arrive malheur, murmura-t-il. Pas parce que...

MJ tourna brusquement vers lui ses yeux embués de larmes.

— Parce que tu es Spider-Man.

Il hocha la tête.

— Est-ce que tout va bien dehors ? (Tante May passa la tête par la porte du jardin, et fit la grimace.) Oh, je vois. Le bon vieux mélo qui recommence. Eh bien, ne faites pas attention à moi. Au fait, Mary Jane, tes bouquets champêtres sont ravissants.

Tante May bredouilla et protesta. Elle agita son doigt vers Peter à plusieurs reprises et, l'espace d'un instant, il crut qu'elle allait piquer une crise, un accès de rage comme elle n'en avait pas eu depuis la mort d'oncle Ben. Mais finalement, elle secoua la tête, se tut, et laissa Mary Jane l'emmener jusqu'à la voiture.

Finalement, elle lui faisait confiance.

Resté sur le trottoir, Peter regarda s'éloigner la Mini Cooper de Mary Jane. MJ lui avait à peine dit un mot pendant qu'elle préparait ses bagages. Mais il savait qu'elle aussi comprenait.

Il poussa un profond soupir, s'écroula contre le jeune érable. Il ferma les yeux, respira l'odeur entêtante de la végétation. Il pensait aux deux femmes qu'il aimait le plus au monde, serrées dans la minuscule voiture, en route pour une destination inconnue. *Ne me dis pas où vous allez*, l'avait-il imploré. *C'est mieux comme ça.*

Il se demandait quand il les reverrait.

PARTIE 4

ÉLÉMENTS DÉCISIFS

VINGT

Se pouvait-il que tout soit en train de déraper? Tony Stark ne savait pas quoi penser. Une partie de l'opinion publique s'était retournée contre le Recensement après la débâcle de l'usine chimique; dans les derniers sondages, partisans et opposants étaient au coude à coude. La défection de Jane Richards posait aussi un problème que Tony devrait bien finir par résoudre.

Et la communauté internationale était très remontée. Les dirigeants de l'Union européenne multipliaient les discours contre la nouvelle politique, trop contents de détourner l'attention de leur crise économique. Le Wakanda, la nation africaine qui fournissait à Stark Enterprises le précieux vibranium, envisageait de rompre ses relations diplomatiques avec les États-Unis.

Le royaume sous-marin d'Atlantis était un autre problème potentiel, l'un des New Warriors tombés à Stamford étant la fille d'un couple royal atlante. Le prince Namor, souverain d'Atlantis, avait jadis organisé une invasion à grande échelle du monde de la surface. Ces dernières années, Namor et les énigmatiques Atlantes à la peau bleue n'avaient guère fait parler d'eux. Tony espérait que l'agressivité légendaire de Namor s'était calmée avec le temps.

Les X-Men s'étaient quasiment murés dans leur école. Maria Hill était prête à assiéger l'établissement avec des commandos du S.H.I.E.L.D. pour arrêter et incarcérer tous les résidents. Tony l'avait persuadée d'attendre. Les relations des X-Men avec la communauté des héros avaient toujours été tendues ; ils ne capituleraient pas sans se battre. Le résultat serait un bain de sang.

Mais Hill avait raison sur un point : chaque refus compliquait la situation. Pour que le Recensement fonctionne, il fallait que la majorité des héros s'y soumette. Sinon, le processus aurait l'effet inverse de celui recherché. Faute de s'imposer, Tony et le S.H.I.E.L.D. apparaîtraient comme des incapables – ce qui ouvrirait la voie à des forces plus hostiles et répressives.

Il y avait tout de même des points positifs. L'aménagement des camps d'entraînement était en bonne voie. Les renseignements top secret sur la Résistance de Cap continuaient à arriver. Le projet Thunderbolt était entré dans sa phase de test alpha. Et lentement mais sûrement, de nouveaux héros se faisaient *recenser*. Pas plus tard que ce matin, Doc Samson et Sentry avaient signé.

Le Recensement est la loi, se dit Tony. *À la longue, tout le monde rentrera dans le rang.*

— C'est juste derrière cette colline, Happy.

Tony s'abrita un peu mieux sous le grand parapluie de Happy Hogan, contournant soigneusement une flaque de boue. La pluie battante donnait au cimetière des couleurs cendrées et terreuses.

— La vache, dit Happy.

Le trou mesurait trois mètres cinquante de large sur neuf mètres de long, et il faisait au moins six mètres de profondeur. Six grues industrielles descendaient lentement le corps de Goliath, enveloppé d'un linceul noir et enchaîné.

L'assistance regardait sans bouger, dispersée en petits groupes de deux ou trois personnes. Miss Marvel était avec la Veuve Noire ; Carol était très élégante dans un tailleur gris, Natasha portait un trench-coat noir. Red Richards avait mis une veste en velours et une cravate, mais ses bras étaient étirés autour de Franklin et Valeria dans un geste protecteur. Les deux enfants semblaient déboussolés et mal à l'aise dans leurs habits du dimanche.

— Red a amené les gosses ? demanda Happy.

— Il ne voulait pas les laisser toute la journée avec les robots, soupira Tony. Il n'y a plus personne d'autre au Baxter Building.

Un couple afro-américain, d'un certain âge, était enlacé. Le regard de la femme croisa celui de Tony. Il détourna les yeux.

— Les parents de Bill, dit Tony.

— Ça doit être dur pour eux, répondit Happy. D'autant plus que vous n'avez pas pu rétrécir son corps.

— Hank Pym est en congé. Mais je l'ai appelé et il m'a répondu que ce n'était pas possible. À cause de l'activité chimique du cerveau et de la décomposition des tissus organiques.

— Sa famille a dû payer une fortune pour... Combien ? Trente-huit emplacements ?

— Ça ne leur a rien coûté. J'ai pris tous les frais en charge. C'était la moindre des choses.

L'une des grues fit une légère embardée. Le corps de Goliath glissa, et son bras heurta le bord de la fosse. Tony fit la grimace.

— Mon Dieu, Happy. Est-ce que cela vaut la peine ? Ai-je le droit... de faire ça ?

Happy ne répondit pas. Il restait debout sans bouger, son parapluie à la main pour abriter Tony du déluge.

— Stark ?

La voix de Maria Hill dans son écouteur Bluetooth fit sursauter Tony. Il s'éloigna de la tombe, prit l'appel.

— Quoi ?

— Je suis avec des personnes qu'il vous faut rencontrer.

— Bordel, Maria. Laissez-moi d'abord mettre Bill Foster en terre.

Il coupa la communication sans lui laisser le temps d'en dire plus. Cette femme devenait vraiment un problème. Si cela ne tenait qu'à elle, tous les justiciers costumés, tous les héros seraient neutralisés une fois pour toutes.

Tony regarda autour de lui.

— Où est Peter Parker, bon sang ?

Red approcha, tirant les enfants derrière lui. Il avait triste allure.

— Tony.

— Red. Merci d'être venu. Salut Franklin, salut Valeria.

Happy s'accroupit, tenta d'ébouriffer les cheveux de Franklin. Le petit garçon s'écarta et se cacha derrière la jambe de son père.

Red tenait une feuille de papier humide qu'il serrait et desserrait dans son poing.

— Qu'est-ce que c'est que ça ? demanda Tony.

— Rien, répondit Red en fourrant précipitamment le papier dans sa poche.

Mais Tony eut le temps d'apercevoir la signature en bas de la page : *Jane*.

— Red. (Tony tendit une main, la referma sur l'épaule de son ami.) Ce n'est qu'une mauvaise passe. Nous allons la surmonter. Ce que nous faisons est juste.

— Papa, gémit Val. Mes chaussures sont trempées.

Red lui tapota le dos et tourna les talons. Les enfants le suivirent.

— On se voit au Baxter Building, ce soir, dit Tony. Le S.H.I.E.L.D. amène une nouvelle fournée de prisonniers.

— Bien sûr, répondit Red.

Il avait l'air las, abattu.

Dans un grondement mécanique, les grues lâchèrent leur cargaison. L'énorme corps de Goliath glissa vers le repos éternel dans la profondeur d'une tombe boueuse.

Un haut-parleur diffusa la chanson des Eurythmics « Hey Hey, I Saved the World Today ». Le morceau sonnait comme un chant funèbre. Un souvenir d'enfance surgit dans l'esprit de Tony : Annie Lennox dans un vidéoclip, vêtue d'un costume d'homme d'affaires, agitant les mains au-dessus d'un globe terrestre. Elle avait l'air d'une machine, puissante et sensuelle, berçant le monde comme s'il s'agissait de son jouet personnel.

— Tony ?

Tony leva les yeux. Les grues avaient reculé. Des pelleteuses grinçaient et crissaient, soulevant la terre humide pour la jeter dans la tombe. Les gens se dispersaient lentement.

Miss Marvel et la Veuve Noire s'approchèrent. Natasha avait un regard étrange.

— *Tout le monde est content*, dit-elle, *le méchant est mort.*

— Qu'est-ce que ça veut dire ? répliqua sèchement Tony.

Elle agita une main en l'air, avec ce regard qui voulait dire « Stupides Américains ».

— La chanson, dit-elle.

— Monsieur Stark ?

Tony se retourna. Myriam Sharpe, la femme de Stamford, s'abritait sous un petit parapluie. Happy se raidit en la voyant, mais Tony lui tendit la main.

— Madame Sharpe. Excusez-moi de ne pas avoir eu le temps de…

— Ne vous faites pas de souci pour ça. Je suis juste venue parce que… Je sais que vous avez perdu de nombreux soutiens dans la communauté des super-héros après…

D'un geste, elle désigna la tombe.

Tony fronça les sourcils. Derrière lui, Miss Marvel et la Veuve écoutaient la conversation.

— Je tenais simplement à vous faire part de mon opinion, poursuivit Mme Sharpe. Goliath savait très bien ce qu'il faisait, et, en l'occurrence, il enfreignait une loi destinée à sauver des vies. S'il s'était déclaré aux autorités, il serait encore vivant. (Elle sourit à Tony, une larme perlant au bord de ses cils.) Ce n'est pas votre faute. Vous n'êtes pas plus responsable de sa mort qu'un flic en état de légitime défense qui tire sur un délinquant.

— Madame Sharpe…

— Chut. Je voulais également vous remettre ceci. (Elle fouilla dans son sac.) C'était le jouet préféré de mon fils Damien depuis qu'il avait trois ans.

Tony prit le jouet, le regarda sous la pluie. Une figurine de quinze centimètres à l'effigie d'Iron Man, les jointures un peu raidies, la peinture rouge et or écaillée par le temps. Il fit rouler le jouet entre son pouce et son index. Il poussa sur le bras et celui-ci pivota vers le haut.

Il marche encore.

Tony leva les yeux vers madame Sharpe, à court de mots.

— C'est juste pour vous rappeler les raisons de votre engagement, dit-elle.

Il lui toucha l'épaule, en signe de remerciement. Puis il s'éloigna, serrant toujours la figurine entre ses doigts. Elle semblait dégager de la chaleur dans sa main.

Tony porta un doigt sur son écouteur.

— Maria ? Je suis à vous.

Un court silence.

— Il était temps, Stark. Retrouvez-moi à l'entrée ouest. Mais je vous préviens, vos petites funérailles ont énervé certains de vos concitoyens.

LA NUIT TOMBAIT quand Tony, tête baissée, sortit du cimetière entre deux rangées de manifestants. À sa droite explosa un concert de cris et de sifflements, ponctués d'insultes comme « Facho » ou « Assassin ». À gauche, quelques applaudissements retentirent. « Assurez notre sécurité ! » cria quelqu'un.

Tony examina les deux groupes un moment. De chaque côté, il y avait des étudiants en poncho de pluie, des travailleurs ordinaires, et quelques femmes en deuil qu'il avait déjà vues à Stamford. *Si on prenait un manifestant au hasard*, réalisa Tony, *je serais incapable de dire à quel camp il appartient.*

Un camp me hait parce que je suis un super-héros. L'autre m'acclame parce que je représente l'autorité.

La police avait érigé des barrières pour contenir les deux groupes. Mais les flics semblaient nerveux. Tony s'arrêta à la hauteur de l'un d'entre eux.

— Vous avez assez d'hommes ici ?

— La Garde nationale arrive, répondit le policier. Nous pouvons tenir en attendant.

— Stark ! aboya la voix de Maria Hill dans son oreille.

Le Centre de Commandement Mobile du S.H.I.E.L.D. était garé le long de la rue, empiétant sur l'une des voies de circulation. Le cordon de gardes qui l'entourait s'ouvrit promptement à l'approche de Tony et Happy.

Dans la salle de réunion, deux nouveaux venus les attendaient. Œil de Faucon, l'air renfrogné, arborait son uniforme violet; son arc était posé sur une table à proximité. Il était accompagné d'une grande blonde vêtue de rouge et noir, portant un demi-masque. Tony fronça les sourcils, incapable de la reconnaître.

— Stature, dit Maria. Ancien membre des Jeunes Vengeurs.

— Bien sûr. (Tony lui tendit la main.) Et Œil de Faucon. Ravi de te revoir, Clint. Je sais que la décision n'a pas dû être facile.

Œil de Faucon se frotta la nuque.

— C'est la plus difficile que j'aie jamais eue à prendre.

— Je sais. Ta tête sait quel est le bon choix, mais ton cœur voudrait que tout reste comme avant.

— Oui, mais… nous ne vivons plus dans le même monde. Ce n'est qu'à la mort de Goliath que je m'en suis rendu compte.

Tony observa l'Archer une minute, puis se tourna vers Stature.

— Et toi… Cassie, c'est ça? Tu viens de faire un grand pas.

— Je sais. (Elle le regarda droit dans les yeux.) Mes coéquipiers ne comprennent pas.

— Toi, si.

— Le peuple réclame que nous soyons correctement formés, monsieur Stark. Nous ne sommes plus dans les années 40.

— C'est tout à fait vrai, dit Happy.

— Je veux juste accomplir mon boulot, au maximum de mes capacités.

Tony hocha lentement la tête. C'était une bonne nouvelle: deux recrues de plus. Et pourtant, il était tracassé. Quelque chose n'allait pas.

Hill s'avança vers lui.

— Nous avons beaucoup de sujets à aborder, Stark. À commencer par le projet Thunder…

Tony lui fit signe de se taire. Hill suivit son regard en direction d'Œil de Faucon, et hocha la tête.

L'Archer sourit.

— Tu ne me fais pas confiance, Tony?

— Crois-moi, Clint. Il y a des éléments de cette opération que je ne révèle même pas à *moi-même*.

Les yeux de Stature passaient de l'un à l'autre, comme dans une partie de ping-pong.

Hill appela deux agents.

— Stathis, Roeberg. Ramenez les deux nouveaux en ville en limousine. Vous leur expliquerez les procédures en chemin.

— Bien reçu.

Œil de Faucon mit son arc en bandoulière et suivit les agents. Avant de sortir, il se retourna pour lancer un dernier regard à Tony.

Il m'en veut ? se dit Tony. *Ou est-ce qu'il me tend un piège et se demande si je m'en suis rendu compte ?*

Hill s'approcha.

— Vous pensez que Cap tente d'infiltrer une taupe dans votre opération ?

— Nous en avons une dans la sienne, non ? Et Œil de Faucon doit beaucoup à Captain America. (Tony fronça brusquement les sourcils.) Quelqu'un a vu Spider-Man aujourd'hui ?

Il fit un geste au dernier agent du S.H.I.E.L.D. encore présent.

— Ellis, activez le protocole de recherche CapeSearch. Sujet : Peter Parker.

Les doigts de l'agent parcoururent ses commandes. Un nombre vertigineux d'images de caméras de surveillance se superposèrent sur ses écrans dans un fondu enchaîné multicolore de super-héros. Le système s'arrêta sur une vue aérienne de Spider-Man dans son armure rouge et or, se balançant dans le ciel nocturne de Manhattan.

— Vu pour la dernière fois hier à 18 h 34. Devant le Baxter Building.

— 18 h 34. Juste après que je l'ai quitté. (Tony plissa le front.) On n'a plus rien ensuite ?

— Du moins pas dans son costume, chef. Et les sous-programmes d'identité civile ne sont pas encore opérationnels.

Tony se tourna vers Happy.

— Hap, tu as l'armure, n'est-ce pas ?

Happy souleva l'attaché-case de Tony.

— Bien. Maria, j'espère que cela ne vous dérange pas si je me change devant vous.

— Ce ne sera pas la première fois.

L'agent Ellis eut un mouvement de surprise.

— Remettez-vous au travail, vous ! aboya Hill.

— Que se passe-t-il, Tony ?

— Je crois qu'on a un gros problème, Happy. (Tony ouvrit la valise, regarda le costume d'Iron Man.) Et il est temps que je m'en occupe.

VINGT ET UN

— D'accord. Très bien, merci. Oui, d'ici une demi-heure.

Jane Richards raccrocha le combiné de la cabine téléphonique et se tourna vers son frère. Johnny portait un jean et une veste. Un large bandage dépassait de sa casquette de baseball, mais il semblait en bien meilleure forme que la dernière fois qu'elle l'avait vu.

— Le Faucon m'a donné l'adresse, dit-elle. C'est à Harlem.

De petites flammes surgirent sur la tête et les épaules de Johnny.

— Si je nous y emmène en volant, on…

— Éteins ça ! Le S.H.I.E.L.D. a des yeux partout. (Elle regarda autour d'elle, soudain prise de panique.) Nous irons à pied.

— Entendu, frangine. Au moins, il ne pleut plus.

Jane commença à remonter la 11e Avenue. Johnny et elle s'étaient rendus directement au quartier général de la Résistance, pour découvrir qu'il avait été évacué. Durant un terrible instant, Jane avait pensé : *Est-ce que Tony les a tous embarqués ?* Mais non, ils s'étaient simplement installés ailleurs.

Ils marchèrent un moment en silence, passant devant des stations-service, des boîtes de nuit privées et des magasins de pièces détachées fermés pour la nuit. Dans cette lointaine partie ouest de la ville, le modernisme tentait difficilement de gagner du terrain. Un restaurant branché pouvait ouvrir à côté d'une vieille épicerie, puis disparaître un soir sans laisser de trace.

— Comment va Red? demanda Johnny.

Jane marqua un instant d'hésitation.

— Tu sais comment il est quand il est complètement absorbé par un projet?

— Non. Je ne vois pas du tout de quoi tu parles.

Elle rit.

— Eh bien, imagine ça à la puissance dix. Tony Stark et lui sont… ils sont comme deux gamins dans un magasin de bonbons. Non, plutôt comme deux gamins en train de construire leur magasin de bonbons géant. Où ils auront le monopole de tous les bonbons qui existent au monde.

— On va continuer à parler de bonbons, là? Parce que tu me donnes faim.

Jane s'arrêta sous un réverbère et se retourna pour regarder Johnny. Elle avait quinze ans quand elle s'était retrouvée en charge de son petit frère. À présent, c'était un adulte, un beau jeune homme qui menait sa vie. Et pourtant…

— Johnny, je dois assumer mon choix. J'ai aidé la Résistance à échapper aux brutes de Tony. Mais…

— Arrête, sœurette.

— … mais toi, tu n'es pas obligé de vivre en marge. (Elle frotta de ses mains les larges épaules de son frère.) Va te rendre.

Johnny fit un geste en direction d'un grand bâtiment industriel. Elle le suivit dans un recoin sombre, près de la porte d'entrée. Lorsqu'ils furent à l'abri des regards, il tendit un doigt enflammé vers le mur. Il traça la lettre «A» dans les airs qui, une fois disparue, laissa une brève image rémanente sur la rétine de Jane.

— A, dit-il. Jusqu'à présent, le Recensement ne m'a rien apporté d'autre qu'une fracture du crâne. B, Tony Stark n'est qu'un guignol plein aux as.

Jane eut un petit rire.

— Continue. Et C?

— C? (Il traça lentement la lettre enflammée dans les airs.) C, ma sœur et moi avons toujours affronté les situations difficiles ensemble, et jamais je ne la laisserai tomber. Jamais.

Elle sentit les larmes lui monter aux yeux. Elle le serra fort contre elle.

C'est alors qu'ils entendirent le cri.

— Tu…

— Oui, dit-il. Ça venait de l'intérieur du bâtiment.

Il enflamma sa main et la promena le long du mur comme une torche. Les fenêtres étaient condamnées, les briques s'effritaient en raison du délabrement et du manque d'entretien. Mais la porte…

Johnny la poussa doucement. Elle grinça en s'ouvrant. Par terre, au bout d'une chaîne, gisait un gros cadenas, crocheté puis laissé là.

Ils entendirent à nouveau un cri. Un lointain appel au secours.

— Éteins ta flamme, murmura Jane.

Puis d'un geste, elle les rendit tous deux invisibles. Elle passa devant lui et avança en levant la main pour générer un champ de force protecteur autour d'eux.

Ils marchèrent à tâtons le long d'un couloir sombre et poussiéreux. Il n'y avait pas d'éclairage, ni même de veilleuses. Mais à deux reprises, ils entendirent encore les cris : « Au secours ! » et « Qu'est-ce que vous *faites* ? »

Le couloir débouchait sur un quai de chargement désaffecté. Plafonds hauts, odeur de poudre à canon et de vieux journaux. Une lampe torche posée par terre au milieu du quai était la seule source de lumière.

Un homme avait été solidement ligoté sur une robuste poutre reliant le sol au plafond. La lampe l'éclairait par-dessous, projetant au plafond des ombres géantes aux mouvements rapides et saccadés. Paniqué, il se débattait en hurlant : « Pourquoi ? Qu'est-ce que vous *voulez* ? »

Posé sur le sol, l'attaché-case de l'homme était ouvert. Des papiers s'en échappaient, en désordre. Il y avait aussi une tablette numérique, dont l'écran était fissuré.

Accroupi à quelques pas, son bourreau nettoyait un grand couteau de chasse. Bras musclés, jambes fortes, l'air impitoyable. Sur son t-shirt, une tête de mort.

— C'est le Punisher, murmura Johnny.

— Oui, répondit Jane.

— Il s'est fait recenser, *lui*?

— Franchement, ça m'étonnerait.

Le Punisher releva brusquement la tête. L'espace d'un instant, il fixa la porte. Jane frissonna ; son regard froid semblait la transpercer.

— On est toujours invisibles, hein ? demanda Johnny d'une voix encore plus basse.

Jane acquiesça rapidement et posa un doigt sur ses lèvres.

Le Punisher fronça les sourcils, balaya la pièce des yeux. Puis il se remit au travail et sortit de son sac une pierre à aiguiser toute neuve.

Jane fit signe à Johnny d'avancer, et ils pénétrèrent en silence dans la pièce. Le Punisher était un justicier, un tueur qui s'était fait une réputation en éliminant des parrains de la mafia. Sa famille ayant été assassinée lors d'un règlement de comptes entre gangsters, il avait juré de se venger contre le crime organisé.

L'homme attaché à la poutre pleurnichait à présent, et se débattait pour tenter de se libérer de ses entraves. Jane l'examina : il portait une chemise blanche à col boutonné, un pantalon aux plis parfaits, et une cravate desserrée. Ses chaussures luxueuses étaient soigneusement cirées.

Il n'avait rien d'un chef mafieux, ni même d'un criminel rangé. Il s'agissait d'un homme d'affaires.

Le Punisher leva son couteau et en examina la lame à la lumière de la lampe.

— Wilton Bainbridge Junior, dit-il sans regarder sa victime. On t'appelle Wilt, je crois ?

L'homme se renfrogna.

— Euh… oui.

— Wilt. (Le Punisher se tourna vers lui, le couteau en l'air.) Nous devons avoir une petite discussion.

— Une discussion ? Oh. Oui. Je… je n'ai rien d'autre de prévu.

Le Punisher eut un sourire glacial.

— Tu es banquier, Wilt, c'est ça ?

— Euh, oui.

— Et tu sièges dans de nombreux conseils d'administration.

— En effet.

— Comme celui de Roxxon International.

L'homme acquiesça. Il était toujours très agité, mais il montrait une certaine curiosité, à présent. Comme s'il cherchait une issue.

— Roxxon fournit pas mal de haute technologie au gouvernement, ces temps-ci, poursuivit le Punisher. Oh, pas autant que Stark. Mais les contrats ne manquent pas. Et certains d'entre eux portent sur du matériel qui pourrait gêner mes affaires.

— Vos affaires.

— Tout à fait. (Le Punisher tenait le couteau à quelques centimètres de l'homme, qui se tortillait. Il fit mine de descendre la lame de son estomac à son entrejambe.) Alors il va falloir que tu me dises tout ce que tu sais sur un certain Protocole CapeSearch.

— CapeSearch… Oui, bien sûr ! (Wilt fixait le couteau.) C'est simple. Il s'agit d'un logiciel de reconnaissance de formes servant à recouper des milliers de sources pour localiser un super-héros ou… ou un vilain, partout dans le monde. Ce n'est pas vraiment nouveau, c'est une adaptation du logiciel utilisé par la Sécurité intérieure pour les contrôles dans les aéroports. Le seul truc, c'est qu'il détecte aussi l'utilisation des pouvoirs métahumains. Comme… comme les rayons givrants ou les radiations gamma, vous voyez.

— Les pouvoirs métahumains. (Le Punisher se tourna en hochant la tête.) Merci, Wilt.

— C'est bizarre, murmura Johnny. Le Punisher n'enlève pas les citoyens ordinaires. En tout cas, je n'ai jamais entendu dire qu'il leur extorquait des informations.

Jane acquiesça et lui fit à nouveau signe de se taire.

— Et que sais-tu du projet Thunderbolt ? demanda le Punisher.

— Qu… quoi ?

— Au départ, je pensais que c'était un nom de code pour ce dieu du tonnerre monstrueux qui a pété un câble hier. Mais mes informateurs me disent qu'il s'agit d'autre chose, quelque chose de très dangereux. Qu'est-ce que c'est que ce projet Thunderbolt, Wilt ?

— Je... je ne sais pas.

Le Punisher lui jeta un regard assassin. Il leva le couteau et se piqua le doigt. Il resta de marbre en voyant le sang couler de la minuscule coupure.

— Je ne sais pas ! (Wilt se débattit, essayant de se dégager de ses liens.) J'ai entendu ce nom, mais nous n'avons rien à voir avec ce projet. Il est super top secret. Seuls le S.H.I.E.L.D. et Stark Enterprises sont dans le coup.

— Tu ne sais rien.

— Non ! Je le jure !

Le Punisher revint vers son sac. Il en sortit un fusil d'assaut de gros calibre.

— Je crois que tu ne me sers plus à rien, Wilt.

La main de Johnny se crispa sur l'épaule de Jane.

Wilt secoua la tête.

— Vous allez me tuer ? lança-t-il dans un dernier sursaut de courage.

Le Punisher ne répondit pas. Il prit une boîte de cartouches et la vida dans sa main.

— Je ne crois pas que vous allez me tuer.

Jane remarqua que Wilt transpirait, mais il semblait plus confiant.

— Je vous connais, je connais votre réputation. Vous n'assassinez pas de sang-froid des gens ordinaires. Vous tuez des *criminels*, un point c'est tout.

— C'est vrai. Je tue des criminels.

Le Punisher inséra soigneusement les cartouches dans le chargeur du fusil.

— Je vais être très clair, Wilt. (Le Punisher se tourna vers lui.) Il y a huit ans, quand tu travaillais pour Terriman Gaston & Associates, tu as vendu des prêts hypothécaires à la Chase, à la Bank of America et à plusieurs autres grandes banques nationales.

— Oui. Et alors ?

— Tu as vendu les *mêmes* prêts, concernant plusieurs centaines de dossiers, à trois banques différentes, voire plus. Très, très lucratif.

— Vous allez me tuer pour *ça* ? (Wilt le fixa d'un air incrédule.) Tout le monde le faisait.

— Parmi les prêts hypothécaires que tu as fourgués à ces trois banques, certains portaient sur un lotissement d'Hialeah, en Floride. Juste à la sortie de Miami. Ça te parle ?

Wilt secoua la tête. Ses yeux étaient à nouveau emplis de crainte.

Le Punisher examina la longueur de son fusil et fronça les sourcils. Il sortit un écouvillon de son sac et commença à nettoyer le canon.

— Deux banques différentes se sont rendues sur les lieux pour saisir ces maisons. Les habitants étaient tous des immigrés de Cuba de la première et deuxième génération, qui étaient venus ici pour démarrer une nouvelle vie. Tout à coup, des Blancs en costard étaient devant leur porte, soutenus par la police, et leur prenaient les maisons qu'ils avaient achetées en toute légalité. Les Cubains n'étaient pas en situation de discuter.

» Désespérés, à la rue, crevant de faim, ces immigrés se sont regroupés et ont commencé à vendre de l'héroïne. Au début, ils ont été confrontés à une rude concurrence, mais ils ont vite appris à ne pas avoir d'états d'âme et ils se sont implantés dans l'agglomération de Miami.

Le Punisher se tourna vers son prisonnier.

— Sais-tu ce que tu faisais à l'époque, Wilt ?

— Je… je ne me rappelle pas.

— Je vais te rafraîchir la mémoire. Tu as dépensé une partie de tes profits dans un truc qui s'appelait la «Croisière Aphrodite», une orgie en mer où des prostituées de luxe étaient à la disposition de riches hommes d'affaires dans un décor décadent de colonnades grecques. Pas mal pour qui peut se le permettre, je suppose.

» Entre-temps, pendant que tu sniffais de la coke sur le ventre d'une strip-teaseuse surnommée «Mnemosyne», nos amis cubains s'étaient fait un client régulier, un certain Enrique. La consommation de drogue l'ayant rendu instable et peu fiable, Enrique a fini par perdre son job. Quand il s'est retrouvé sur la paille, les Cubains ont arrêté de l'approvisionner en héroïne. Enrique a alors décidé de braquer un Taco Bell. Le directeur du restaurant a voulu jouer les héros et a liquidé l'agresseur d'un coup de carabine. Mais Enrique avait eu le temps de tirer au hasard sur trois clients et de les tuer d'une balle dans la tête.

» Un de ces clients s'appelait James Victor Johnson. C'était un ouvrier du bâtiment afro-américain.

Wilt le fixait d'un air hébété.

— Mais de quoi vous parlez, là?

— James Victor Johnson est mort trois heures après le casse. Sa sœur a réussi à me retrouver et m'a raconté toute l'histoire. (Le Punisher marqua une pause.) Enfin, la moitié de l'histoire. J'ai dû faire quelques recherches pour remonter jusqu'à toi.

— Et… et c'est pour *ça* que vous m'avez enlevé?

— Tout juste.

— Mais… et tout le reste? Le S.H.I.E.L.D, le protocole CapeSearch?

Le Punisher haussa les épaules.

— Tu es une source d'informations, Wilt.

— Et vous, vous êtes dingue. *Complètement cinglé!* (Wilt se tordait à présent dans tous les sens, tirant avec force sur ses liens.) Vous me rendez responsable de la mort de ce type? Mais je n'y suis pour rien.

Le Punisher arma son fusil dans un claquement sec qui résonna dans la pièce vide.

— Oh non, murmura Jane.

— Ce n'est pas à moi que vous devriez vous en prendre, dit Wilt en tremblant. Mais plutôt à la crapule qui a tué ce type. Ou aux trafiquants de drogue. Aux truands, aux… aux petites frappes qui font ce genre de choses!

— Oh, c'est prévu. (Le Punisher pointa son fusil sur sa victime et scruta les lieux.) Mais j'aime bien commencer au sommet.

Jane sentit une vague de chaleur. Des lambeaux de casquette de baseball brûlée tombèrent sur elle, encore parcourus de petites flammes. Elle sursauta, les balaya de la main et leva les yeux…

…pour voir Johnny Storm, la Torche, voler comme une flèche en direction du Punisher. Chaque centimètre carré de son corps était en feu ; il avait détruit ses vêtements, les réduisant en cendres lorsqu'il s'était brusquement enflammé.

Le Punisher leva lui aussi les yeux. Mais pas assez vite.

Une boule de feu jaillit des mains de Johnny et frappa le fusil du Punisher. Celui-ci poussa un juron, secoua sa main de douleur et lâcha son arme, qui tomba au sol avec fracas.

Johnny décrivit un cercle et vint se poser entre le Punisher et sa victime. Les flammes, en s'éteignant, révélèrent son costume frappé du logo des Quatre Fantastiques.

Le Punisher s'accroupit.

— La Torche. Je vois que tu travailles pour Stark, à présent, lança-t-il d'un ton sarcastique.

Johnny se renfrogna.

— Quoi ?

— Mais tu ne m'arrêteras pas.

— Je ne suis pas ici pour… Je suis ici pour t'empêcher de tuer des gens !

— Il est fou, hurla Wilt. Il faut l'enfermer !

— Johnny ! cria Jane. Attention…

Mais c'était trop tard. Le Punisher avait sorti un autre couteau de sa botte et l'avait lancé à bout portant sur Johnny, lui entaillant la joue. Le sang jaillit. Johnny poussa un cri et tomba à la renverse, s'enflammant à nouveau instinctivement.

Il se retrouva aussitôt cloué au sol, la botte du Punisher sur le cou. Il se débattit, des flammes s'élevèrent de son corps, léchant en vain les vêtements du Punisher.

— Kevlar ignifuge, siffla le justicier. Arrête-moi ce feu, petit. *Tout de suite.*

Johnny émit un gargouillis étranglé. Sa flamme s'éteignit.

Jane fit une grimace. Toujours cachée, elle commença à avancer à pas de loup.

— Ta frangine invisible est là aussi, hein ? (Le Punisher jeta un coup d'œil circulaire.) Vous travaillez pour le S.H.I.E.L.D ? Ils sont dans le coin ?

Une énorme explosion retentit. Jane leva les yeux et vit le plafond s'effondrer par plaques entières. Puis de la poussière, un vrombissement et, au-dessus d'eux, des lumières. Elle activa instinctivement son champ de force.

Wilt, suspendu en hauteur, hurla. Un énorme morceau de granit s'abattit sur la poutre à laquelle il était attaché et la brisa. Toujours ligoté, il tomba droit sur Johnny et le Punisher en poussant de grands cris.

Jane tendit la main et élargit son champ de force pour protéger son frère. Wilt rebondit dessus en douceur, se libérant de ses liens à force de se tortiller, et il tomba à terre. Durant une fraction de seconde, Jane ouvrit son champ de force pour permettre à Wilt de les rejoindre, puis elle le réactiva afin qu'ils soient tous les quatre à l'abri.

Du bois et du plâtre dégringolaient tout autour d'eux, opacifiant l'air. Le Punisher n'avait pas bougé d'un pouce. Il était toujours debout, sa botte sur la gorge de Johnny. Il se tourna lentement vers Jane. Elle réalisa que, dans la confusion, elle s'était rendue visible.

Le Punisher montra les dents.

Wilt se dégagea complètement et se mit à parcourir le champ de force à quatre pattes pour tenter de s'échapper. Mais il se heurta aux contours du bouclier avec un cri de douleur.

C'est alors que la lumière d'un énorme projecteur vint les frapper à travers le trou dans le toit. Jane sursauta.

— Résultats requête CapeSearch : Francis Castle, le Punisher.

La voix était assourdissante.

— Jonathan Storm, la Torche.

Plus haut dans le ciel, quatre hélicoptères du S.H.I.E.L.D. bourdonnaient en vol stationnaire et se mirent à descendre dans la poussière de ciment.

— Jane Richards, la Femme Invisible.

Le Punisher se baissa pour parler à Johnny, qui se contorsionnait toujours au sol.

— Vous n'êtes *pas* avec eux ? demanda-t-il.

— Nrrggh !

— Ici l'équipe quatre du S.H.I.E.L.D. Ne bougez pas. Vous êtes en état d'arrestation.

Le Punisher se tourna vers Jane.

— Ennemis de mon ennemi ?

— Quoi ? répondit-elle.

— Trêve temporaire.

— *Ouirrghh !* cria Johnny.

Le Punisher leva le pied. Johnny toussa et mit une main sur sa gorge. Le Punisher tendit le bras et l'aida à se mettre debout.

— Dernier avertissement. Posez vos armes, cessez tout usage non autorisé de vos pouvoirs.

Jane courut vers Johnny en s'assurant que le champ de force restait bien en place. Wilt était tapi dans un coin de la coupole formée par la barrière d'énergie invisible.

De son fusil, le Punisher désigna les hélicoptères qui survolaient le toit soufflé par l'explosion.

— Ils ne vont pas s'en aller, dit-il.

Jane acquiesça, l'air sévère. Elle se débarrassa de ses vêtements pour apparaître dans son uniforme des FF. Puis, soudain, elle abaissa son champ de force.

— Sors-nous d'ici, demanda-t-elle à son frère.

Johnny fit un signe de tête et s'enflamma. Il la saisit sous les bras, agrippant son costume ignifuge, et s'élança dans les airs.

Un crépitement métallique attira le regard de Jane vers le bas. Wilt courait à toute vitesse vers la porte, s'éloignant du Punisher qui, imperturbable, faisait feu, un fusil automatique dans chaque main. Mais il ne visait pas les hélicoptères ; il tirait au hasard sur les murs, produisant de la poussière pour couvrir sa fuite.

Il doit avoir un sacré arsenal, pensa-t-elle.

— Métahumains en fuite. Firefox 10 et 12, mettez-vous en position pour interception.

Fendant l'air, Jane et Johnny se retrouvèrent face à l'un des hélicoptères. En saillie sur un côté de l'appareil, un impressionnant canon antiaérien était en train de pivoter vers eux.

— Johnny ! cria Jane.

— Tiens bon, sœurette.

Il zigzagua dans les airs et, une fois le toit dépassé, il se mit presque à l'horizontale pour filer sous l'hélicoptère de tête et prendre les deux autres de vitesse. Les balles sifflaient autour d'eux; Jane releva les pieds pour esquiver les rafales. Elle s'efforça de générer un champ de force, mais il lui était difficile de se concentrer dans de telles circonstances.

Puis, à une allure vertigineuse, Johnny fit demi-tour et fonça dans la pluie de balles, les faisant fondre de sa main tendue pour les réduire à l'état de scories.

Jane osait à peine regarder.

Portant toujours sa sœur, Johnny changea de direction et commença à s'élever dans les airs. Derrière eux, les hélicoptères en firent autant et les suivirent en bourdonnant.

— À toutes les unités. Continuez de les poursuivre. Les métahumains se dirigent vers le centre-ville, dans le secteur des équipes neuf et onze.

Jane regarda au loin et sa gorge se serra. Au-delà des gratte-ciel de New York, survolant l'étendue verte de Central Park, elle distingua les projecteurs d'une deuxième vague d'hélicoptères qui se dirigeaient vers eux.

Nous sommes des cibles faciles, pensa-t-elle. *Traversant la nuit comme une comète…*

— Jane, dit Johnny, rends-nous invisibles. *Vite!*

Elle fit un signe de tête et ferma les yeux pour se concentrer. *Fais-lui confiance*, pensa-t-elle. *Fais confiance à ton frère.* Lentement, son pouvoir opéra. La flamme de Johnny s'évanouit. Elle lui signala qu'ils étaient cachés, et il commença à descendre vers la rue en contrebas.

— Équipe neuf, ici la quatre. Nous avons perdu tout contact visuel avec les métahumains. Vous avez quelque chose?

— Négatif, équipe quatre.

— Actionnez les détecteurs de pouvoirs…

Les voix amplifiées par les haut-parleurs se firent plus faibles à mesure qu'ils se rapprochaient de la rue. Johnny réduisit graduellement sa flamme, et ils se posèrent en douceur dans un coin calme de l'ouest de Central Park. Hors d'haleine, Johnny toussa et s'appuya contre un réverbère pour reprendre son souffle.

Deux joggeurs passèrent à côté d'eux en courant, sans avoir conscience de la présence du duo invisible. L'un des coureurs tourna la tête en entendant le bruit d'une respiration saccadée, puis il haussa les épaules et poursuivit sa course.

Jane examina la joue entaillée de son frère et sa gorge tuméfiée.

— Ça va ?

— Euh… oui.

— La blessure de ta tête s'est rouverte et saigne. Il va falloir s'en occuper.

— Super.

Elle leva les yeux vers le ciel. Les hélicoptères se dirigeaient à présent vers le sud dans un bourdonnement rageur. Ils avaient réussi, ils avaient semé le S.H.I.E.L.D – enfin, cette fois-ci.

— Il vaut mieux… que je m'abstienne d'utiliser mes pouvoirs à l'avenir, dit Johnny. C'est comme ça qu'ils nous ont repérés.

— Viens.

Jane prit son frère par le bras et l'entraîna dans le parc boisé et peu éclairé. Lorsqu'ils furent protégés de tout regard, elle fit disparaître son bouclier d'invisibilité.

— Rejoignons la Résistance. Ils te soigneront.

— Foutu Punisher. (Johnny toussa à nouveau.) Tu crois qu'ils l'ont eu ?

— Ça m'étonnerait. Mais ce n'est pas *notre* problème.

Ils marchèrent le long d'une allée pavée. Ils entendaient au loin le bruit assourdi de la circulation. Hormis quelques groupes de promeneurs qui discutaient calmement ou riaient, le parc était silencieux.

— La nuit n'a pas été si mauvaise, dit Jane. Nous avons sauvé un homme de la mort.

— Il la méritait peut-être.

— Peut-être. Elle lui sourit et respira profondément l'air de la nuit. Mais ce n'est pas à nous d'en décider, tu ne crois pas ?

VINGT-DEUX

TONY, IL FAUT que tu comprennes. Je ne suis pas sûr de pouvoir...

Spider-Man secoua la tête. *Non. Pas assez percutant.*

Il était perché comme une mante religieuse au bord du banc informatique principal de l'atelier de Tony Stark. Devant lui, un flux continu d'informations défilait sur une rangée d'écrans : mises à jour du S.H.I.E.L.D, pièces à ajouter aux dossiers des surhumains, projections démographiques, situation des races extraterrestres connues. Le sol était jonché de projets en cours : mini réacteurs, moteurs, générateurs d'énergie, un objet ressemblant à la moitié d'une voiture volante, et des prototypes d'armures pour Iron Man, de toutes les couleurs et formes possibles – bustes, casques, gants et gantelets, jet-boots, et même un module pour le bas du corps monté sur chenille.

Je sais que tu es pressé, Tony. Tu es toujours pressé. Peut-être que ça fait partie du...

Les ordinateurs étaient allumés quand Spider-Man était entré : dans sa hâte, Tony n'avait même pas activé le verrouillage. Spidey tendit un tentacule métallique et toucha une icône sur l'un des écrans.

Dans l'air, au-dessus de lui, un tourbillon de points lumineux dessina un hologramme. Tony – dans l'un de ses premiers costumes d'Iron Man, jaune, massif et lourd – se tenait en alerte dans une rue. Du haut de ses trois mètres, Hank Pym marchait pesamment vers lui. *Hank était le premier Goliath*, se remémora Spidey. *Ou était-ce Giant-Man, à l'époque ?*

Un éclair rouge et noir, et la Guêpe – Janet Van Dyne, la future épouse de Hank – trente centimètres tout au plus, fit son apparition en virevoltant, son casque pointu comme un dard. Puis Thor descendit des nuages, faisant tournoyer son marteau, avec un sourire qui disait : « Quel bonheur d'être ici aujourd'hui, parmi les mortels. »

C'est juste que tout va trop vite. Tony, peux-tu m'écouter ne serait-ce qu'un…

Spider-Man observa l'hologramme. Il s'agissait des tout premiers Vengeurs, à leur création ; à l'époque, on n'avait même pas encore retrouvé Captain America, flottant en état d'animation suspendue. Les Holo-Vengeurs se déployèrent pour faire face à leur ennemi, qui venait de surgir de nulle part. Un homme vêtu d'un costume violet, les cheveux dressés comme des cornes de diable et le regard maléfique.

Spidey fronça les sourcils et tapa sur l'écran pour arrêter la lecture. Il fit un double-clic sur le personnage en habit violet et un nom s'afficha : « le Fantôme de l'Espace ».

Le Fantôme de l'Espace.

Les choses étaient plus simples alors, hein ?

Le fichier auquel il avait accédé semblait être une compilation chronologique des combats des Vengeurs. À côté, sur l'écran, une autre icône indiquait : « P. Parker ». Il tendit un doigt et ouvrit le dossier.

La scène avec les Vengeurs disparut pour faire place à un extrait de la récente conférence de presse. Spider-Man se vit enlever son masque et sursauter sous le millier de flashes d'appareils photo. Un Holo-Tony passa un bras protecteur autour des épaules d'un Holo-Peter et l'approuva chaleureusement d'un signe de tête.

Spidey fit défiler les éléments du fichier. Il se retrouva en train de visionner un résumé de sa propre carrière, remontant le temps. Sa présence lors de la catastrophe de Stamford, vêtu de son nouveau costume. Tony lui demandant de faire partie des Vengeurs. Sa réconciliation avec la police de New York. Son face à face avec J. Jonah Jameson, dans le bureau de celui-ci, reprochant au directeur du *Daily Bugle* ses éditoriaux calomnieux. Affrontant Venom, Hammerhead, Silvermane, Kraven, le Vautour.

Les données rassemblées par Tony étaient étonnamment complètes. Une sensation bizarre s'empara de Spidey ; il se sentait flatté, mais un peu comme violé aussi.

Il y avait une dernière image dans le dossier. Une photo en deux dimensions, statique et décolorée. Un petit garçon portant des lunettes aux verres épais qui souriait tandis qu'un homme lui passait une médaille autour du cou. Sur la médaille, on pouvait lire : « Concours du jeune génie scientifique – Premier prix ». L'homme avait les cheveux gris. De forte stature, il portait un costume parfaitement coupé. Il avait l'air sévère.

Spider-Man se pencha vers l'écran en fronçant les sourcils. Le petit garçon, c'était lui, âgé de six ans environ. Mais l'homme… ? Il cliqua deux fois sur la silhouette.

« Howard Anthony Walter Stark ».

Derrière ses lentilles inexpressives, Spider-Man écarquilla les yeux. *Le père de Tony.*

Spider-Man avait oublié cette récompense, le premier trophée scientifique qu'il avait gagné. Et il avait totalement oublié l'homme qui la lui avait remise.

Mais pas Tony.

— Peter ? Ton tentacule est en train de percer un trou dans ma chaise.

Surpris, Spider-Man fit un bond. Il toucha l'écran, et l'hologramme s'évanouit.

Tony, en tenue d'Iron Man, se tenait sur le pas de la porte. Une rampe incurvée lui permettait d'entrer et de sortir rapidement par les airs.

— Je ne t'avais pas vu, boss.

Iron Man fit deux pas prudents, presque mécaniques, dans la pièce.

— Je ne me rappelle pas t'avoir invité dans mon atelier, Peter.

— Désolé. Il fallait que je te voie.

Iron Man s'arrêta et ouvrit les bras.

— Eh bien, me voilà.

Sa plaque thoracique rayonnait d'énergie.

Spider-Man s'avança vers lui et leva une main.

— Écoute…

— Si tu t'asseyais confortablement pour me dire ce que tu as à dire ?

Ce n'était pas une question.

Spidey ressentit une pointe de colère. *Il joue avec sa voix. Il monte le son, la fréquence vous attaque le cerveau. Et vous avez envie de lui obéir.*

— Ce ne sera pas long, dit-il. Je voulais juste t'informer que je quitte les Vengeurs.

Les yeux de Tony se mirent à rougeoyer.

— Je vois.

— Je te suis vraiment reconnaissant pour tout. Mais emprisonner des héros dans la Zone Négative ? Tuer Bill Foster ?

— Thor a réagi comme un policier, Peter. Il était menacé, il a riposté violemment. N'oublie pas que Bill Foster était aussi un ami à moi… Tu crois franchement que je vais laisser une chose pareille se reproduire ?

— Non ! Pas si tu peux l'empêcher. Mais tu es dépassé par les événements, Tony.

— Que suggères-tu que nous fassions des super-héros non recensés ? Que nous les enfermions avec des détenus normaux ? En un quart d'heure, ils seraient à nouveau dehors.

— Non, bien sûr que non. Mais… est-ce qu'il est vraiment nécessaire de les enfermer ?

— Il faut que tu comprennes une chose, Peter. (Tony se rapprocha de lui, les poings serrés.) Certaines branches du S.H.I.E.L.D. et, plus grave encore, du gouvernement fédéral, seraient ravies de considérer tous les surhumains comme des criminels. Purement et simplement.

— Tony…

— En guise de compromis, nous leur avons proposé d'être encadrés. Sur la base du volontariat, et selon un plan que *je* superviserai. Pas question de revenir au bon vieux temps, Peter. C'est totalement exclu.

— Dégage de mon chemin, Tony.

— Que comptes-tu faire, Peter?

Grand, imposant, Tony était à présent face à lui, tous ses systèmes d'armes allumés.

— Aller sur un plateau de télévision, renier ton soutien au Recensement? Ou peut-être rejoindre la bande de traîtres de Captain America?

— Je n'ai pas encore décidé.

— Espèce d'idiot. (Même à travers l'armure, Spidey percevait la colère dans la voix de Tony.) Tu penses vraiment pouvoir faire volte-face et reprendre ta vie d'avant? Tout le monde sait qui tu es, à présent. Comment vas-tu gagner ta vie? Et as-tu pensé à *Tante May*?

Peter Parker bouillait de rage. Il *frappa* Tony de toutes ses forces, un coup surhumain qui déforma la plaque thoracique de l'armure d'Iron Man. Tony vola dans les airs, brisant une console informatique au passage, et s'écrasa contre un mur.

— Tante May, dit Spider-Man d'un ton hargneux, est très, très loin de toi.

Tony leva une main et projeta un rayon répulseur. Le sens d'araignée de Spidey s'activa, mais trop tard. Le rayon l'atteignit de plein fouet et le projeta au sol, lui coupant la respiration.

— J'avais confiance en toi, Peter. (La voix de Tony était plus calme.) Je t'ai pris sous mon aile. Je t'ai tout donné. C'est comme ça que tu me remercies?

Un deuxième rayon jaillit, puis un troisième. Mais Spider-Man était à présent sur ses pieds, bondissant, esquivant les coups, et prenant un appui arrière sur ses tentacules pour se propulser sur un mur.

— Non, répondit-il. C'est comme *ça*.

Spider-Man fonça sur Tony…

— Code d'urgence Delta Delta Epsilon, dit Tony.

…et Spider-Man fut arrêté net dans son élan. Toutes ses articulations semblaient soudain paralysées, sans réaction. Il s'effondra lourdement au sol et se fit mal en tombant sur son épaule.

Il regarda autour de lui, hébété. Il avait atterri au milieu d'un étalage de casques d'Iron Man : rouges, or, argent, blancs, certains avec des ailettes, d'autres équipés d'armes supplémentaires. Lorsqu'il leva les yeux, Tony était au-dessus de lui, menaçant, tel Zeus regardant le monde du haut de l'Olympe.

— Peter, dit-il. Je serais un piètre ingénieur si je t'avais donné un costume aussi puissant sans prévoir de sécurité et m'assurer qu'il ne pourrait pas être utilisé contre *moi*, son concepteur.

Spidey tentait de reprendre son souffle.

— Écoute, poursuivit Tony. Tu n'as pas besoin de faire ça. Tu n'as pas besoin de fuir. Tu es déjà recensé. Le plus dur est fait. Je préfère oublier cette petite crise.

Haletant, Spider-Man prononça huit mots. Pas assez fort pour être audibles, réalisa-t-il.

— Que viens-tu de dire ?

— J'ai dit… Code : Tout ce que peut faire une araignée.

En une fraction de seconde, Spider-Man fut à côté de Tony. Il leva un bras et recouvrit de toile le visage de son adversaire, masquant ses lentilles.

— Je serais un piètre *génie scientifique* si je ne m'en étais pas douté et si je n'avais pas empêché ta prise de contrôle… *boss*.

Une nouvelle fois, les deux poings de Spidey s'abattirent sur Tony, stupéfait. Un coup mortel, qu'il n'aurait jamais porté contre un ennemi ordinaire. *Mais là*, se dit-il farouchement, *il s'agit de l'un des hommes les plus puissants de la planète. Et à bien des égards.*

Tony tomba à la renverse, griffant la toile qui recouvrait son casque. Il activa ses deux rayons répulseurs, tira tous azimuts. Spider-Man se faufila entre les rafales, les esquiva tout en longeant le mur pour se rapprocher de la rampe menant à la sortie de secours.

Soudain, la porte s'ouvrit dans une explosion. Spider-Man se retourna, surpris.

Une unité de commandos du S.H.I.E.L.D, en armure intégrale, fit irruption dans la pièce, le visage caché par des visières pare-balles opaques. Leur chef se tourna vers Tony, qui tentait de se relever en brûlant lentement son masque de toile grâce à un rayon répulseur de faible intensité.

Spider-Man bondit en direction de la rampe qui menait à la liberté. Le chef des commandos pointa son arme sur lui et hurla :

— À terre, monsieur Stark ! Nous le tenons !

La réponse de Tony fut noyée dans le vacarme d'une pluie de balles. Elles touchèrent Spider-Man, qui n'eut pas le temps d'esquiver. Son armure les empêcha de pénétrer dans sa chair, mais il les sentit pilonner ses bras, ses jambes, son torse, lui coupant la respiration. Il bondit dans les airs, se retourna vivement et, des deux mains, il tira des jets de toile au hasard.

Puis il remonta la rampe en courant, sautant et rebondissant sur les murs du couloir. Les balles continuaient à marteler son dos et ses mollets, le déséquilibrant et perçant de petits trous dans son costume. Chaque articulation, chaque muscle, chaque centimètre carré de peau le démangeait. Il trébucha et se cogna violemment l'épaule contre le mur.

Mais il ne s'arrêta pas. S'il voulait vivre, il n'avait pas le choix.

Lentement, sa conscience s'effaça pour ne laisser place qu'à son instinct. Comme si elle lui parvenait de très loin, il entendit la voix métallique de Tony Stark hurler : « *Arrêtez de tirer !* »

Il arriva devant une grande trappe, restée entrebâillée après le passage de Tony. Il força l'ouverture et s'élança à l'extérieur. L'air froid de la nuit l'enveloppa, lui fit reprendre ses esprits. Il resta un instant suspendu dans les airs, puis il alla se poser sur le mur extérieur du bâtiment. Il respira profondément, laissant les bruits de la ville le submerger.

À l'intérieur, des bruits de pas résonnèrent le long de la rampe. Spidey ferma violemment la trappe et la scella avec de la toile. Puis il commença à descendre le long du bâtiment, vers la rue en contrebas.

Tu dois trouver une bouche d'égout, se dit-il. *Reste sur le qui-vive d'ici là. Une fois dans les souterrains, tu seras en sécurité.*

Mais au plus profond de lui, il savait qu'il se racontait des histoires.

Peter ne serait jamais plus en sécurité.

VINGT-TROIS

Tony Stark leva les deux mains, dirigea ses rayons répulseurs vers la trappe et tira. Des boulons cédèrent, un amas de toile se désintégra. La porte s'ouvrit d'un coup, ne tenant plus que par un seul gond.

Tony passa la tête à l'extérieur, regarda en bas. Quelque chose descendait le long du mur, rapidement, se rapprochant du trottoir très loin en contrebas. La lumière d'un réverbère se refléta sur sa forme métallique, inhumaine. C'est seulement à cet instant-là que Tony reconnut Peter.

Qu'est-ce que je lui ai fait ? se dit Tony. *Qu'est-ce que je leur ai fait à tous ?*

Il lança un ordre mental : « Agrandir l'image ». Son armure hésita ; pas plus d'une microseconde, mais c'était inquiétant quand même. Puis sa vision passa en mode zoom et cadra automatiquement Spider-Man. Le masque du Tisseur était déchiré, le maillage métallique de son armure entaillé ; du sang coulait de son menton. Il se posa sur le trottoir en chancelant et, tête baissée, il courut à toutes jambes vers une bouche d'égout.

Tony se prépara à sauter, commandant à ses jet-boots de s'allumer. Une douzaine de signaux d'alerte clignotèrent devant ses yeux : « Efficacité jet-boots 56 % », « Intégrité armure compromise », « Systèmes visuels 72 % », « Systèmes motricité compromis par liquide étranger ».

La toile de Spider-Man. Elle s'était répandue dans toute son armure et avait englué les systèmes mécaniques. Tony jura en silence. *Si seulement j'avais modifié sa toile à la con quand j'ai fabriqué le reste de son costume.*

Avant de se lancer aux trousses de Peter, il lui faudrait enfiler une armure de rechange. À condition qu'il en reste une intacte dans l'atelier.

Il tourna les talons, redescendit la rampe. Il y avait de la poussière en suspension partout, et l'odeur de poudre se mêlait à celle des circuits électroniques grillés.

Dans l'atelier, c'était l'apocalypse. Ordinateurs fracassés, costumes d'Iron Man brisés, établis et générateurs fissurés et cabossés. *Les dégâts vont se chiffrer en centaines de milliers de dollars,* pensa Tony. *Voire en millions.*

Maria Hill discutait avec le chef des commandos du S.H.I.E.L.D. Elle portait un treillis noir, un gilet pare-balles et des lunettes de soleil, mais pas de casque. Elle se tourna vers Tony avec un rictus de mépris.

— Alors, votre insecte a quitté la ruche.

— Arachnide, corrigea Tony.

— Pardon ?

— Ce n'est pas un insecte, mais un arachnide. Peu importe. (Tony se dirigea vers un placard criblé d'impacts de balles.) Je vais le pourchasser. Si vos hommes n'ont pas détruit tout mon équipement.

— Excusez-nous de vous avoir sauvé la vie.

Il se pencha vers la serrure du placard, et chancela. Presque au point de tomber.

— À mon avis, vous n'irez nulle part, dit Hill. Sergent ?

Un agent du S.H.I.E.L.D. se baissa pour aider Tony.

— Je vais bien, grommela-t-il en le repoussant d'un geste de la main.

— Je crois que vous avez un genou explosé. Dans le meilleur des cas.

Elle a raison, réalisa-t-il. L'armure le maintenait debout, l'empêchant de mesurer l'étendue des dégâts. Spider-Man avait la réputation d'être l'un des surhumains les plus puissants de la Terre; c'était en grande partie pour ça que Tony l'avait recruté. Maintenant, il en avait la preuve directe.

Hill toucha un bouton de son émetteur sur son épaule.

— Commandant Hill, autorisation alpha, dit-elle. Activer Projet Thunderbolt.

— Non, protesta Tony.

— Opérateurs Quatre et Six. Envoi coordonnées en cours. Cible : Spider-Man.

— Non ! Je vais m'en occuper…

Tony tituba et s'affala sur une chaise.

— Sauf votre respect, Stark, vous n'êtes *pas* en état de le faire. (Hill lui lança un regard méprisant.) Pas plus que vous ne dirigez le S.H.I.E.L.D. C'est moi qui décide.

Tony s'effondra, vaincu. Il souleva sa visière et leva les yeux vers Hill.

— Ne lui faites pas de mal.

— Ne vous inquiétez pas, je ne mettrai pas une autre mort sur votre mauvaise conscience. Du moins, si je peux l'éviter.

— Vous ne mettrez pas une autre mort sur *notre* conscience. (Il se leva, la regarda droit dans les yeux.) Le mouvement de Recensement n'a pas besoin de ce genre de publicité.

— Je suis navrée que votre petit *arachnide* vous ait déçu, Stark. Être un mentor, ce n'est pas une sinécure.

Elle claqua des doigts. Un agent du S.H.I.E.L.D. la rejoignit, tenant un portable équipé d'un cordon USB.

— Que le spectacle commence. Il doit bien y avoir un écran vidéo qui fonctionne encore dans ce foutoir.

CINQ MINUTES PLUS TARD, la poussière s'était dissipée et une partie de l'atelier avait été déblayée. Les holoprojecteurs étaient saccagés, mais un agent du S.H.I.E.L.D. réglait une image floue sur un écran plat. Un autre agent installa des chaises pliantes autour de l'écran. Tony était en short et en chemise; un médecin du S.H.I.E.L.D. était en train de bander son genou.

— On peut y aller, dit l'agent en levant les yeux de l'écran.

Hill toucha l'émetteur sur son épaule.

— C'est un essai d'une heure seulement, dit-elle. Mode invisible essentiel. L'opération Thunderbolt est toujours top secrète. Toutes les nanosanctions sont opérationnelles?

— Oui, commandant.

— Traceur activé.

Une carte apparut sur l'écran, affichant les réseaux d'égouts souterrains de Manhattan. Deux points portant les numéros 4 et 6 avançaient rapidement dans les tunnels.

— J'ai la connexion avec les T-Bolts, dit l'agent, mais Spider-Man a désactivé le traceur GPS de son armure. On n'aura qu'une estimation.

Un point rouge et or se mit à scintiller, indiquant la position approximative de Spider-Man, quelques croisements plus loin que les deux autres points.

Hill sourit.

— Je savais qu'on ne pouvait pas faire confiance à ce type-là.

— Il n'y a pas de quoi vous réjouir, dit Tony en lui jetant un regard glacial. Je n'ai pas besoin de vous rappeler que les Thunderbolts sont des super-vilains, Hill.

— D'anciens super-vilains. Ils se sont fait recenser et ils ont suivi une formation intensive. On leur a mis des puces électroniques et injecté des nanomachines qui nous permettent de les contrôler totalement.

— Comme des chiens, répliqua Tony.

— Des chiens *sauvages*. (Hill montra le point qui représentait Spider-Man sur l'écran.) Je ne vois pas trop de différences entre lui et eux.

Tu m'étonnes, pensa Tony.

L'écran afficha une vidéo saccadée de l'intérieur d'une canalisation, faiblement éclairé par de vieilles ampoules à incandescence très espacées le long des murs. Des parois incurvées entrèrent dans le champ de la caméra; des gerbes d'eau jaillirent du sol.

— Les deux opérateurs ont des caméras sur leurs uniformes, expliqua Hill. Celle-ci est la caméra de l'opérateur Six. Agent, affichez son dossier.

Une image fixe apparut dans un coin de l'écran : un personnage effrayant, en justaucorps et maillage métallique, avec une tête de citrouille en feu et un sourire terrifiant. Sur sa fiche, on pouvait lire :

```
Sujet : Steven Mark Levins
Autre nom : JACK O'LANTERN
Groupe d'appartenance : Aucun
Pouvoirs : armure intégrale, vision à 360°, bracelets
   tirant des rayons, différents types de grenades
Nature du pouvoir : artificiel
Lieu de résidence : New York, NY
```

Sur la vidéo, la canalisation s'ouvrait sur un long tunnel en ligne droite. Au loin, quelque chose pataugeait dans l'eau.

— Opérateur Six ? demanda Hill.

— Je vous reçois, beauté. (La voix de Jack O'Lantern était sourde, cruelle, et pas du tout essoufflée par sa course dans les égouts.) Je pense qu'on le tient.

— Bien reçu, Thunderbolts. Vous avez le feu vert.

La caméra bascula à droite, et un deuxième personnage apparut. Un homme grand et maigre, aux dents pointues, portant des bottes pourpres et un capuchon.

— Opérateur Quatre. (Hill fit un signe à l'agent et une autre fiche apparut dans un coin de l'écran.)

```
Sujet : Jody Putt
Autre nom : LE PITRE
Groupe d'appartenance : aucun
Pouvoirs : arsenal de jouets et de « farces et
   attrapes » (potentiellement mortels)
Nature du pouvoir : artificiel
Lieu de résidence : New York, NY
```

Le Pitre se tourna vers la caméra avec un large sourire.

— C'est parti, dit-il.

Il fouilla dans une besace et en sortit un petit pantin de plastique avec une tête de clown en colère. Il remonta son mécanisme deux fois, trois fois, puis le posa dans l'eau.

Propulsé par de minuscules fusées, le jouet fila dans le tunnel, surfant à la surface de l'eau.

— Passez sur la caméra du Pitre, ordonna Hill.

Jack O'Lantern apparut à l'image, accroupi sur un disque volant qui planait au ras de l'eau. Il attrapa le Pitre au passage, le tira à bord du disque, et ils s'élancèrent derrière le pantin.

La caméra du Pitre changea d'angle et zooma droit devant pour s'arrêter sur Spider-Man, pataugeant à toutes jambes dans l'eau boueuse pour échapper à ses poursuivants. Son costume était lacéré, ses tentacules pendaient, désormais inutiles. Son masque déchiré laissait apparaître le bas de son visage.

Soudain, le jouet surgit à l'image, fonçant droit sur Spider-Man. Le Tisseur se retourna, surpris.

— Qu'est-ce que…

Puis le pantin explosa. Une énorme boule de feu envahit l'écran. Tony se tourna brusquement vers Hill.

— Vous aviez dit qu'ils ne le tueraient pas !

— Vous pensez que ça suffit pour le tuer ? (Elle leva les yeux au ciel.) Passez sur la caméra de l'opérateur Six.

Sur l'écran, la poussière se dissipa lentement. Accroupi dans l'eau sale, Spider-Man toussait. Le Pitre le toisait de toute sa hauteur en jubilant.

— Tiens, tiens… mais c'est le Petit Peter Spider-Man ! (Le Pitre éclata de rire.) Qu'est-ce que ça fait de se retrouver du mauvais côté de la barrière, *Parker* ? Qu'est-ce ça fait de voir *le Pitre* porter le badge du shérif ?

La caméra suivit Jack O'Lantern qui, toujours perché sur son disque volant, tournait en rond autour de Spider-Man.

— Si tu voyais qui on fréquente maintenant, Pete. Bullseye, Venom, Lady Deathstrike… Le Pitre et moi, on côtoie tout le gratin des super-vilains.

— Et en toute légalité, en plus.

Spider-Man secoua la tête, lutta pour se concentrer sur ses deux adversaires.

— Quel pied ! (Le Pitre sortit un yo-yo, le lança sur Spider-Man.) Y a pas de mots pour dire à quel point c'est génial.

Le yo-yo frappa Spider-Man en pleine poitrine, explosant comme une petite grenade paralysante. Le Tisseur poussa un cri, tomba à la renverse et s'étala dans l'eau.

Jack O'Lantern fondit sur lui. Sa main apparut à l'écran, attrapa Spider-Man et le plaqua contre la paroi du tunnel.

— Tu sais, siffla-t-il, au début, nous n'étions pas vraiment enchantés de travailler de force pour le S.H.I.E.L.D… Mais quand on nous a demandé de flanquer une raclée à Spider-Man…

Il frappa violemment la tête de Peter.

— Est-ce qu'on avait le choix ?

— On ne fait qu'obéir aux ordres, renchérit le Pitre.

Il tendit le bras et arracha un autre morceau du masque de Spider-Man. Un œil était clairement visible maintenant, tuméfié et si gonflé qu'il était à moitié fermé. La tête de Spider-Man bascula sur le côté, inerte.

— Hill, dit Tony.

Elle lui jeta un regard noir et activa l'émetteur sur son épaule.

— Il est K.-O., Thunderbolts. Lâchez-le et attendez l'équipe de nettoyage.

— Oh non…

— Un geste de plus et je vous envoie une décharge de 5 000 volts, espèces d'ordures. Vous savez que je ne bluffe pas.

Jack O'Lantern, dont les doigts enserraient le cou de Spider-Man, lâcha prise. Le Tisseur tomba au sol dans un bruit d'éclaboussure.

— Le S.H.I.E.L.D. arrive. Ligotez-le et attendez sagement.

Tony poussa un soupir de soulagement.

L'image bascula sur la caméra du Pitre. Elle était tournée vers Jack O'Lantern, dont la tête de citrouille orange remplissait tout l'écran.

— Rabat-joie, dit Jack

Soudain, la tête de Jack explosa, projetant une giclée de bouts de cervelle et de citrouille. Le vilain poussa un cri d'agonie perçant, filtré par le système de communication.

— *Nom de Dieu !* hurla le Pitre.

Sa caméra bougeait dans tous les sens, tandis qu'il scrutait les parois du tunnel.

— S.H.I.E.L.D ! S.H.I.E.L.D ! Vous me recevez ? *Il y a quelqu'un d'autre ici…*

Un autre coup de feu retentit, assourdissant dans l'espace confiné. La caméra du Pitre trembla, bascula, s'inclina vers le haut et filma le plafond du tunnel. L'image trembla encore une fois, puis resta fixe.

— Il est également à terre. (L'agent du S.H.I.E.L.D. tapait frénétiquement sur les touches de son ordinateur portable.) La caméra de Jack n'émet plus, mais j'ai toujours celle du Pitre…

Une grosse botte noire apparut à l'image, masquant le haut du tunnel. Elle marqua une pause, comme pour entretenir le suspense, puis s'abattit lourdement.

L'écran fut envahi de parasites.

Hill se leva d'un bond.

— Trouvez-moi un visuel. N'importe lequel !

L'agent pianota sur son clavier, sifflant entre ses dents. Il leva les yeux et écarta les bras en signe d'impuissance.

Hill tapa du poing sur une table.

— Bon sang, que s'est-il passé là-bas ?

— La liaison est coupée, commandant. Nous n'avons plus de son ni d'image.

— Merde. (Elle toucha de nouveau son émetteur.) À toutes les unités du S.H.I.E.L.D. à proximité de la quatrième rue et Broadway. Descendez immédiatement dans les égouts aux coordonnées transférées sur le flux 24-J. Patrouillez dans toutes les rues sur un rayon de cinq pâtés de maisons ; signalez tout individu tentant de remonter à la surface par une bouche d'égout ou une autre issue. Une opération de la Résistance pourrait être en cours ou…

— Je prends le relais.

Avec une grimace de douleur, Tony se leva pour lui barrer le passage. Elle fronça les sourcils, mais ne bougea pas.

— Vos méthodes ne m'impressionnent pas, Hill, dit-il. Vous n'avez pas réussi à capturer votre proie, et vous avez perdu deux agents de votre programme pilote dès leur première mission.

— Vous parlez d'une perte.

— Peu importe. Je vous ai demandé de me laisser faire, vous avez refusé.

— Vous pouvez à peine marcher. Et le principal responsable de tout ça, c'est vous. Personne ne vous avait dit d'inviter Spider-Man, qui est connu pour être solitaire et rebelle, dans votre cercle rapproché.

Tony bouillonnait intérieurement. Il regarda les débris de ses créations, son matériel fracassé. Les nombreux casques d'Iron Man, cabossés, écrasés et criblés de balles du S.H.I.E.L.D.

— Dégagez de chez moi, dit-il.

Elle le fusilla du regard, puis fit un geste aux agents du S.H.I.E.L.D. Ils rangèrent leurs armes, leur équipement et fermèrent leurs sacs.

Il n'y a pas plus efficace qu'un militaire, pensa Tony.

— Dépêchez-vous, les gars. On a une araignée à attraper.

— Vous ne l'attraperez pas, dit Tony.

— On parie, Stark ? (Elle se retourna, lui lança un dernier regard furibond.) Nous en reparlerons.

Et le S.H.I.E.L.D. s'en alla.

Tony resta seul un long moment. Il testa son genou, bascula son poids dessus. Il avait mal, mais il pouvait marcher. C'était suffisant.

Il dut essayer trois téléphones portables avant d'en trouver un en état de marche.

— Pepper, j'ai besoin d'une équipe de nettoyage. (Il regarda les dégâts autour de lui.) Et vois si tu peux avoir le président des États-Unis en ligne, tu veux bien ?

VINGT-QUATRE

UNE ODEUR D'ENCRE fraîche se dégageait du permis de conduire tout neuf. Captain America le tendit à Jane Richards.

— Barbara Landau, dit-il.

— Ryan Landau. (Johnny Storm leva les yeux de son propre permis.) On est censés être *mariés*?

Penché sur la table de conférence couverte de documents, Cap redressa la tête. Des lampes fluorescentes jetaient une lumière froide et peu flatteuse sur le groupe.

— On commence à être à court de fausses identités, dit-il. Maintenant que Daredevil a été incarcéré, notre source s'est tarie.

— Mariés. (Jane lança un regard à son frère.) C'est la chose la plus flippante qu'on ait jamais vécue.

— Parce que tu imagines que ça me plaît? Tu ressembles à la grand-mère de mon ex. *Aïe!*

Cap soupira. Le déménagement dans le nouveau quartier général n'avait pas été facile; transporter les écrans de contrôle et le matériel médical s'était avéré impossible avant l'arrivée de Jane. Son pouvoir d'invisibilité leur avait évité à plusieurs reprises d'être repérés.

Mais Cap savait que la Résistance était encore en terrain mouvant. Il ne pouvait oublier l'avertissement lancé par Œil de Faucon lors de son départ, quand il avait insinué qu'il pouvait y avoir un traître au sein du groupe. Et ses propres blessures le gênaient encore. Il avait toujours le bras gauche en écharpe, et la douleur le foudroyait chaque fois qu'il se levait.

Vas-y doucement, se dit-il. *Rappelle-toi ce que tu as dit aux autres : pas à pas, pierre après pierre.*

Tigra fit son entrée et fronça les sourcils.

— Toujours pas de nouvelle identité pour moi ?

— Nous en avons déjà parlé, Tigra. (Il pointa du doigt son corps vêtu d'un bikini et couvert de la tête aux pieds de fourrure orange rayée.) Tu peux difficilement passer inaperçue.

— C'est sûr, dit Johnny en souriant. Ça doit être dur pour toi d'être aussi sexy.

Tigra ronronna et frotta son dos contre l'épaule de Johnny. Elle se retourna et lui lança un sourire enjôleur.

Jane leva les yeux au ciel.

— Pardon, madame Landau, dit Johnny.

— Je pouvais avoir l'air normale dans le temps, dit Tigra. Il suffisait juste d'un inducteur d'images.

— Sauf que c'est un appareil produit par Stark Enterprises, répondit Cap. Impossible d'en avoir ici ; Tony a sans doute fait coller des traceurs sur tout ce qu'il a fabriqué depuis dix ans. (Il se tourna vers Jane et Johnny.) Quant à vous deux, n'oubliez pas : ces fausses identités vous permettent de sortir à nouveau en public, et donc de secourir des gens. Et c'est notre objectif, n'est-ce pas ?

Tigra sourit à nouveau et se tourna vers Johnny.

— Il est toujours si vertueux, dit-elle en désignant Cap. Ça enlève tout le plaisir de se disputer avec lui.

Luke Cage entra dans la pièce, la démarche décidée, à la tête d'un groupe.

— Dis-moi franchement, Cap, qu'est-ce que tu penses de notre nouveau nid ?

— Ça fera l'affaire. C'est spartiate, mais ce n'est pas plus mal. (Cap se leva et donna l'accolade à Cage.) Qu'est-ce qu'il y avait ici, déjà ?

— Une boîte qui s'appelait African-American Employment Specialists, Inc. Ils aidaient le pauvre travailleur noir à s'en sortir dans le monde de l'homme blanc. Ils ont été victimes de la crise et les locaux sont vides depuis plus d'un an.

— Pas de pitié pour le pauvre travailleur noir, dit le Faucon.

— Mmmm-hm, acquiesça Cap.

L'un après l'autre, ils entrèrent et prirent place autour de la grande table. Cage, le Faucon, Tigra. L'Épée, Photon et Stingray, un nouveau venu au costume rouge et blanc. Jane et Johnny, Patriot et Speed.

La Résistance.

— Bon, allons-y. (Cap passa en revue un ordre du jour écrit à la main.) Il y a eu des arrestations, ces derniers temps ?

Photon était relativement nouvelle dans le groupe. C'était une jeune afro-américaine aux pouvoirs basés sur la lumière.

— Nighthawk et Valkyrie, dit-elle. Ils se sont fait coffrer dans le Queens. Ce qui réduit notre force aérienne au Faucon et moi-même.

— Et moi, précisa Stingray en déployant ses ailes.

Le Faucon se renfrogna.

— Planer et voler, c'est pas la même chose, petit. Pas de souci, Cap. On va assurer.

— Fichues unités du S.H.I.E.L.D. (Cap serra le poing, sentit la douleur remonter de sa main blessée le long de son bras.) Pour chaque nouvelle recrue venue grossir nos rangs, nous avons perdu l'un des nôtres.

— Et ils sont tous dans cette prison.

— Il y a peut-être quelque chose à faire, dit Cap. Est-ce que l'un de vous a des informations sur le processus de transfert des prisonniers ?

Jane s'éclaircit la voix.

— Tony et Red sont en train d'installer des portails d'accès vers la Zone Négative dans toutes les plus grandes prisons du pays, y compris Rykers. Mais aucun d'eux n'est encore opérationnel. À ce jour, tous les détenus transitent par le Baxter Building.

— Le Baxter Building. (Cap plissa le front.) Jane, tu peux nous faire entrer dedans ?

— En temps normal, oui. Mais je… je suis sûre que Red a changé les codes de sécurité. Je serais même un handicap… Les ordinateurs détecteraient ma présence immédiatement.

— Pas grave. J'ai une autre mission urgente pour toi.

Cap se tourna vers Johnny, qui secoua la tête.

— Inutile de me regarder. Si Jane ne peut pas entrer là-bas, je n'ai aucune chance. Red a rédigé tout un dossier sur la façon de neutraliser mes pouvoirs… avant même que je les *aie*.

— Bon sang. Pourtant on a *là* une opportunité à saisir. (Cap parcourut l'assemblée du regard.) Si on arrive à détruire le portail qui se trouve dans le Baxter Building, ils n'auront nulle part où expédier nos amis. Mais dans une semaine, le problème ne se posera plus pour eux. Nous devons agir vite.

— Tirez un fil, dit Cage, et toute la pelote vient.

— Si la chance est avec nous.

— Ce qu'il nous faut, c'est faire *revenir* nos amis, dit le Faucon. Pour que le combat soit de nouveau équitable.

— Comment ils appellent cet endroit ? demanda Patriot. Numéro 42 ?

— Personne ne sait pourquoi.

— Connaissant Tony Stark, ça doit avoir un rapport avec son père…

Ils l'entendirent tous au même moment : un pas lourd, un claquement de bottes dans le couloir. Les onze membres de la Résistance se levèrent tous d'un bond et se tournèrent vers la porte d'entrée…

…pour voir apparaître le Punisher, son habit noir et blanc encore plus austère que d'habitude sous la lumière crue. Il dégoulinait d'eau sale et dégageait une odeur de vieux détritus. Dans ses bras, une forme inerte, couverte de sang, au costume déchiré et perforé à des centaines d'endroits.

Spider-Man.

— Appelez un médecin, dit le Punisher. Et vite !

L'INFIRMERIE AVAIT ÉTÉ installée à la hâte dans un local de bureaux en open space. Des lits de camp et du matériel de diagnostic s'entassaient dans les anciens box. Deux médecins déposèrent Spider-Man sur un lit en jetant des regards méfiants au Punisher.

— Il n'est pas bien lourd, dit le premier médecin.

— Essayez donc de le porter sur cinq kilomètres, grommela le Punisher.

Cap et le reste du groupe se tenaient en retrait afin de laisser un maximum d'espace aux médecins. Mais Cap ne quittait pas le Punisher des yeux.

— Que s'est-il passé ? demanda-t-il.

— Fractures multiples et hémorragie importante, répondit le Punisher.

— Je veux dire…

— Tony Stark et ses potes. Je pense qu'il y avait aussi une sorte d'hallucinogène dans les explosifs qu'ils lui ont balancés.

— Et tu l'as sauvé. (Cap se rapprocha du Punisher et lui fit face.) Qu'est-il arrivé à ses agresseurs ?

Le Punisher haussa les épaules.

Les médecins levèrent les yeux du corps inerte de Spider-Man.

— Son costume a fondu et colle à sa peau par endroits.

— Décollez chaque centimètre carré et brûlez-le, dit Cap. C'est une fabrication de Stark… Si ça se trouve, ils ont déjà repéré sa trace.

— Tu sais, dit Tigra, c'est peut-être un coup monté.

Le Punisher sourit.

— Tu crois que *je* roule pour Stark ?

— Je ne comprends rien à tout ça. (Speed secoua la tête.) Vous avez tous vu la conférence de presse. Spider-Man est comme cul et chemise avec Iron Man.

— Il l'était peut-être, fiston, dit le Punisher, mais maintenant, il est dans notre camp.

— *Notre* camp ?

— Fauc…

— Non, non, Cap, une minute. (Le Faucon poussa Captain America sur le côté et montra du doigt la tête de mort sur la poitrine du justicier.) Tu es un criminel recherché, Punisher. Tu as dégommé plus de gens que la plupart des types contre lesquels on se bat. Depuis quand tu es de *notre côté*?

Le Punisher le regarda fixement.

— Depuis que ceux d'en face ont commencé à recruter des super-vilains.

Tigra eut un sourire en coin.

— Suis-je la seule à saisir l'ironie de la situation?

— Si vous voulez mon avis, poursuivit le Punisher, vous avez bien besoin d'un coup de main.

— Super, dit Johnny Storm. Et pourquoi on ne téléphonerait pas à Hannibal Lecter pour voir s'il est disponible, lui aussi?

— Parce qu'Hannibal Lecter n'a pas reçu la formation de barbouze qui peut vous permettre d'entrer dans le Baxter Building.

Le Faucon écarquilla les yeux.

— Tu peux faire ça?

— Je suis bien entré *ici*.

Le Faucon ouvrit la bouche pour répondre, mais s'abstint en réalisant la portée de la proposition.

Jane Richards regarda le groupe.

— Vous seriez prêts à recruter le *Punisher*? Dites-moi que vous n'êtes pas tombés si bas!

Spider-Man remua en laissant échapper un faible gémissement.

Cage se tourna vers Cap.

— C'est toi le chef, à toi de décider. Soit on envoie ce cinglé chez les flics, soit on écoute ce qu'il a à nous dire.

Cap se détourna, l'air renfrogné. Il avait affronté le Punisher par le passé, et ce combat avait été l'un des plus durs de son existence. Le Punisher pouvait être un allié redoutable, dans un camp comme dans l'autre.

Allongé sur son lit, secoué de spasmes, Spider-Man, extrêmement faible, luttait pour survivre.

Je suis coincé, réalisa Cap.

Quel que soit son choix, quelle que soit la voie qu'il prendrait, des événements terribles allaient se produire. Il le sentait au plus profond de son être endurci par les épreuves de la guerre.

Et ils comptent tous sur moi. Pour les guider; pour que leur vie ait à nouveau un sens. Pour faire de cette Résistance en lambeaux une force inébranlable en faveur du bien.

Pas à pas. Pierre après pierre.

Il se tourna vers le Punisher.

— Parle, dit Cap.

VINGT-CINQ

— Respire un bon coup, Hank, lança Tony Stark en écartant les bras. L'air est bien plus sain ici qu'à New York, non ?

Le camp d'entraînement de l'Initiative 09AZ, dans l'Arizona, fourmillait d'activité sous le soleil éclatant du Sud-Ouest. Dans la cour, des recrues fraîchement recensées, en uniformes aux couleurs vives, volaient, couraient, s'entraînaient à combattre et à soulever des tanks Sherman. Des agents du S.H.I.E.L.D. et des hommes équipés de carnets les suivaient comme de vraies mères poules, hochant la tête, fronçant les sourcils, et prenant des notes sur les performances de chaque stagiaire.

La moitié de la cour était isolée par un cordon, en prévision de nouvelles constructions. Les troupes du S.H.I.E.L.D. côtoyaient les ouvriers du gouvernement qui manœuvraient pelleteuses et bulldozers en criant des instructions. Ils travaillaient vingt-quatre heures sur vingt-quatre, démolissant les vieilles constructions pour poser de nouvelles fondations, transformant l'ancienne base des Marines en un complexe assez résistant pour abriter des surhumains. Comme tous les éléments du projet de Recensement, le camp prenait forme très, très vite.

Hank Pym adressa un sourire indécis à Tony. Il plissa les yeux pour les protéger de l'éclat du soleil.

— Je ne suis pas vraiment sûr, Tony. Je suis biologiste, pas sergent-instructeur.

— Je ne te demande pas de déambuler dans la cour avec un mégaphone, Hank. Je veux seulement que tu diriges le camp.

Une silhouette floue passa à toute allure, trop rapidement pour être identifiée. Hank se renfrogna.

— Qui est-ce ?

Tony consulta sa tablette informatique.

— Hermès. Dieu grec, arrivé récemment sur Terre. Si *lui* accepte de se faire recenser…

— Quelle vitesse peut-il atteindre ?

— Mach 1, s'il a le ventre vide. Mais nous le ferons passer à Mach 3 avant de rendre notre projet public. (Tony sourit.) Dis, j'oublie tout le temps de te demander… Comment va Jan ?

— On ne, euh, on ne se parle pas beaucoup en ce moment.

L'attention de Hank se reporta sur un groupe de jeunes stagiaires en uniformes qui riaient. Il semblait triste, perdu.

Il a besoin de ce poste, pensa Tony. *Et j'ai besoin de lui.*

Tony rongeait son frein, il avait trop chaud et se sentait déplacé dans son costume Armani. La tablette entre ses mains lui paraissait lente ; il se rendit compte qu'il s'était habitué à contrôler les machines avec son esprit plutôt que ses doigts. Depuis quelque temps, il ne supportait plus de quitter son armure. Il avait l'impression d'être un poisson hors de l'eau, asphyxié sans ses données.

Mais il faudrait encore quelques heures pour réparer l'armure principale d'Iron Man, et Tony n'avait pas trouvé le temps. Et puis, il voulait convaincre Hank en tant qu'homme et ami. Iron Man commençait à trop symboliser l'autorité publique.

— Excusez-moi, les gars. (Un contremaître robuste fit un geste vers une énorme grue qui avançait vers eux, un bâtiment d'un seul bloc suspendu à son câble.) Faut qu'on descende ça sur les fondations.

Tony et Hank dégagèrent rapidement le passage.

— C'est le bâtiment du simulateur de combat holographique, expliqua Tony. Quand il sera opérationnel, tu entraîneras les recrues dans des centaines d'environnements virtuels différents.

Hank sourit.

— Tu n'abandonnes jamais, hein ?

— Je n'ai pas le *temps* d'abandonner, Hank. Nous installons les Champions en Californie, ces nouveaux héros mormons dans l'Utah, et j'ai assigné les Chevaliers de l'Espace à Chicago.

— Il paraît que Force Works va dans… l'Iowa ?

— Quand nous aurons vérifié leurs antécédents et obtenu l'approbation sans réserve des autorités locales. (Tony marqua une pause.) Les gens ont besoin de super-héros sur lesquels ils peuvent compter, Hank. Nous allons réaliser ce projet dans les règles, ou pas du tout.

Hank approuva d'un signe de tête, avant d'ajouter :

— Comment va Red ?

— Je ne compte pas m'interposer entre lui et Jane. Il a insisté pour qu'elle et Johnny bénéficient de l'immunité, sinon il cessera de nous aider. Laisse-moi te dire qu'il a fallu longuement négocier avec le Président.

Il prit Hank par le bras.

— Assez parlé de ça. Viens… Je t'emmène voir quelqu'un.

Il conduisit Hank vers les recrues. Stature, ancien membre des Jeunes Vengeurs, était en compagnie d'une fille à la peau verte arborant une crête iroquoise, et d'un type blond à l'air suffisant. Tony vérifia leur identité sur sa tablette : Komodo et Hardball.

— Hank, je crois que tu connais déjà Cassie Lang.

Hank fixa Stature

— Bien entendu. Mais la dernière fois que je t'ai vue, tu n'étais pas plus haute que ça, dit-il en baissant sa main à un mètre du sol.

Stature sourit, puis elle activa ses pouvoirs pour atteindre la taille de deux mètres cinquante.

— Ce n'est plus le cas.

— Le Docteur Pym a inventé le sérum qui te permet de changer de taille, Cassie. (Tony la regarda reprendre lentement sa hauteur normale.) Je crois qu'il pourrait t'apprendre beaucoup de choses.

— C'est pour ça que je suis ici. Pour apprendre.

— Tu vois, Hank ? Le défunt père de Cassie était le second Homme-Fourmi, et à présent, elle est l'héritière de ton sérum. En un sens, ils sont tes enfants.

— Tu oublies un de mes «enfants», Tony. (Hank regarda dans le vague.) Bill Foster.

Stature acheva de reprendre sa taille normale, une grimace sur le visage. Komodo et Hardball se contentaient de regarder.

— Tony, poursuivit Hank, tu as carte blanche pour m'*offrir* ce poste ? Qu'en dit le S.H.I.E.L.D ? Le commandant Hill a donné son feu vert ?

— Ne t'en fais pas pour elle, Hank, dit-il en secouant la tête. Elle n'a pas particulièrement brillé lors du test bêta des Thunderbolts.

Komodo s'avança.

— C'est vrai que Spider-Man est parti ?

— Provisoirement.

Stature semblait inquiète.

— Qu'allez-vous faire, monsieur Stark, quand vous allez retrouver Cap et les autres ?

— Les trouver n'est pas le problème, Cassie. Mon but est de leur faire entendre raison. C'est ce que le S.H.I.E.L.D. refuse de comprendre.

Une petite brune à l'air nerveux s'approcha des recrues.

— Les gars, les gars ! Ils veulent qu'on fasse des exercices dans dix minutes. Je ne sais pas si je suis prête.

Stature posa une main sur son épaule.

— Détends-toi, Arsenal. Tout ira bien.

Arsenal leva son bras gauche. Une arme extraterrestre le recouvrait, scintillant et bourdonnant d'énergie.

— Je ne sais pas si je peux contrôler mon pouvoir.

— Non, non. Arrête-toi ! cria un entraîneur avec un carnet qui s'approchait d'eux, désignant quelque chose derrière Tony.

— J'ai dit arr…

Quelque chose percuta le groupe, le dispersant. Tony trébucha et tomba au sol. Il recracha du sable, épousseta sa veste, et se releva.

Une forme floue s'éloignait à toute vitesse, trop rapide pour être distinguée clairement. *Encore Hermès*, comprit Tony. Puis il entendit un cri, suivi d'un crépitement d'énergie.

Arsenal avait été projetée trois mètres plus loin. Elle était agenouillée dans le sable, se tenant la jambe. Soudain, elle pointa son bras armé vers le ciel, et une puissante énergie extraterrestre en jaillit. Un éclair illumina la cour et le chantier…

…et alla frapper le bâtiment administratif, perçant un énorme trou dans le mur.

La panique envahit le camp. Les stagiaires se dispersèrent, cherchant un abri. Les agents du S.H.I.E.L.D. se précipitèrent vers leurs armures, tout en esquivant l'assaut violent et chaotique de la jeune fille.

— *Arsenal !* hurla l'entraîneur.

Tony rampa vers Hank Pym, étendu dans le sable. Stature se relevait tout juste, encore sonnée.

— Hank, je n'ai pas mon équipement. Il faut que tu règles ce problème.

Hank le dévisagea.

— Je ne suis plus un super-héros, Tony.

— Non. Mais *elle*, si, répliqua Tony en désignant Stature.

— Moi ?

Une rafale d'énergie frappa le sol à moins d'un mètre d'eux.

— Violet… Arsenal. Elle… réagit très mal à la panique, ajouta Stature.

— Cassie.

Hank l'entraîna derrière un camion d'entretien. Tony les suivit, en observant attentivement.

— Il faut que tu deviennes très grande, poursuivit Hank. Dix mètres, au moins.

Elle le regarda fixement, secoua la tête.

— Mon père m'a dit de ne jamais grandir autant.

— C'est…

— D'après lui, ma colonne vertébrale se briserait ! Une histoire de cubes carrés…

— Le sérum contient une substance qui booste le calcium. Tes os pourront tenir quelques minutes. Pas longtemps, mais c'est notre seul espoir pour l'instant.

Elle se pencha sur le côté du camion. Tony regarda, lui aussi : Arsenal était à peine visible, perdue au milieu d'un tourbillon de sable et d'énergie extraterrestre. Des éclairs continuaient de jaillir de son corps. L'un d'entre eux frappa une Jeep, qui explosa violemment.

Stature hocha la tête. Elle ferma les yeux et commença à grandir. Trois, puis quatre mètres. Quand elle atteignit cinq mètres, elle s'arrêta et regarda Hank.

Il sourit, acquiesça, puis fit un geste vers le haut.

Elle prit une profonde respiration et grandit à nouveau.

Hank montra du doigt le nouveau bâtiment.

Stature se retourna vers la construction abritant le simulateur de combat. Elle était fraîchement installée sur ses fondations, le mortier encore humide autour de sa base. Les ouvriers avaient fui le chantier, et se terraient derrière les Jeeps et les bulldozers.

Tout en gardant un œil sur Arsenal, Stature traversa la cour en deux enjambées qui firent trembler le sol. Elle se baissa et saisit tout le bâtiment, luttant pour le soulever.

— Sers-toi de tes genoux ! hurla Hank.

Dans un violent craquement, le bâtiment fut arraché à ses fondations. Stature le leva au niveau de sa taille et chancela, manquant de basculer sous son poids. Elle serra les dents, changea de prise, et grandit encore de trente centimètres.

Puis elle se tourna vers Arsenal.

Tous les stagiaires s'étaient enfuis. Les agents du S.H.I.E.L.D. étaient en position dans les hélicoptères et les camions. Mais après la débâcle des Thunderbolts, Tony savait que l'autorité du S.H.I.E.L.D. était ébranlée. Ils attendaient son signal, et ce qui allait se passer.

Arsenal aperçut Stature au-dessus d'elle, et cria à nouveau. Ses yeux se mirent à étinceler, son bras extraterrestre brilla intensément.

— Violet, dit Stature. Tout va bien. C'est moi, Cassie.

Arsenal la regarda fixement. L'énergie reflua, légèrement, à un peu plus de deux mètres autour de son corps.

Stature saisit l'occasion. Lentement, délicatement, elle posa le lourd bâtiment *autour* d'Arsenal. La jeune fille en panique regarda en l'air et sur les côtés, mais ne bougea pas. Quand Stature eut fini, la structure entourait complètement Arsenal et la dissimulait.

— Tout va bien, répéta Stature. Tu es en sécurité.

Elle recula, fixant nerveusement le bâtiment. Tony observait, s'attendant à voir des éclairs fracasser les murs, mais rien ne se passa. Le crépitement d'énergie s'affaiblit pour n'être plus qu'un léger bourdonnement.

Tony fit sortir Hank de l'arrière du camion. Tout autour, dans la cour, de petits incendies brûlaient. Les recrues quittèrent leurs cachettes, l'air penaud ; les agents du S.H.I.E.L.D. allèrent chercher des extincteurs.

Fermant les yeux, Stature reprit sa taille normale. Elle s'avança vers le bâtiment du simulateur, maladroitement posé au milieu de la cour. D'un geste presque comique, elle frappa à la porte.

Celle-ci s'ouvrit en grinçant, bloquée brièvement par un caillou. Arsenal sortit timidement, son bras armé désactivé.

— Désolée, fit-elle.

Komodo et Hardball se précipitèrent pour rejoindre Stature. Ensemble, ils aidèrent Arsenal à marcher jusqu'au bâtiment administratif.

Hank jeta un regard désapprobateur à Tony.

— Tu crois toujours que c'est une bonne idée ?

Tony se retourna vers lui, stupéfait.

— Tu plaisantes ? Cet incident le *prouve*. Nous venons d'assister à un déchaînement de pouvoir potentiellement mortel, et neutralisé rapidement sans la moindre victime. Imagine si cette fille n'était pas entraînée, et que son accès de panique s'était produit en pleine ville.

L'entraîneur s'approcha, à bout de souffle.

— Désolé, monsieur Stark. Je… Ce n'est pas facile de contrôler un dieu grec…

Hank fit un pas en avant, regardant l'homme avec sévérité.

— Où est Hermès à présent ?

— Sûrement à mi-chemin de Flagstaff.

— Vous ne feriez pas mieux de l'intercepter avant qu'il n'y *arrive* ?

L'entraîneur se tourna vers Tony, déconcerté.

Stark sourit.

— Prenez un régiment du S.H.I.E.L.D, si c'est nécessaire.

L'homme hocha la tête, puis partit à toutes jambes.

Tony se retourna vers Hank et posa ses mains sur les épaules de son ami.

— Tu comprends maintenant pourquoi j'ai besoin de toi ici ? Des humains normaux peuvent les entraîner, tenir des registres, évaluer des tableaux de performance. Mais j'ai besoin de quelqu'un ayant une *véritable expérience des pouvoirs* pour diriger cet endroit.

Hank hocha lentement la tête.

— Merci, dit-il doucement.

— C'est moi qui devrais te remercier.

Ils restèrent ensemble, à regarder les équipes du S.H.I.E.L.D. éteindre les derniers incendies. Les entraîneurs alignaient les recrues, comptaient les têtes et aboyaient des ordres. Un administrateur se disputait avec le conducteur de la grue, le doigt pointé vers le bâtiment du simulateur. Tony entendit les mots «heures sup' » à plusieurs reprises.

— Le projet prend forme, Hank, dit Tony tout bas, pensif. Nous aurions dû faire ça il y a des années. Bientôt, nous aurons un monde meilleur, plus sûr.

Un monde meilleur, pensa-t-il. Et pourtant, il ne pouvait faire taire une petite voix en lui. Un minuscule regret par rapport à l'ampleur de l'entreprise, mais un échec qui le tourmentait tout de même.

Si seulement Peter Parker était là, lui aussi.

PARTIE 5

LUCIDITÉ

VINGT-SIX

— Je viens de passer le vingt-troisième étage.

Le Punisher parlait d'une voix basse, rauque, troublée par des parasites.

— Captain, reprit-il, je me suis introduit dans la prison de Rykers pour enlever un chef mafieux, un jour. Mais je n'ai jamais vu des systèmes de sécurité comme celui-ci.

Cap fronça les sourcils, conscient que Cage, le Faucon et Tigra se tenaient juste derrière lui. Ils s'étaient rassemblés dans la nouvelle salle des communications, équipée de matériel provenant d'un sous-marin nucléaire hors service. Cap avait sollicité un de ses contacts dans la Marine, qui lui avait fait livrer le mobilier gris, les vieux postes de commande à boutons-poussoirs, et un téléphone fixe rouge vif avec un long cordon torsadé. Les plus jeunes membres de la Résistance avaient modernisé les consoles en enlevant les écrans sonar pour les remplacer par des écrans plats flambant neufs, affichant les missions en cours, des renseignements sur les camps de l'Initiative et des dossiers sur les héros piratés à Stark. Une rangée de disques durs et deux Mac Pro connectaient tous les systèmes entre eux.

Cap avait la sensation étrange d'être ici chez lui.

— Punisher. (Assis sur sa chaise, Cap se pencha en avant.) Décris-moi ce que tu vois.

— Je suis en train de monter dans la gaine technique, au milieu d'un flux continu d'objets bleus, semi-transparents, ressemblant à des ballons. Ils flottent dans l'air, comme des bulles dans un cours d'eau.

— Ce sont des antigènes artificiels. (Le Faucon se pencha à son tour.) D'après Jane Richards, Red s'est inspiré des défenses immunitaires humaines pour concevoir le système de sécurité du Baxter Building ce mois-ci.

— Fais gaffe, dit Cap. Si tu effleures un seul de ces machins, tu seras attaqué comme si tu étais un parasite dans un organisme.

Le Punisher éclata de rire.

— Détends-toi, Captain. Tant que je porte ce dispositif masquant, aucune caméra, rayon infrarouge ou lymphocyte géant ne peut me détecter.

Cage fronça les sourcils.

— Où est-ce que tu as bien pu te procurer ce genre de matériel, Castle ?

— Disons que le directeur des entrepôts de Tony Stark devrait investir dans des verrous plus costauds. Et ne vous inquiétez pas, j'ai vérifié qu'il n'y avait pas de traceurs.

Tigra se rapprocha de Cap, faisant mine d'être impressionnée, et posa son bras couvert de fourrure sur son épaule. Il fut soudain conscient de sa présence : sa chaleur, ses courbes, ses grands yeux de chat.

— Je viens de passer le vingt-huitième étage, annonça le Punisher.

— Tiens-moi au courant, soldat.

— Bien sûr, Captain.

Cage se renfrogna.

— Le Punisher est un arsenal ambulant, Cap. Ça n'inquiète pas Jane qu'il soit dans le bâtiment avec ses enfants ?

— Red les a éloignés pour quelque temps. Heureusement. (Cap pivota sur sa chaise et se tourna vers ses amis.) Bon, où en sommes-nous ?

Le Faucon désigna un écran qui diffusait un bulletin d'informations.

— L'équipe de Johnny Storm vient d'empêcher l'invasion de Philadelphie par l'Homme-Taupe. Tout s'est passé au mieux : ils ont bouclé le périmètre pour protéger les citoyens. Puis ils ont croisé par hasard le Docteur Strange et ont établi un premier contact. Je suivrai cette affaire quand on en aura fini avec celle-ci.

Cap zooma pour faire un gros plan sur un homme vêtu d'une tunique bleu foncé et d'une cape rouge avec un col immense. Il avait une moustache à la Fu Manchu.

— Strange est un puissant sorcier. Je crois que même Tony a peur de lui.

— Il est aussi très réservé… Il n'a pris aucun engagement, pour l'instant. Mais grâce à son aide, notre équipe a pu rapidement réexpédier Taupie dans son souterrain et filer avant l'arrivée du S.H.I.E.L.D.

Tigra fronça les sourcils.

— Apparemment, ça n'a pas amélioré notre cote de popularité.

— La question n'est pas là, Greer. (Cap se tourna vers elle et plongea son regard dans ses ravissants yeux verts.) Il ne suffit pas d'un incident pour inverser la tendance. Nous devons prouver aux gens que nous défendons le bien tous les jours.

Elle sourit. Cap, soudain mal à l'aise, se détourna.

— Comment, euh… comment va Spider-Man ? demanda-t-il.

— Encore sonné, mais il récupère vite, répondit Cage. Ce type a une constitution exceptionnelle.

Cap acquiesça.

— Ne le brusquez pas, mais j'aurai besoin de lui parler dès qu'il sera sur pied. Il est le seul à être allé dans cette prison secrète et à en être revenu entier. D'ailleurs, à ce sujet, on a du nouveau sur les portails d'accès à la Zone Négative ?

Le Faucon entra une commande et une carte des États-Unis apparut sur l'un des écrans. Des lumières rouges clignotaient sur Chicago, Sacramento, Albuquerque et au large de New York.

— Ces portails doivent être activés dans les huit prochains jours. (Il montra l'icône située vers New York.) Le premier sera celui de Rykers Island, après-demain.

— Du coup, ils vont utiliser ce portail-là pour exiler les prisonniers de la côte Est, dit Cap. Ils ne se serviront plus du Baxter Building pour les transferts. Notre créneau d'intervention se réduit vite.

— On va avoir besoin d'un appui, dit Tigra. C'est la mission que tu as confiée à Jane Rrrrrichards ?

— Oui.

Tigra le regarda, ses jolis yeux pleins de questions. Mais Cap n'ajouta rien de plus.

— Il y a aussi les camps de l'Initiative qui poussent comme des champignons, dit le Faucon. Le dernier communiqué de presse de Stark indique que quarante-neuf jeunes héros se sont inscrits pour suivre la formation.

— Le camp ou la prison. (Cap sentit de nouveau monter en lui cette ombre froide et mauvaise.) Les Américano-Japonais se sont vu proposer le même choix, autrefois. Quant aux juifs d'Allemagne, ils ont eu droit aux deux pour le même prix, sadisme compris.

Le Faucon et Cage échangèrent un regard gêné.

— Euh, Cap… S'il y a quelqu'un qui n'aime pas être enfermé, c'est bien l'ex-détenu ici présent. (Cage pointa le pouce en direction de sa large poitrine.) Mais tu dois admettre qu'il y a une différence entre des camps d'entraînement et des camps d'internement.

— Ou des camps de *concentration*, dit le Faucon.

— Il y a aussi une différence entre vivre libre et obéir aux ordres d'un gouvernement oppressif. Un gouvernement qui consolide son autorité en terrorisant son propre peuple.

Tigra leva un sourcil.

— Stark Enterprises, poursuivit Cap, a passé la dernière décennie à construire un État sécuritaire pour les habitants de ce pays. Vous pensiez vraiment qu'ils allaient en *rester* là ?

Le haut-parleur crépita.

– Ho, Captain, fit la voix du Punisher. Je suis dans leur centre de données.

— Bien. (Cap se pencha de nouveau en avant.) J'ai besoin de tout ce que tu pourras trouver sur le grand complexe « Numéro 42 », et plus particulièrement sur le portail d'accès à la Zone Négative qui y conduit. Taille du site, espace de manœuvre, distance entre le portail et la prison elle-même, nature des gardiens, systèmes de sécurité. (Il marqua une pause.) Tu penses pouvoir obtenir ces infos sans coller une balle dans la tête de quelqu'un ?

— Peut-être. Si personne ne m'interrompt. Je te recontacte.

Cage tourna les talons.

— Je vais voir comment va Spidey.

— Et moi je vais étudier le cas du Docteur Strange.

Le Faucon s'apprêtait à suivre Cage, quand il se retourna et posa une main sur l'épaule de Cap.

— Cap, toi et moi, on a vécu pas mal d'épreuves. Crâne Rouge, l'invasion des Krees, l'Empire Secret…

— Crache le morceau, Sam.

— J'espère que tu sais ce que tu fais.

Il s'éloigna. Cap le regarda partir, puis il se tourna et fixa longuement la carte des États-Unis. Il se sentait très fatigué, tout à coup.

Il sentit alors les mains douces et énergiques de Tigra lui masser les épaules.

— Enfin seuls, dit-elle.

— Greer…

— Tu es incroyablement tendu, tu sais. (Elle se pencha et il l'entendit ronronner.) Il n'y a rien de tel pour prendre de mauvaises décisions.

Il se tourna pour lui faire face. Son joli visage aux traits anguleux était couvert d'une fourrure douce aux motifs superbes ; ses lèvres humides brillaient sous son petit museau de félin. Greer Nelson était autrefois une femme normale, jusqu'à ce qu'un rituel magique la transforme en guerrière suprême du Peuple-Chat. Sa force et son agilité étaient à présent bien supérieures à celles d'un humain. De même, Cap le savait, que ses passions.

Cap avait connu des hommes et des femmes qui avaient eu une aventure ensemble en toute désinvolture, presque sans réfléchir, en temps de guerre. Des correspondants, des employés civils, parfois même des soldats. Il ne s'était jamais accordé ce plaisir. Mais…

— J'ai eu des nouvelles d'Œil de Faucon, hier, dit Tigra.

Cap cligna des yeux.

— Quoi ?

— Il va bien. On lui a confié la direction d'une équipe de l'Initiative. Il voulait que je te le dise.

Cap fronça les sourcils, se détourna.

— Cap.

Il la regarda à nouveau. Sa voix était différente, plus douce.

— C'est quoi l'objectif final ?

Il montra un écran.

— La prison…

— Non, non, je ne parle pas de ça. Je veux dire… au bout du compte, qu'est-ce qu'on cherche à faire ? Le Recensement, c'est la *loi*. Peu importe ce qui se passera, ils nous traqueront toujours, n'est-ce pas ?

— Les lois peuvent être remises en question. (Il se redressa pour la regarder dans les yeux.) Si nous parvenons à rassembler un nombre significatif de surhumains autour de nous, à résoudre des problèmes et à aider des gens partout dans le monde, nous pourrons l'emporter sur les forces de la terreur. J'en suis convaincu. Il *faut* que j'en sois convaincu.

Une expression étrange parcourut le visage de Tigra.

— Je suppose que c'est le cas, murmura-t-elle.

Il se pencha vers elle, attiré par son parfum. Elle hésita, et lui tendit ses lèvres.

— Jackpot, señor Capitan.

Cap soupira. Tigra se mit à rire.

— Tu as trouvé quelque chose, Punisher ?

— Des informations techniques, des schémas, toutes sortes de plans. Je te les transmets tout de suite.

— Parfait. (Cap fit une grimace.) Merci.

— Je ne pense pas que ça va te plaire. Cet endroit est plus sécurisé que tous les centres de détention que j'aie jamais vus. Il va nous falloir bien mieux que ton équipe de bras cassés pour pénétrer ici.

Une alerte info clignota devant Cap. Il la sélectionna, et la mention « Projet 42 » apparut sur l'un des grands écrans. Des plans commencèrent à s'afficher rapidement, tous marqués en filigrane du logo « 4 », le symbole des Quatre Fantastiques.

Cap jeta un coup d'œil à Tigra. Elle lui répondit par un sourire de regret, malicieux.

L'instant magique était passé. Le sortilège était rompu.

— Je vais prévenir les autres, dit-elle.

— Bien reçu, Castle. (Cap se leva et examina attentivement le flux de données qui arrivait.) Poursuis la transmission.

VINGT-SEPT

À CINQ KILOMÈTRES au large, Jane entendit un bruit. Elle contrôla les instruments de bord, se demandant comment un signal radio pouvait lui parvenir ici, à huit mille mètres sous la surface de l'océan. Rien n'apparaissait sur le tableau; aucune transmission n'avait été enregistrée. Pourtant, le son persistait. Comme un chant funèbre. Une mélopée triste, lancinante, inhumaine.

À travers le hublot du cockpit, Jane scruta les eaux sombres devant elle. Mais à cette profondeur, tout n'était que ténèbres. D'étranges poissons mutés scintillaient puis disparaissaient, leur carapace ossifiée furtivement illuminée par les projecteurs du sous-marin.

Puis elle se souvint: *Les Atlantes sont télépathes.* En réalité, elle n'entendait rien, son esprit captait leurs pensées. Ce qui, en soi, était alarmant. Les Atlantes restaient un peuple mystérieux, mais les Quatre Fantastiques n'avaient jamais constaté qu'ils étaient capables de transmettre mentalement des messages à une telle distance. Jane s'était déjà rendue à deux reprises à Atlantis, et à chaque fois, l'approche avait été silencieuse, sans incident.

Il y avait peut-être un problème dans la cité sous-marine. *Si c'est le cas*, pensa Jane, *ça va être doublement délicat de lui demander de l'aide.*

La mélopée continuait, comme un parasite logé dans un sombre recoin de son cerveau.

Au moins, je me rapproche.

Soudain, une lueur apparut droit devant, telle une méduse de pierre posée au fond de l'océan. Atlantis se dévoila lentement, ville engloutie au milieu de nulle part, hautaine malgré ses tours décrépies et éventrées. La cité brillait de l'intérieur, illuminée par un sortilège inconnu mêlé à une science supérieure à celle du monde de la surface.

Marqué de stigmates de batailles anciennes, un mur de pierre encerclait la base de la cité. Tandis que Jane approchait, deux guerriers atlantes surgirent de la pénombre, battant violemment des pieds pour foncer vers son véhicule. Leur uniforme militaire, réduit à sa forme la plus simple, laissait leur puissant torse nu. Ils portaient un casque orné de larges ailerons. Le guerrier de tête brandit une longue lance ; le second tenait une arme compacte, étincelante, faite d'énergie.

Jane fouilla dans son sac et en sortit une amulette de pierre qu'elle tendit vers le hublot du cockpit. Elle portait le sceau personnel du Prince Namor, souverain d'Atlantis. Le guerrier de tête regarda attentivement l'amulette, inclina la tête et fit un geste rapide à son compagnon. Ils baissèrent leurs armes et saluèrent Jane de la main.

Décrivant un arc de cercle, le sous-marin descendit droit vers le mur d'enceinte. Le chant télépathique était plus sonore à présent, comme une prière récitée par un millier de voix en colère. Elle voyait peu d'Atlantes, pourtant. La dernière fois qu'elle était venue ici, une formation de six guerriers l'avait accueillie. Aujourd'hui, le mur semblait gardé par une force restreinte, et dans la cité, un nombre encore plus réduit de citoyens vaquaient à leurs occupations.

Jane gara le sous-marin à l'intérieur du mur d'enceinte et verrouilla les commandes. Elle enfila un casque-bulle équipé d'une alimentation en air, vérifia que son costume était étanche et prit un petit sac à dos. Puis elle sortit de son véhicule et nagea en direction du centre de la cité, là où elle savait d'instinct que le chant télépathique serait plus puissant encore.

Elle passa devant des bâtiments aux styles architecturaux variés : colonnes doriques, pyramides dravidiennes, dômes byzantins. Légèrement différents de leurs équivalents terrestres, car adaptés aux besoins d'une civilisation sous-marine. Des porches s'ouvraient à tous les niveaux, y compris sur les appartements en terrasse ; les balcons donnaient directement sur la mer, sans balustrades. Un peuple de nageurs n'est pas confiné au sol et n'a pas peur de tomber.

Si les Grecs de l'Antiquité avaient pu voler… pensa-t-elle.

Il n'y avait toujours pas plus d'habitants. Deux bergers passèrent à côté d'elle, guidant un énorme animal aquatique qui ressemblait à une taupe. Deux hommes plus âgés – sans doute des magistrats – la dépassèrent rapidement, visiblement en retard pour prendre part à un événement au cœur de la cité. Mais hormis les deux gardes rencontrés à l'extérieur, elle ne vit aucun guerrier, caste qui représentait pourtant soixante pour cent de la population.

Lorsqu'elle atteignit l'Avenue de Poséidon, elle comprit pourquoi.

Des milliers de gens, la quasi-totalité de la population, s'étaient attroupés sur la place centrale, flottant en suspension à tous les niveaux. Bergers, maçons, marchands, fermiers, magistrats et de très nombreux guerriers dont les casques à ailerons brillaient d'un bel éclat. Les teintes de peau variaient du bleu profond au jaune pâle en passant par le bleu-vert. Jane savait qu'il existait ici des divisions raciales, des tensions très anciennes auxquelles elle ne comprenait rien.

Prudemment, elle se fraya un chemin à travers la foule en marmonnant des excuses. Plusieurs Atlantes s'arrêtèrent pour la regarder. Ils n'avaient jamais vu de femme à la peau rose portant un casque pour respirer, et une telle créature n'était pas vraiment la bienvenue.

Quand elle parvint aux premiers rangs, elle le vit. Et tous ses anciens doutes refirent surface, de même qu'un sentiment récurrent de regret.

Le Prince Namor flottait au centre de la place et s'adressait à la foule, dans sa posture habituelle de royale arrogance. Ses oreilles pointues, ses pommettes saillantes, même les petites ailes sur ses pieds… rien en lui n'avait changé depuis la dernière visite de Jane. Il portait sa tenue de cérémonie, une tunique bleu foncé, ouverte sur son superbe torse.

Namor avait la peau blanche, un héritage de son père de race humaine. Mais en dépit de ce métissage, les Atlantes le reconnaissaient comme leur souverain absolu. Il était toujours aussi jeune, majestueux, fier héritier d'un peuple ancien. Juste derrière lui, flottait un cercueil de verre transparent diffusant une lumière irréelle. Le cercueil était vide.

Namor avait appris à Jane les rudiments de la langue atlante. La composante télépathique de ce langage lui permettait de comprendre clairement le discours du prince, dont les yeux brûlaient de chagrin et de haine tandis qu'il parlait.

— Imperius Rex, dit-il.

Il s'agissait habituellement d'un cri de guerre, mais là, cela ressemblait davantage à une sorte d'introduction : *Me voici, votre roi*.

— Vingt-neuf jours, poursuivit Namor. Un cycle complet de marées s'est écoulé depuis la mort violente de ma cousine aux mains de nos ennemis de la surface. Nous sommes rassemblés en ce jour, dignes héritiers de l'antique Atlantis, pour procéder aux rituels ancestraux.

Mon Dieu, pensa Jane, *Namorita*. Elle avait oublié que l'un des membres des New Warriors avait un lien de parenté direct avec Namor et faisait partie de la famille royale.

— L'heure du *regresus* est venue. Le retour de Namorita à la mer. (La voix de Namor s'enroua légèrement.) Tous, nous sommes nés de la faune et de la flore qui tapissent le fond des océans. Et aujourd'hui, ma cousine repartira à la source de toute vie. Ou plutôt : elle aurait *dû* repartir.

Namor désigna le cercueil vide qui flottait derrière lui.

— Contemplez les restes de ma cousine. *Il n'y en a point*. Les êtres de la surface nous ont volé la princesse royale, joyeuse lumière de ma vie et de celle de tous les Atlantes. Ils nous ont privés de tout ce qu'elle était.

La vague télépathique enfla, la colère se mêlant à la douleur comme une marée rouge. Jane tressaillit et, sans le vouloir, provoqua un petit bruit.

Une femme à la peau bleue lui lança un regard furieux. Elle poussa un guerrier du coude, qui fixa Jane à son tour. Elle se sentit soudain livide et vulnérable.

— Ils emplissent nos eaux de poison, reprit Namor. Ils font fondre les calottes glaciaires et chassent jusqu'à l'extinction nos fières espèces. Et quand l'une des nôtres, la plus douce et la plus noble de notre race, se risque à vivre auprès d'eux, *voici* leur réaction. Une destruction entière et absolue.

Les pensées des Atlantes se firent plus sombres, plus furieuses. Deux guerriers montraient à présent Jane du doigt en parlant à voix basse.

— Nous n'attendons rien d'eux, rien d'autre qu'une cohabitation. Cependant, à des milliers de kilomètres de distance, leurs haines, leurs disputes insignifiantes, infestent notre refuge. Les surhumains du continent nord-américain se vantent de leur puissance, de leur honneur, de leurs exploits guerriers ou de leurs coups d'éclat dévastateurs. Pourtant, alors même que je vous parle, ils s'affrontent sur des questions incompréhensibles de noms et de papiers.

» Entendez-moi, sujets d'Atlantis : mon vœu le plus cher est qu'ils *s'exterminent entre eux et laissent ce monde à nos bons soins.*

L'assemblée laissa éclater sa joie en se bousculant et en brandissant des lances. Avant que Jane ait pu réagir, les mains brutales d'un guerrier saisirent son bras et la poussèrent en avant. Elle tomba à la renverse, déséquilibrée par son sac à dos.

— Sire, cria le guerrier. Commencez par éliminer celle-ci !

Deux autres guerriers s'approchèrent de Jane. Elle activa un champ de force, repoussant l'un d'eux. Mais l'effet recul de son pouvoir la fit culbuter. Elle n'avait pas l'habitude de se battre à cette profondeur ; son champ de force était anormalement épais, difficile à contrôler.

Dans la bousculade, elle heurta Namor, son champ de force toujours brandi. Il poussa un grognement, tendit le bras vers elle… et écarquilla les yeux.

— Jane Storm, dit-il.

Elle se tourna vers lui, lui faisant signe de l'aider. Diverses émotions passèrent comme un éclair dans les yeux sombres et cruels de Namor. Puis il lui tendit la main.

Elle abaissa son champ de force et Namor l'attrapa par le bras. Il l'attira brutalement au centre de la place. Le cercueil flottait juste au-dessus, maintenu en place – elle le voyait à présent – par de minuscules jets d'eau fixés à sa base.

Namor la prit par les épaules et la tourna sans ménagement face à l'assistance.

— Cette femme, dit-il, fait partie des Quatre Fantastiques, une équipe de renommée mondiale. Elle représente la communauté des surhumains du monde de la surface, dans toute sa sordide décadence.

La foule rugit, assoiffée de vengeance, mais garda ses distances.

— Parle, Jane. (Namor la foudroyait à présent du regard.) Défends les actes de tes camarades, les soi-disant héros de ton monde.

Il montra le cercueil.

— Explique-leur comment une telle *atrocité* a pu se produire.

Des poings bleus se dressaient, ainsi que des lances et des fusils. Mais Jane ne leur prêta pas attention, ne quittant pas Namor des yeux.

— Namorita a été tuée par un super-vilain, dit-elle. Pas par un héros.

— Un vilain. (Namor la fixait avec la même intensité.) Comme moi ?

J'avais tort, pensa-t-elle. *Il a* changé. *Il est plus amer, plein de ressentiment. Il n'y a plus aucune joie en lui. Et pourtant…*

…il ne tolérera pas qu'on me fasse du mal.

Jane se sentit soudain très calme. Elle fouilla dans son sac et en sortit un petit cylindre étanche en marbre sculpté.

— Cette urne contient les cendres de ta cousine, dit-elle. Enfin, ce que nous avons pu récupérer. Je regrette qu'il ne reste que ça d'elle.

Un murmure de surprise parcourut la foule. Namor accepta l'urne devant un millier de regards et en caressa la surface de ses mains.

Jane s'éclaircit la voix.

— Namor, je… je suis vraiment désolée de…

— Vashti.

Namor fit un signe brusque et un vieil homme se mit à nager vers lui. Il le prit par le cou dans un geste familier et, d'un air pressant, il lui murmura des paroles à l'oreille.

Puis il attrapa le bras de Jane et la conduisit brutalement vers un grand bâtiment surmonté d'une tour évoquant un minaret.

— Viens avec moi, dit-il.

— Vire tes sales pattes.

Mais elle se laissa guider. Derrière elle, elle entendit le vieil homme s'adresser à la foule :

— Euh... La cérémonie reprendra demain. Guerriers, retournez à vos postes...

Après avoir traversé un hall en marbre et un salon rempli de fauteuils flottants, Namor emmena Jane directement dans la chambre à coucher royale. Un énorme lit rond occupait presque entièrement la pièce, recouvert de draps étanches qui ondulaient. Tandis qu'elle regardait autour d'elle en faisant la moue, il se débarrassa de sa tunique et commença à enlever son pantalon de cérémonie.

— Hum...

Il s'arrêta, et elle vit dans son regard l'éclat de malice qu'elle connaissait bien.

— Pourquoi es-tu venue ici, Jane ?

Elle désigna l'urne, jetée sur le lit.

— Je...

Il ôta son pantalon d'un geste brusque, et apparut dans sa tenue habituelle : un maillot de bain vert couvert d'écailles. Lorsqu'il reprit la parole, sa voix avait un ton menaçant.

— Ne me raconte pas de mensonges.

Elle acquiesça, lèvres serrées.

— Ça va mal, Namor. Ils ont créé une sorte de conscription pour surhumains, et ils emprisonnent ceux qui refusent de s'y soumettre. Ils ont déjà tué l'un d'entre nous.

D'un geste impatient de la main, il lui fit signe de continuer.

— Notre... Le raid de Captain America est prévu pour demain soir. Tu disposes de l'une des armées les plus redoutables au monde, Namor. Ton soutien pourrait faire pencher la balance en notre faveur.

Namor la fixa longuement d'un air absent. Puis il renversa la tête en arrière et éclata de rire.

— Tu as entendu mon peuple, dit-il. Tu as senti leur souffrance, leur colère. Je suis leur roi, je partage leur chagrin et leur indignation. Par les sept mers, pourquoi t'apporterais-je mon soutien?

— Captain America est l'un de tes plus vieux amis. (Elle sentait que sa voix commençait à trembler.) Tu as combattu à ses côtés pendant la Seconde Guerre mondiale... Personne ne le connaît depuis plus longtemps que toi.

— Et où est cet ami, en ce moment? (Namor nageait dans la chambre en faisant de grands gestes théâtraux.) Trop occupé par ses petites luttes de pouvoir, visiblement. C'est *toi* qu'il envoie à sa place pour tirer parti de notre relation privilégiée.

Jane se sentait à présent toute petite et vulnérable dans les appartements privés de Namor.

— Nous n'avons aucune relation, dit-elle calmement.

Namor l'observa attentivement, et ses lèvres dessinèrent un sourire narquois. Il glissa dans l'eau et s'assit à côté d'elle au bord du lit.

— Très bien, dit-il. Je vais t'aider, Jane Storm.

Quelque chose dans le ton de sa voix la glaça.

— C'est Richards, maintenant, répondit-elle.

Il repoussa le drap du dessus et montra le lit.

— Je préfère Storm, la tempête.

Toute la rage et la frustration des semaines écoulées déferlèrent en elle. Elle *gifla* Namor aussi fort qu'elle le put compte tenu de la résistance de l'eau. Il tressaillit à peine, mais son regard se durcit.

— Tu es un enfant arrogant qui se croit tout permis et qui pense que tout et tout le monde est à sa disposition, siffla-t-elle. Tu as toujours été comme ça.

— Ça ne te déplaisait pas, autrefois.

— Je n'ai pas terminé. Tu ne respectes pas les femmes, tu ne te respectes pas toi-même. Et pourtant, malgré tout, j'ai toujours pensé que tu avais au fond de toi une certaine conception de l'honneur. Quelque chose qui faisait que ton peuple était prêt à te suivre n'importe où.

» J'avais tort. C'est donc *ça* le prix à payer? Tu nous aideras, tu sauveras nos amis et nos alliés de la prison, de la domination et de la mort, si et seulement si j'accepte de *coucher avec toi*?

Il se détourna d'un air rageur et haussa ses épaules musclées et tendues.

— Cette conversation commence à m'ennuyer.

— C'est dommage. Vraiment dommage. Tu sais pourquoi? Parce que c'est important pour moi. J'ai quitté mon mari et mes enfants, ce qui est la pire épreuve de toute ma vie. Ils me manquent terriblement, ils me manquent chaque seconde de chaque jour, je les vois partout mais ce n'est pas eux, ce n'est que moi, ce n'est que dans ma tête. Et je n'ai pas fait tout ça, je n'ai pas brisé ma vie, pour pouvoir venir ici et me soumettre aux caprices d'une espèce d'homme-poisson hypocrite et bouffi d'orgueil. *Je l'ai fait pour défendre une cause juste!*

Elle se rua vers lui, mais il s'était éloigné. Il se tenait à l'autre bout de la chambre, l'air furieux, abattu.

Bien joué, pensa-t-elle. *Je suis allée trop loin. En admettant qu'il ait voulu nous aider, sa fierté l'en empêchera, maintenant.*

Sa colère retomba. Elle se sentait honteuse, envahie par un sentiment d'échec. Elle avait envie de pleurer.

Mais malgré tout, elle voulait rester honnête avec lui. Une petite voix en elle l'empêchait de repartir sans lui avoir dit la vérité.

— Les cendres. (Elle montra l'urne.) Je… nous ne sommes pas sûrs qu'il s'agisse de celles de Namorita. Le lieu de l'affrontement a été littéralement atomisé. Les autorités ont fait de leur mieux, mais…

Namor serra les dents.

— … mais que ce soit les siennes, celles de Speedball, de Night Thrasher ou de Microbe, est-ce que c'est vraiment important, Namor?

Il resta silencieux. Il montra la porte du doigt, le bras tendu, les yeux brûlant d'une colère froide.

Elle sortit, traversa le salon à la nage, puis le grand vestibule, et se retrouva en pleine mer dans la cité d'Atlantis. Elle croisa la foule grouillante de ces hommes et femmes amphibies qui vaquaient à présent à leurs occupations quotidiennes et qui, en la voyant passer, marquaient une pause pour lui lancer un regard hostile.

Exactement comme les êtres de la surface. Si mesquins, si étriqués. Pétris de leurs petites haines, prompts à calomnier et diaboliser autrui.

Non, pensa-t-elle, *il y a une différence. Quand le peuple de Namor pleure, les larmes se diluent dans la mer.*

VINGT-HUIT

— Si je comprends bien, Namor nous fait faux bond?

Johnny Storm referma son téléphone portable d'un coup sec et secoua la tête.

En tête du groupe qui descendait le couloir, Cap tentait de ne pas trop s'appuyer sur sa jambe blessée. Il ressentit une pointe de colère. Pendant la campagne du Pacifique, il avait vu le Prince des Mers raser une base japonaise avec l'aide d'un seul homme – Cap lui-même. À l'époque, Namor ne l'aurait jamais laissé tomber.

— Et les autres? demanda-t-il.

— Wolverine préfère ne pas contrarier les X-Men, donc c'est non. (Le Faucon consulta sa tablette.) Et le S.H.I.E.L.D. vient d'arrêter Hercule dans la banlieue de Chicago. J'aurais bien voulu voir ça. Ça a dû chauffer.

— Dommage. Tony a déjà un dieu grec dans son camp, Hercule nous aurait été utile.

— En revanche, la Panthère noire est avec nous, annonça Johnny. Il ne décolère pas depuis l'affaire Bill Foster, et il m'a assuré de son soutien et de celui de Tornade.

— Tornade n'est pas une mutante?

— Elle est aussi reine du Wakanda, désormais. Je suppose que cela l'emporte sur la neutralité des X-Men.

— Et le Docteur Strange ?

Le Faucon fronça les sourcils.

— Il a dit qu'il devait méditer sur la situation. La dernière fois qu'on s'est parlé, il entrait dans la « Transe de Huit Jours de la Faltine ». Mieux vaut ne pas compter sur lui pour ce soir.

Cap tapa du poing dans sa paume. Comme toujours avant un combat, il était gonflé à bloc et anxieux. Surtout quand ce combat comportait autant d'inconnues.

— C'est la première phase de l'assaut qui m'inquiète, dit-il.

Le Faucon hocha la tête.

— Il nous faut le plus de troupes possible. J'ai appelé tous les réservistes, Cap.

Cap franchit la porte de la salle de conférences. Un groupe de héros aux costumes colorés était assis autour de la table : Cage, l'Épée, Patriot, Speed, Photon, Stingray, et au moins une demi-douzaine de nouvelles têtes. Cap reconnut les anciennes super-vilaines Asp et Diamondback, entre autres.

Seul dans un coin, le Punisher nettoyait soigneusement deux fusils automatiques, un bidon de lubrifiant ouvert devant lui.

Cap prit place en bout de table, Johnny et le Faucon s'installèrent de chaque côté.

— Bon, passons aux choses sérieuses, dit-il en appuyant sur un bouton devant lui.

Des projecteurs holographiques fraîchement installés bourdonnèrent, et un schéma pivotant se matérialisa au-dessus de la table. Il représentait un ensemble de bâtiments imbriqués, faisant saillie sur un rocher en suspension dans une version surréaliste de l'espace.

— Le Punisher a récupéré toutes les données sur la prison de la Zone Négative. C'est un immense centre de détention, spécialement conçu et construit par Stark Enterprises pour enfermer les surhumains. Cette image en trois dimensions nous en fournit le plan.

Cap leva les mains vers l'hologramme et l'ouvrit d'un pincement des doigts. L'image zooma à l'intérieur, circulant entre les bâtiments pour révéler des corridors, des cellules, des salles de sport et des unités médicales, tous soigneusement identifiés.

Tout autour de la table, les héros étaient penchés en avant pour observer l'animation.

Photon fronça les sourcils.

— C'est rempli de super-vilains, non ?

— *En apparence*, c'est un endroit pour les super-vilains à haut risque. Mais bon nombre de super-héros rebelles sont incarcérés là aussi. Bon nombre de nos amis.

— Stark, Red Richards et Henry Pym envisagent de placer des héros à leur service dans chaque État, dit le Faucon. Au final, il y aura cinquante portails menant directement dans la prison. Mais pour l'instant…

Il appuya sur un bouton et l'hologramme disparut. Une nouvelle image se dessina : le toit en forme de flèche du Baxter Building.

— …il n'y en a qu'un.

— Mais nous devons faire vite. (Cap se pencha au-dessus de la table, son cœur battant à tout rompre.) Selon nos sources, ils préparent une grande offensive contre la communauté surhumaine dissidente, qui mobilisera à la fois le S.H.I.E.L.D. et les Thunderbolts. Donc, si nous voulons agir, c'est maintenant ou jamais.

Il balaya la pièce du regard. Certains héros semblaient mal à l'aise, en particulier les plus jeunes : Patriot, l'Épée, Speed.

— Écoutez, poursuivit Cap. Je sais que c'est difficile. Vous êtes tous habitués à combattre, à braver le danger, et même à vous cacher des autorités. Ce dont vous n'avez *pas* l'habitude, c'est d'avoir à vous battre contre d'autres héros – contre des individus dont les priorités, en d'autres circonstances, seraient exactement les mêmes que les vôtres. (Il baissa les yeux, brièvement.) Contre des amis et d'anciens amis.

» Mais vous devez vous blinder, être prêts pour ce qui va se passer ce soir. Car si Iron Man ou Miss Marvel lancent une attaque aérienne contre vous, vous devrez agir vite et sans hésiter pour les *mettre à terre*. Sinon, vous serez les prochains pensionnaires de leur petite geôle extraterrestre. Et pire que ça : vous laisserez tomber tous ceux qui sont ici.

Tigra entra dans la pièce.

— Un peu d'aide serait la bienvenue, semble-t-il.

Elle fit un geste théâtral…

…et Spider-Man surgit à son tour. Il portait son premier costume, le rouge et bleu avec un motif en forme de toile d'araignée. Il leva la main, fit un signe timide.

— Salut, les gars.

Avec un sourire jusqu'aux oreilles, Johnny Storm se leva d'un bond. Il courut vers Spider-Man et le serra chaleureusement dans ses bras.

— Ne me refais plus une peur pareille, taré de monte-en-l'air.

— Tu as pris quelques coups, toi aussi, Tête d'allumette. (Spider-Man fit la grimace.) N'appuie pas trop fort sur mes côtes, tu veux ? Je suis encore un peu bancal.

— Chochotte, va. Toujours à tenter d'apitoyer les dames.

— Bon, ça va. (Cap fronça les sourcils et les deux hommes se séparèrent.) Spider-Man, tu es sûr que tu es d'attaque ?

— Tout à fait, Cap, répondit-il en jetant un regard autour de la pièce. Et je pense que tu as besoin de renforts.

Spider-Man s'assit près de la porte, sur une chaise libre à côté du Punisher. Le justicier examinait un fusil démonté, glissant du lubrifiant dans la chambre de combustion.

— Tu, euh, tu les emportes partout avec toi ? demanda Spider-Man.

— Tu pourrais me remercier, rétorqua le Punisher, ne levant même pas la tête. Pour t'avoir sauvé la vie.

Cap désigna le Baxter Building, zoomant sur les étages supérieurs.

— Les points stratégiques sont *ici* et *là*. Le laboratoire principal de Red et la salle des serveurs.

— Elle est appelée « Quinconce ». (Johnny se pencha en avant, fronça les sourcils.) Je n'ai jamais vu cette pièce auparavant.

— Nous devrions pouvoir entrer. Mais il est possible qu'il y ait des défenses que nous n'avons pas anticipées.

Cage passa un bras autour du Faucon et l'autre autour de l'Épée.

— Mais nous avons de la ressource, nous aussi.

— N'empêche. Même avec Spider-Man, j'ai peur que nous n'ayons pas assez d'effectifs.

Diamondback, une super-vilaine repentie habillée de noir et de pourpre, se leva.

— Je peux arranger ça.

Elle fit un geste vers la porte du fond, à l'opposé de Cap.

— Goldbug ? Le Pillard ?

La porte s'ouvrit et deux hommes entrèrent. Goldbug portait une armure intégrale rouge et or, avec un casque métallique évoquant une mandibule d'insecte. Le costume du Pillard était plus classique : justaucorps bleu et blanc avec un col montant et demi-masque.

Tous deux étaient des super-vilains. Non repentis, à la différence de Diamondback et Asp. Des criminels recherchés.

Cap soupira.

Goldbug se retourna pour s'adresser directement à lui.

— Vous n'êtes pas les seuls à vous inquiéter de l'avènement d'un État policier, Captain. Les projets de Stark effrayent la communauté des super-criminels plus que quiconque.

— Ouais. (Le Pillard promena un regard nerveux sur les héros.) On est juste passés vous dire qu'en cas de besoin, vous pouvez compter sur nous. Si *Iron Man* a des super-vilains à ses côtés, je vois pas pourquoi vous…

Une fusillade assourdissante l'interrompit. Cap bondit sur ses pieds au moment même où le Pillard et Goldbug hurlaient d'agonie. Ils tombèrent à la renverse, secoués de spasmes, le corps criblé de balles.

Tous les héros se levèrent comme un seul homme. La Torche s'enflamma ; Spider-Man sauta sur un mur, regardant frénétiquement autour de lui. Les mains de l'Épée émirent une énergie lumineuse.

Le Punisher restait calme, sa chaise renversée derrière lui. Ses deux semi-automatiques fumaient encore entre ses mains.

Spider-Man fonça sur lui.

— Quoi ? dit le Punisher en haussant les sourcils.

L'ombre noire dans le ventre de Cap se mit à bouillonner. Il sauta par-dessus la table et frappa violemment le Punisher au visage. Le justicier grommela, laissa tomber ses armes et tomba contre le mur.

Cap lui lança un regard furieux. Le Punisher essuya le sang qui coulait sur ses joues et leva lentement les yeux. Cap se raidit, prêt à lui porter un autre coup.

Mais le Punisher resta assis, tapi contre le mur. Il semblait déconcerté, tel un chien ne comprenant pas pourquoi il avait été puni.

— Espèce de sale ordure, siffla Captain America.

— C'étaient… des crapules. (Le Punisher se redressait avec peine.) Des voleurs, des assassins…

— Ferme-la !

Cap leva la jambe, donna un coup de botte dans la mâchoire du justicier. Du sang gicla sur le mur. Avant que le Punisher ait pu réagir, Cap l'attrapa par le collet et abattit son bouclier sur sa gorge, manquant de lui briser le cou.

Soudain, tout le monde s'agita. Certains héros se précipitèrent vers les cadavres des deux vilains ; d'autres encerclèrent Cap et le Punisher. D'autres encore quittèrent la pièce pour aller chercher des secours médicaux. L'hologramme resta en suspension au-dessus de la table, oublié dans le chaos.

— Cap, dit le Faucon.

Mais Cap l'entendait à peine. Le monde s'était rétréci pour n'être plus qu'un minuscule ring de combat. Plus de Recensement, plus de prison secrète, plus de Résistance ni de Thunderbolts ni d'Initiative des Cinquante États. Juste Cap, le super-soldat, et son adversaire. Un assassin avec un t-shirt orné d'une tête de mort, qui était appuyé, meurtri et en sang, contre le mur devant lui.

Juste moi, se dit Cap, et *ma plus grave erreur*.

Mais le Punisher ne bougeait pas.

Cap tendit son poing, prêt à en découdre.

— Bats-toi, espèce de lâche.

Le Punisher secoua la tête, fit la grimace.

— Non… (Il cracha du sang.) Pas contre toi.

Cap le regarda un long moment. Puis il baissa le poing.

— Sortez-le d'ici, dit-il. Et jetez ses flingues dans l'incinérateur.

Tigra fit un geste. Patriot vint la rejoindre, et ils prirent chacun le Punisher par un bras. Le justicier ne bougeait toujours pas.

— Bon, euh… dit Cage. On va appeler les médecins pour qu'ils évacuent ces macchabées.

Patriot se pencha vers Spider-Man.

— Pourquoi il n'a pas voulu frapper Cap ?

— Ils sont tous deux soldats. Le Punisher s'est sans doute engagé dans l'armée pour suivre l'exemple de Cap. Si la guerre est différente, les hommes sont bien les mêmes.

Cap fonça sur eux, fusillant Spider-Man du regard.

— *Faux*, dit-il. Le Punisher est cinglé.

Spider-Man approuva d'un signe de tête, un peu trop vite.

— Je sais, Cap. Je le connais.

Cap se détourna, les poings serrés. Il plissa fermement les paupières jusqu'à ce que son champ visuel ne soit plus qu'un brouillard rouge. Autour de lui, il entendait les civières rouler, les machines s'activer.

— Ça ne change rien. Le compte à rebours de la pré-attaque commence maintenant. (Il se retourna face au groupe.) Équipe Liberté, retrouvez-moi dans dix minutes pour une réunion stratégique. Les autres, allez vous préparer.

Il passa ses soldats en revue. Ils avaient tous l'air paniqué, hésitants. Les yeux de l'Épée étaient plus grands que jamais ; Photon semblait regretter d'avoir rejoint le groupe. Cage avait baissé ses lunettes de soleil et fixait Cap, les lèvres pincées.

Et le Faucon regardait ailleurs.

Ce n'est pas une armée, réalisa Cap. *Ce sont des individus habitués à travailler seuls ou par petits groupes. Et ce soir, ils vont attaquer les forces conjuguées de Stark Enterprises, du S.H.I.E.L.D. et du gouvernement américain.*

Mais ils n'auraient pas le choix. *L'enjeu est trop important. Il en va de notre liberté et de celle de nos amis. Et de l'avenir de notre mode de vie.*

Ce soir, d'une manière ou d'une autre, cet avenir serait tracé.

VINGT-NEUF

Les articulations de Spider-Man craquaient; son cou lui faisait mal. Un brouillard opaque, laissé par les grenades du Pitre, lui embrumait encore l'esprit. Son sens d'araignée se déclenchait constamment, l'avertissant d'un danger à tous les coins de rue.

Mais à un moment, durant le trajet jusqu'au Baxter Building, il avait réalisé qu'il se sentait bien. Mieux qu'il ne s'était senti depuis longtemps. Peut-être était-ce la légèreté de son vieux costume bleu et rouge. L'uniforme qu'il avait cousu lui-même, quelques jours seulement après avoir été mordu par une araignée radioactive quand il était adolescent.

Ou c'est peut-être parce que je suis enfin à ma place, se dit-il.

— Profitons-en tant que nous sommes encore jeunes, Parker! Du moins, certains d'entre nous.

Il suivit Johnny Storm dans l'accès secret, installé en bas du mur d'un couloir.

— Doucement, Tête d'allumette. Cette moitié de «l'équipe Liberté» est…

Il s'arrêta net, la plaisanterie mourant sur ses lèvres.

La pièce cachée – le Quinconce – était sphérique. Elle mesurait quatre ou cinq mètres de diamètre, et pouvait contenir quatre ou cinq personnes. Les murs, le sol et le plafond étaient entièrement composés de plaques blanches triangulaires, assemblées avec une régularité parfaite. La structure évoquait deux dômes géodésiques réunis pour former une boule géante.

— Un icosaèdre, déclara Spidey. C'est un icosaèdre.

— Si tu le dis.

Une lumière bleu pâle éclairait la pièce, émise par les panneaux triangulaires. Un simple tabouret de bois était disposé sur le sol.

— Je confirme, fit Johnny. Je n'ai jamais entendu parler de cet endroit.

— Ou tu n'écoutais pas quand Red t'en a parlé.

— Ce n'est pas impossible, répondit Johnny en souriant.

Spider-Man sauta, tendant les bras vers deux plaques contiguës sur le «mur» de la sphère. Grâce à son fluide arachnéen, ses mains gantées s'accrochèrent instantanément à la paroi. Il était désorienté dans cette pièce où distinguer le bas du haut était quasiment impossible.

Une lumière clignotante attira son regard. Sous sa main, la plaque s'était allumée et affichait un menu :

ATTENTE COMMANDES
ENTRER MOT DE PASSE/EMPREINTE DIGITALE/RÉTINE

Un message semblable apparut sur trois autres plaques, celles sur lesquelles s'étaient fixées ses bottes et son autre main. Il montra du doigt les pieds de Johnny ; le même phénomène s'était produit à l'endroit où il était.

Johnny enleva un gant et tendit la main. Il toucha une plaque murale. Elle s'alluma, puis indiqua :

IDENTITÉ CONFIRMÉE : JONATHAN STORM
ACCÈS AUTORISÉ

La plaque s'ouvrit, révélant une rangée de boutons et de câbles. Johnny haussa les épaules et appela Spider-Man à la rescousse.

— Selon les plans volés par le fou de la gâchette, cette pièce contrôle les accès aux labos et au portail de la zone négative. (Spider-Man tendit la main vers l'un des boutons.) Voyons à quoi sert celui-ci.

Johnny se boucha les oreilles, faisant mine de craindre le pire. Spider-Man leva les yeux au ciel et appuya sur le bouton. Un message s'alluma sur le panneau voisin.

VOUS VENEZ DE DÉSACTIVER LE ROBOT BABY-SITTER H.E.R.B.I.E.
VOULEZ-VOUS CONTINUER ? OUI/NON

Spider-Man et Johnny se regardèrent. Johnny effleura la touche « Oui ».

À l'autre bout de la pièce, au niveau du plafond, un nouveau panneau s'ouvrit. Spider-Man fronça les sourcils et bondit sur la paroi incurvée. Une fois de plus, une autre plaque s'alluma à côté du panneau ouvert.

RECHERCHE AUTRES BABY-SITTERS DISPONIBLES.
VOULEZ-VOUS CONTINUER ? OUI/NON

Spider-Man baissa les yeux vers Johnny.

— Je ne comprends pas. Comment un individu normal peut-il gérer toutes ces commandes ? Moi, je dois sauter comme un cabri dans toute la pièce.

Johnny plissa le front, puis claqua des doigts. Une petite flamme surgit, comme s'il avait allumé un briquet.

— Cet endroit n'est pas conçu pour un individu normal, mais pour Red. (Johnny désigna le petit tabouret.) Tous ses membres sont élastiques, tu te souviens ? Il peut s'asseoir ici, étirer son cou de tous côtés pour lire les écrans, activer une série de commandes en allongeant sa main gauche, et une autre série, à l'autre bout de la pièce, en allongeant sa main droite. Et peut-être une autre encore avec ses orteils ou…

— On va s'arrêter aux orteils. Mais oui, ça paraît logique. (Spider-Man referma le panneau et sauta au sol.) À propos de Red…

— Il est à Washington pour faire un rapport à la commission du Congrès.

Johnny tendit le bras pour toucher une autre plaque.

CONTRÔLES VERROUILLAGE HABITATION
VOULEZ-VOUS CONTINUER ? OUI/NON

— Là, on en a pour un bout de temps à comprendre, soupira Johnny.

— Sauf qu'on a intérêt à se dépêcher. (Spider-Man plongea la main dans le panneau ouvert, et entreprit de déplacer des câbles.) Chaque minute perdue rapproche toute la Résistance d'un long séjour dans la prison 42.

CAP ÉTAIT NERVEUX. Chaque étape de cette opération ne tenait qu'à un fil. Jane Richards avait réussi à dissimuler le groupe assez longtemps pour tromper les gardes postés devant le Baxter Building. Et les informations dérobées par le Punisher leur avaient permis d'entrer et de monter à l'étage sans être détectés.

Mais il y avait eu des moments délicats. Les pouvoirs de Jane pouvaient rendre les héros invisibles, mais pas silencieux. Un éternuement de l'Épée avait failli tout gâcher.

Maintenant, il y avait deux douzaines de super-héros hors-la-loi entassés dans le corridor et faisant de leur mieux pour être discrets. C'en était presque drôle. Jane, en sueur, tenait sa tête entre ses mains, épuisée à force de maintenir un champ d'invisibilité aussi large. Cap se pencha vers elle.

— Encore quelques minutes, Jane.

Elle hocha la tête.

Deux agents du S.H.I.E.L.D. montaient la garde devant la porte du labo de Red. Cap fit un signe à Cage et à l'Épée. Les deux héros avancèrent. L'Épée tira des lames de lumière sur l'un des agents, l'assommant et fracassant son arme. Cage décocha un violent coup de poing dans le ventre de son collègue. L'homme se plia de douleur, cherchant son arme à tâtons. Cage enchaîna avec une manchette à la tête.

Cap accourut, rattrapa l'agent dans sa chute. Il lui ôta son gant et leva la main vers la porte. Elle s'ouvrit.

— Et voilà, dit-il.

Il fit signe au groupe de le suivre.

Le laboratoire de Red était toujours aussi sombre, et plus en désordre que jamais. Des tableaux blancs, des gadgets et des plans étaient éparpillés partout. Des liquides bouillonnaient dans des béchers, restes d'expériences en cours et vite oubliées.

Jane chancela.

— Cap ?

— Tu peux laisser tomber le champ maintenant, Jane.

Elle s'appuya contre une table, épuisée. Les membres de la Résistance apparurent comme par magie.

Cap fronça les sourcils. Quelque chose clochait; tout était trop facile. Deux agents du S.H.I.E.L.D. pour garder le seul portail terrestre vers la Zone Négative ?

Le Faucon passa devant Cap avec T'Challa, la Panthère noire. En tant que roi de la nation africaine du Wakanda, la Panthère avait collaboré à plusieurs reprises avec les Quatre Fantastiques et il connaissait leurs systèmes.

— Merci d'être venu, T'Challa. Je sais que l'intérêt du Wakanda serait de rester neutre.

— N'en parlons plus, Captain. (T'Challa baissa son masque, révélant son visage aux traits nobles.) Si j'avais répondu présent dès le départ, notre ami Bill Foster serait peut-être encore de ce monde. Comme ma femme me l'a rappelé.

Un sourire triste aux lèvres, il regarda vers l'autre bout de la pièce. Tornade, déesse des éléments des X-Men et épouse de T'Challa depuis peu, tendit les bras et lança un petit éclair affectueux à son mari.

Le Faucon entraîna la Panthère vers le portail de la Zone Négative, sombre et inerte. Cap les rejoignit.

— Qu'en penses-tu, T'Challa ?

La Panthère fronça les sourcils, effleura un clavier sous un écran noir.

— Il est désactivé, déclara-t-il. Les systèmes sont coupés et aucune énergie ne l'alimente.

Le Faucon se tourna vers Cap.

— Quelque chose ne va pas. D'après le Punisher, il est opérationnel tout le temps.

— En effet. Sauf si nous attendons des saboteurs.

Cap se retourna brusquement. Un pan de mur entier se mit à coulisser en bourdonnant pour s'ouvrir sur une immense pièce. Une baie vitrée inonda de lumière le laboratoire normalement plongé dans l'ombre.

Dans la pièce, il y avait Miss Hulk. Miss Marvel. Œil de Faucon. Stature, très déterminée du haut de ses deux mètres cinquante. Mister Fantastic.

Les Thunderbolts étaient avec eux : quatre super-vilains, chacun d'eux étant une arme vivante. Bullseye, le tireur d'élite. Lady Deathstrike, la redoutable criminelle cyborg. Venom, une petite frappe possédée par un parasite alien, sa longue langue de serpent dégoulinant d'acide. Le Maître de Corvée, avec sa tête de mort, dont la spécialité était l'entraînement des super-vilains.

Stark avait aussi de nouveaux alliés. Wonder Man. Captain Marvel, le guerrier alien récemment ressuscité. Spider-Woman. Doc Samson. Sentry, étincelant de pouvoir surnaturel. Hermès, le dieu grec à la rapidité légendaire. Henry Pym, dans son dernier costume de super-héros, celui de Pourpoint Jaune.

Et ce n'était pas tout : de jeunes recrues en provenance directe des camps de l'Initiative étaient là aussi, habillées de bleu, jaune et rouge. Une marée de jeunes gens aux talents divers, mutants et aliens, cyborgs et combattants ordinaires. Ils avaient la peau noire, blanche, brune, ou d'une autre couleur, celle de races jamais vues sur Terre.

À leur tête, comme toujours, une silhouette étincelante, rouge et or.

— Tony, dit Cap.

D'un geste circulaire de son bouclier, il ordonna à la Résistance de reculer. Ils prirent position derrière lui, face aux nouveaux venus.

— Tu es tombé dans un autre piège, Captain, dit Iron Man d'une voix calme. Et cette fois, nous avons de nouveaux alliés pour nous épauler.

Cap regarda froidement les Thunderbolts.

— Tu dois en être très fier.

Bullseye écarquilla les yeux, un sourire cruel aux lèvres. Venom promena sa langue autour de sa bouche grotesque.

— Nous avions une taupe chez vous depuis le début, poursuivit Tony. Je pense qu'il serait temps de vous rendre.

— Si tu fais allusion à Tigra, tu ne m'apprends rien.

Tigra tourna la tête vers Cap.

— Quoi ?

Il l'observa, avec des sentiments mitigés.

— Tu as poussé le bouchon un peu trop loin au QG. Même si tu m'as donné des idées.

Tigra fixait Cap, une lueur de regret dans les yeux. Puis, légère comme une plume, elle bondit de l'autre côté de la pièce pour rejoindre Iron Man.

— Je suis un Vengeur, dit-elle

— Cela n'a pas d'importance, dit Tony. Même si certains renseignements fournis par Cap sont faux, nous avons toutes les cartes en main. Votre petite invasion s'arrête là. Tout de suite.

Captain America se retourna vers ses troupes. Cage et le Faucon avaient l'air furieux, prêts à en découdre. Photon, Stingray, Patriot, l'Épée, Speed, Asp, Diamondback et les autres semblaient vraiment solidaires, maintenant. Toute hésitation avait disparu. Ils se battraient jusqu'au bout pour lui, il le savait.

Ils ne sont pas assez nombreux. Mais peut-être que cela n'aura pas d'importance.

Cap s'avança, fixa les lentilles étincelantes d'Iron Man. Il se sentait fort, féroce, invincible. Tel David face à Goliath, tel Washington traversant le fleuve Delaware. Il entendait la cavalerie à l'horizon, les Marines prêts à déferler sur la plage.

Les cloches de la liberté.

— Sois raisonnable, dit Tony. Nous sommes deux fois plus nombreux que vous. Comment peux-tu espérer nous vaincre ?

Cap ne bougea pas, soutint son regard sans sourciller.

— Pas à pas. (Un sourire énigmatique se dessina sur son visage.) Pierre après pierre.

TRENTE

La Femme Invisible se baissa pour entrer dans le Quinconce. Johnny et Spider-Man se tournèrent brusquement vers la porte, affolés et perplexes. Spider-Man bondit, regarda vers le haut, puis vers le bas, et tout autour de la pièce.

— Sœurette ? appela Johnny.

Jane se rendit de nouveau visible.

— Oui. Écoutez, on a un problème.

— Sans blague.

Johnny désigna une rangée de panneaux ouverts, situés à hauteur de visage sur le mur opposé.

— Le système de fichiers de Red est un vrai sac de nœuds, comme ses membres quand il joue les hommes élastiques.

Spider-Man montra un écran affichant un labyrinthe de schémas électriques.

— Et en plus, ce vieil émulateur Atari n'arrête pas de se bloquer. Je ne vais jamais réaliser mon rêve d'enfance : devenir champion du monde du jeu *Centipede*.

Jane examina les panneaux. Six d'entre eux, contigus, formaient un grand écran sur lequel apparaissait un plan de la prison de la

Zone Négative. De petites icônes étaient positionnées au-dessus de chaque cellule individuelle ; elle en toucha une sur l'écran, et le nom de Daredevil s'afficha. Plusieurs autres plaques étaient démontées et dévoilaient un arc-en-ciel de câbles multicolores, d'interrupteurs et de microcircuits.

Johnny pointa le plan du doigt.

— On a piraté l'ordinateur central de la prison. On a même différencié les cellules des héros et celles des vilains.

— Oui. (Avec condescendance, Spider-Man posa une main sur l'épaule de Johnny.) *On* a fait du bon boulot.

Johnny ne releva pas la remarque.

— Mais il ne répond à aucune de nos commandes. On arrive à *voir* les cellules et chacun de leurs occupants, mais on ne peut rien faire.

Jane tendit la main vers un panneau ouvert et actionna un interrupteur.

— Voilà qui devrait nous donner accès aux clés virtuelles de Red.

Johnny pencha la tête vers sa sœur.

— Tu es déjà venue dans cette pièce ?

— Oh, oui. Red et moi, on aime venir ici pour… (Elle s'arrêta, lui lança un sourire en coin et se détourna.) Peu importe.

— C'est pas vrai. C'est. Pas. *Vrai* !

Spider-Man escalada un mur, tendant le cou pour voir l'affichage.

— Ne faites pas attention à moi. Il y avait juste une mouche ici.

Jane soupira. Elle avait l'impression d'avoir *deux* petits frères.

Elle se dirigea vers un autre panneau ouvert et actionna un nouvel interrupteur. Un des écrans scintilla et afficha une longue liste de mots :

```
Attilan Playground
Gamma Gamma Kree
Initiative Rusch
Five Firefly Fillion
Double Dutch Alec
Ballmer Wozniak Beta
```

Le texte n'arrêtait pas de défiler sur l'écran. Jane émit un juron.

— Ça veut dire quoi, sœurette?

— C'est une liste de mots de passe créée par Red. Elle contient celui que nous cherchons. (Elle fronça les sourcils.) Mais j'ignore lequel c'est.

Johnny se donna une claque sur le front.

— Vous pouvez faire confiance à Grosse Tête pour être lui-même son ultime dispositif de sécurité. Il y a des centaines de mots de passe là-dedans, et *lui* seul sait à quel système correspond chacun d'eux.

```
Echo Mack Bendis
Alpha Alonso Alpha Beta
Larry Mac Niven
Tera Byte Geo
Hester Prin Phillip
```

Spider-Man hocha la tête en fixant l'écran.

— C'est comme si je venais d'être frappé de dyslexie.

— La situation est grave, les garçons. Tony Stark nous a de nouveau piégés, au labo. Cap et lui sont en train de se tourner autour avant de se sauter à la gorge.

Spider-Man siffla entre ses dents.

— Ça s'est super bien terminé, la dernière fois.

— J'ai à peine eu le temps de me sauver avant que Red me voie. Il n'a pas quitté la ville, en fait – encore une chose qu'il ne m'avait pas dite, visiblement.

```
Octo Deca Mega
Miller Sin Millar
Hawking Negative Z
Sierra Charlie Peggy Lipton
Runciter Taverner Eldritch
```

Spider-Man sauta en l'air, faisant sursauter Jane et Johnny.

— Celui-là ! cria-t-il.

— Quoi ? Lequel ? demanda Jane en fronçant les sourcils.

Il pointa un doigt ganté sur l'écran.

— Celui-là ! *C'est celui-là !*

Johnny le regarda fixement.

— Peggy Lipton ?

— Des acteurs de télévision des années soixante. Faites-moi confiance !

Jane se retourna vers les panneaux sur lesquels s'étalait le plan de la prison. Elle fit apparaître un clavier virtuel et commença à taper.

Elle réalisa qu'elle retenait sa respiration. Cap et les autres étaient à la merci de Tony, en ce moment. Si ça ne marchait pas…

L'écran s'éteignit et, l'espace d'un terrible instant, Jane pensa qu'elle s'était déconnectée du système. Puis le plan réapparut, avec en transparence les mots :

```
Accès autorisé
```

— Génial ! (Johnny applaudit.) Je savais qu'on y arriverait.

— Tu recommences avec les « *on* » ?

Jane les ignora. Elle tendit la main vers l'écran tactile et commença à toucher chaque cellule. L'une après l'autre, elles se colorèrent de vert. Elle agrandit le plan d'un geste, avant de se déplacer dans la prison et de vérifier soigneusement chaque nom sur les cellules.

— Maintenant, le portail, dit-elle. Et ce sera…

Le hurlement d'une sirène la fit sursauter. Dans toute la pièce, la lumière baissa. Jane tourna brusquement la tête et vit que chaque écran, hormis ceux qu'elle utilisait, était à présent barré en rouge sombre du mot : « Alerte ».

— L'Équipe Liberté vient d'être démasquée, dit Spider-Man.

— Aucune importance. (Jane se tourna vers eux.) Je dois rester ici pour finir d'activer la séquence du portail. Descendez au labo donner un coup de main à Cap.

— Jane…

— Crois-moi, Johnny. Je serai moins en danger que toi.

Elle se remit face à l'écran et reprit son travail. Un menu déroulant intitulé «Portail Zone Négative» apparut.

Johnny lui fit un baiser sur la tête.

— Viens, Tisseur. Allons jouer les héros.

— Oui. (Jane fit la grimace en constatant que l'alarme ne s'arrêtait pas.) Et quand tu verras Red, colle-lui une bonne gifle pour moi.

Tony Stark avait gagné. Ses hommes se déployèrent lentement, encerclant la prétendue Résistance. Les partisans de Cap maintenaient leurs positions sans bouger. Mais une chose était claire, à présent: ils étaient pris au piège, ici, dans le laboratoire de Red.

Chaque étape de cette opération avait été planifiée, répétée, vérifiée encore et encore. En première ligne, les Vengeurs, forts de leur expérience; les Thunderbolts venaient en soutien, leurs instincts meurtriers tenus en respect par les nanomachines circulant dans leurs veines. Une petite troupe de recrues de l'Initiative formait un cercle sur les côtés. Et si, par un coup de chance extraordinaire, un ou deux rebelles parvenaient à s'enfuir, les hélicoptères du S.H.I.E.L.D. planaient juste à l'extérieur, prêts à les cueillir.

Les rebelles n'avaient aucun endroit où se réfugier, aucune autre carte à jouer. Et pourtant, Captain America toisait Tony, le foudroyant de ses yeux semblables à de la glace noire. Avec le sourire d'un mort.

Tony avait sérieusement envie de le frapper.

Il releva sa visière, s'efforçant de calmer sa colère.

— Si tu étais au courant pour Tigra, dit-il lentement, pourquoi l'as-tu gardée à tes côtés?

— Si je l'avais démasquée, tu t'en serais pris à nous plus tôt.

— Mais elle nous a conduits ici. Elle nous a dévoilé tout ton plan d'action.

Cap jeta un regard noir à Tigra.

— Pas tout, non.

— Bonté divine, mais qu'est-ce que tu *veux* ? (La colère le submergeait ; Tony sentit qu'il perdait tout contrôle de lui-même.)) J'ai *tout* fait pour t'aider. Je t'ai offert l'amnistie à plusieurs reprises. J'ai dissuadé le gouvernement américain de tous nous faire enfermer ! Sais-tu ce qui aurait *pu* se passer ici ?

Tous les regards étaient à présent tournés vers Tony. Red Richards serpenta jusqu'au premier rang du groupe.

— Qu'est-ce que tu veux ? répéta Tony. Est-ce que tu t'attends à ce que tout le monde te laisse faire ce qui te chante, quelles qu'en soient les conséquences ? *Dans quelle guerre crois-tu t'être engagé, exactement ?*

Cap lui lança un regard furieux et son visage se durcit.

— Il n'existe qu'une seule guerre.

— Excusez-moi. (Le cou allongé de Red se dressa entre Cap et Tony.) Où est Jane ? Je l'ai aperçue tout à l'heure.

— Pas maintenant, Ri…

Un bourdonnement retentit dans la pièce. Tony tourna la tête de tous les côtés pour en détecter la source. Des lumières se mirent à clignoter et des alarmes se déclenchèrent. Sur un grand écran s'éclairèrent les mots : « Accès projet 42 / Actif ».

— Le portail, dit Tony.

Quelques jeunes de l'Initiative se tenaient à proximité ; ils reculèrent en voyant apparaître le chaos tourbillonnant de la Zone Négative. Red Richards étira son corps élastique en direction du portail.

— Red ! cria Tony. Éteins ça.

Red fixa un instant le portail. Puis sa tête oscilla, comme à l'extrémité d'un ressort, et repartit dans le sens inverse. Il étira son buste vers un panneau de commandes situé de l'autre côté de la pièce.

Miss Hulk, Œil de Faucon, Wonder Man : l'un après l'autre, les Vengeurs se tournèrent vers Tony, l'air interrogateur.

Les rebelles commencèrent à s'agiter et à bander leurs muscles. Un sourire crispa le visage de Luke Cage.

— Forces de l'Initiative, poursuivit Tony, maintenez vos positions.

Il se retourna vers Cap. Le super-soldat avait un visage de marbre, il était prêt à se battre.

— Quelles sont tes intentions ? (Tony fit un geste dédaigneux.) T'enfuir dans la Zone Négative ?

— Pas vraiment.

Stature s'allongea jusqu'à atteindre trois mètres de hauteur et montra le portail.

— Monsieur Stark ! Regardez !

À l'intérieur du portail, se détachant de la lumière trouble d'une nébuleuse d'antimatière, apparut une nuée de points colorés. Des silhouettes humaines et humanoïdes, grandissant à chaque seconde. Certaines volaient grâce à leurs pouvoirs, d'autres se déplaçaient à bord de minuscules avions-fusées. Toutes en formation serrée, se rapprochant rapidement du portail ouvert.

Wiccan. Hulkling. Daredevil. La Cape. Valkyrie, Nighthawk, Hercule. Et des dizaines d'autres derrière eux.

— Les cellules, murmura Tony.

— Voilà qui devrait équilibrer les choses, dit Cap.

La forme rouge de Daredevil se précisa. Les ailes de Nighthawk battaient vigoureusement, le propulsant à travers l'espace sombre de la Zone Négative. La silhouette noire et menaçante de la Cape se présenta la première dans le portail, l'envahissant presque entièrement.

Luke Cage frappa la paume de sa main avec son poing.

La Cape traversa alors le portail, son habit tournoyant autour de lui. Daredevil le suivit, puis les autres. Hercule, le légendaire dieu grec, se mit à rire lorsque ses énormes jambes touchèrent le sol du laboratoire.

Les rebelles saisirent leur chance. Le laboratoire se transforma en champ de bataille.

Le Faucon s'éleva dans les airs. Œil de Faucon le poursuivit, bandant son arc et s'efforçant de viser dans sa direction.

— Hé, Faucon, cria-t-il. La croisade de Cap s'arrête là, mon vieux.

— Ce n'est pas mon impression, répondit le Faucon.

Plus bas, Wiccan et Hulkling donnèrent une rapide accolade à Speed et Patriot. Puis ils se tournèrent vers Stature, leur ancienne coéquipière. Ses yeux s'écarquillèrent de peur et elle regarda autour d'elle. Komodo, Hardball et Arsenal – stagiaires de l'Initiative comme elle – se précipitèrent à son secours. Arsenal projeta une violente rafale d'énergie, et le combat s'engagea.

— Ne leur faites pas de mal, dit Stature.

La Veuve Noire s'élança à la poursuite de Daredevil. Il la tint à distance en faisant tournoyer sa matraque et s'éloigna d'un bond, sautant par-dessus le cockpit désossé d'un engin spatial. Le regard assassin, elle le suivit en lui lançant des salves de dards.

L'Épée bondit comme une danseuse au-dessus de la mêlée, pour retomber juste à côté de son partenaire retrouvé. Sans même échanger un regard, ils se mirent en position de défense, dos à dos. L'Épée projeta ses lames de lumière sur les élèves de l'Initiative, les aveuglant et les étourdissant. La Cape les engloutit dans les profondeurs glacées de son habit.

— Vengeurs ! dit Tony. Pas de panique. Respectez les protocoles…

Il se retourna une seconde trop tard. Le poing de Cap s'abattit sur son visage dénudé, le faisant tourner sur lui-même. Il alla s'écraser sur une rangée d'ordinateurs qui volèrent en éclats dans une pluie d'étincelles.

Tony secoua la tête. Du sang coulait de sa mâchoire. Il leva la main et projeta un rayon répulseur. Cap fit un bond en arrière, esquivant le coup…

…et c'est alors que la porte du laboratoire fut soufflée de l'extérieur. Dans la fumée du couloir se dessina un bataillon d'agents du S.H.I.E.L.D. en tenue de combat. Maria Hill passa en tête et les entraîna dans la pièce dévastée.

Encore sonné, Tony tendit une main vers elle.

— Maria… non. Laissez mes hommes se…

Mais Hill n'écoutait pas. Elle fit des gestes rapides à l'intention de ses agents pour les diriger avec précision autour des groupes qui se battaient dans tout le laboratoire. Asp et Diamondback affrontaient ensemble le puissant Wonder Man, vêtu de noir. Photon se précipita aux côtés de Cage et de la Panthère, envoyant des décharges d'énergie sur un petit groupe d'élèves de l'Initiative qui se dispersèrent en hurlant.

Tony jeta un coup d'œil rapide à Cap, mais une masse enchevêtrée de membres et de chair vint s'écraser au sol entre eux. Tony recula, effrayé. Il reconnut à peine les dieux Hercule et Hermès, s'effondrant au sol en se battant. Leur corps à corps était brutal, sans pitié, ponctué de cris de victoire et de hurlements de douleur. Ils riaient, aussi.

Les dieux poursuivirent leur combat et atterrirent dans un mur. Lorsque Tony leva les yeux, Cap avait disparu.

Les rebelles continuaient d'affluer par le portail de la Zone Négative en une marée de costumes rouges, bleus, or et argent. Des humains, des extraterrestres, des cyborgs, des mutants. Tous emportés par la fureur.

Maria Hill les ignora. Elle fit un signe rapide en direction de Red Richards, qui était aux prises avec la belle Asp. Le corps de Red était enroulé autour d'elle et lui coupait la respiration. En suffoquant, elle envoya des décharges de venin sur les bras et la tête de Red, qui les esquiva en s'étirant.

Avec une grimace de douleur, Tony abaissa la visière de son casque et s'éleva dans les airs pour les rejoindre.

Sur ordre de Hill, une demi-douzaine d'agents du S.H.I.E.L.D. encerclèrent Asp. Red écarquilla les yeux ; il se déroula rapidement et se détendit comme un élastique au moment où les agents ouvraient le feu sur la jeune rebelle avec des fusils tranquillisants. Asp chancela, projeta une dernière décharge, et s'effondra.

— Maria ! cria Tony.

Hill ne répondit pas. Les agents saisirent Red Richards, médusé, et ramenèrent ses épaules malléables à la hauteur de leur chef.

— Docteur Richards, dit Hill. Montrez-moi comment rétablir le système de défense de ce bâtiment.

Red regarda autour de lui, abasourdi. Ses yeux passaient du portail de la Zone Négative où la bataille faisait rage, à la dizaine d'affrontements qui causaient des ravages dans son laboratoire.

— Qu'ai-je fait ? murmura-t-il.

— Docteur Richards. Nous devons fermer ce portail. (Elle sortit un Magnum et appuya le canon sur la tempe de Red.) *Maintenant.*

Red tourna la tête pour regarder Hill, puis le pistolet. Comme s'ils étaient des insectes qui auraient envahi son champ d'expérimentation étanche et stérile.

Tony étendit le bras et fit exploser le pistolet de Hill. Elle recula, se tenant la main avec une expression de douleur.

— Ce n'était pas utile, dit Tony, planant juste au-dessus d'elle. Red est notre allié.

Hill lui lança un regard furieux en se massant la main.

— Red. (Tony se déplaça pour atterrir.) Elle a raison.

Red fixa Tony un instant, l'air absent, puis il acquiesça. Il étira son bras jusqu'à un ordinateur situé sur un côté de la pièce.

Tony remonta en flèche pour faire un tour d'horizon des combats. Entre Red et l'ordinateur, Miss Hulk affrontait la brutale Valkyrie. L'épée de celle-ci jaillit, écorchant l'épaule de Miss Hulk, qui hurla de colère et abattit ses deux poings sur la tête de la guerrière.

Tony se déporta et ouvrit le feu sur Valkyrie avec ses deux répulseurs. Val s'écroula. Miss Hulk grimaça de douleur, mais tendit son bras indemne pour taper dans la main de Tony.

Les agents du S.H.I.E.L.D. enjambèrent Valkyrie, toujours à terre, et prirent le temps de lui tirer une fléchette tranquillisante dans le corps, par précaution. Red les conduisit vers un petit écran d'ordinateur auquel était relié un clavier. Par miracle, il était toujours intact.

Tony décrivit un arc de cercle et vint se poser à côté d'eux.

— Voilà, dit Red. Je peux fermer le portail d'ici.

— Alors dépêchez-vous, grogna Hill.

Tony se retourna pour regarder la bataille. Stature et Pourpoint Jaune, dos à dos, tenaient à distance quatre autres membres des Jeunes Vengeurs, passés dans le camp des rebelles. Un combat acharné avait éclaté dans les airs au centre du laboratoire, où la hauteur sous plafond était la plus élevée: Stingray et Nighthawk, côté rebelles, aidés par Tornade, la déesse de la tempête, s'efforçaient d'éviter les puissantes rafales d'énergie de Miss Marvel.

— Ferme également cette pièce, dit Tony. Peu importe le nombre de criminels qu'ils ont réussi à ramener de la Zone. Si on parvient à les bloquer dans le labo, on finira bien par les avoir.

Red acquiesça. Ses doigts s'allongèrent et tapèrent sur un clavier.

Tony serra les dents. *Tout n'est pas perdu*, pensait-il. *Ça ne peut pas se terminer comme ça. Pas avec tous les sacrifices que nous avons faits. Que j'ai faits.*

— Red ?

Devant son écran, Red avait l'air renfrogné.

— Quelqu'un d'autre a la main sur cet ordinateur. Depuis la salle Quinc...

Il s'arrêta et fixa l'écran.

Hill leva les bras au ciel.

— Quoi encore ?!

— La police de caractères... je la reconnais.

Les mains tremblantes, Red ouvrit une boîte de dialogue et tapa un seul mot :

```
Jane ?
```

Une rafale d'énergie les frôla et fit un trou dans le mur. Presque nonchalamment, Hill fit un signe, et deux agents du S.H.I.E.L.D. se positionnèrent en rempart derrière eux, tirant des fléchettes tranquillisantes sur les rebelles.

Lorsque Tony se tourna vers Red, il était en train de fixer à nouveau l'écran. La fenêtre de dialogue affichait une courte réponse :

```
Va au diable
Chéri
```

— Red ! (Tony le prit par les épaules.) Tu peux le faire. Tu dois le faire.

Red le regarda un long moment. Tony eut l'impression de le voir acquiescer...

…puis un projectile le frappa dans le dos avec un bruit sourd et mouillé. Il n'eut pas le temps de réagir. Il fut soulevé de terre par une force prodigieuse. Il tournoya dans les airs, les propulseurs de ses bottes enclenchés à fond… et se retrouva empêtré dans de la toile collante.

— Me revoilà, Tête-de-Fer. Et j'ai apporté mon *ouvre-boîtes*.

Le poing de Spider-Man s'abattit sur le casque de Tony, qui hurla de douleur. Une dizaine d'alarmes se déclenchèrent sur l'armure de Tony, mais le système de fermeture de son casque résista.

Tony tendit le bras et projeta un rayon répulseur sur Spider-Man. Le Tisseur détala le long du mur pour l'éviter – *maudit sens d'araignée !* – mais le rayon l'atteignit en haut de la poitrine. Son costume bleu et rouge se déchira, révélant sa peau brûlée.

Tony, toujours pris dans un filet de toile, se tordait en tous sens dans les airs. Il activa des mini rayons ciblés pour brûler la toile petit à petit, lentement mais sûrement.

— Tu aurais dû garder le nouveau costume, Peter.

— Impossible, *boss*. Il y avait trop de sang dessus.

— Laboratoire principal du Baxter Building. (Le son strident de la voix de synthèse envahit la pièce.) Systèmes de sécurité activés. Soixante secondes avant fermeture.

— Red ! hurla Tony. Fais taire ce truc. Inutile de les *prévenir*…

Spider-Man bondit en direction de Tony, ses deux poings fermés l'un dans l'autre. Il frappa la poitrine de Tony, qui émit un bruit métallique sonore, puis il s'éloigna rapidement. Tony tomba à la renverse et actionna ses répulseurs, mais Spidey bougeait trop vite pour qu'il puisse verrouiller sa cible. Il s'écrasa au sol, provoquant la fuite d'un groupe de recrues de l'Initiative.

Tony se releva… et remarqua que la répartition des forces en présence avait changé. Les membres de la Résistance s'étaient à présent regroupés, tournant le dos à la baie vitrée dans la salle adjacente. Ils étaient parvenus à former un barrage contre les alliés de Tony: les Vengeurs, les Thunderbolts, et les stagiaires de l'Initiative. Et le S.H.I.E.L.D.

Ils se tenaient côte à côte en une ligne continue. Ils avaient même un appui aérien : le Faucon, Stingray, Nighthawk et Tornade se tenaient en suspension au-dessus de leurs amis, usant de leurs pouvoirs et s'efforçant de repousser leurs alter ego de l'Initiative. Ils n'avaient qu'un objectif : protéger quelque chose, ou quelqu'un, derrière eux.

Spider-Man attaqua de nouveau Tony, lui portant des coups et lançant des jets de toile.

Tony activa son rayon pectoral et le régla sur le niveau de dispersion maximal. Spidey fut projeté en arrière en hurlant de douleur.

— Trente secondes avant fermeture.

La pensée le figea comme une rafale de glace : *Peter n'était qu'un leurre, pour m'empêcher de réaliser ce qui se passait…*

Il s'éleva dans les airs. Frappa violemment Stingray de ses répulseurs et de son rayon pectoral, ouvrant une brèche dans la défense aérienne des rebelles.

…de ce côté.

Tony survola la ligne des rebelles en évitant les éclairs générés par Tornade et les bras du Faucon. Puis il s'arrêta net en voyant…

…Captain America en train de porter de grands coups sur l'immense baie vitrée avec son bouclier. À ses côtés, l'Épée projetait un large éventail de lames de lumière, fragilisant le verre en une douzaine de points. Cage frappait violemment et sans relâche au même endroit. Hercule précipitait son corps massif sur la vitre et rebondissait, puis il recommençait encore et encore et encore.

Johnny Storm les avait également rejoints. Il lançait des boules de feu pour ramollir le verre, dont la surface étincelait sous les flammes jaunes et blanches.

Derrière la baie vitrée, le crépuscule était tombé. Un millier de lumières minuscules illuminaient les tours de Manhattan, qui se détachaient dans la nuit automnale.

Oh non, pensa Tony. *Non non non non non…*

— Quinze secondes avant fermeture.

— C'est maintenant ou jamais. (Cap leva son bouclier et poussa un cri.) *Liberté !*

— Cap ! hurla Tony. Ne fais pas…

Trop tard. Des dagues de lumière fusèrent, des poings endurcis par les combats de rue cognèrent. Des boules de feu irradièrent, les muscles d'un dieu se contractèrent et se relâchèrent. Captain America porta le coup final avec son bouclier.

La vitre se fracassa, projetant un millier d'éclats à l'extérieur. Captain America et ses amis basculèrent dans le vide.

L'air froid s'engouffra dans le bâtiment. Poussant un cri de ralliement, les autres membres de la Résistance suivirent leur chef. Ils coururent, sautèrent, et s'envolèrent dans l'obscurité.

Son fil de toile accroché au plafond, Spider-Man sortit le dernier. Et lorsqu'il s'élança dans le ciel, il se tourna vers Tony et lui fit un salut nazi.

Tony, en suspension dans les airs, était choqué, horrifié. *Un soir à Times Square*, pensa-t-il. *Il y a des milliers de personnes dans les rues. Des milliers de passants innocents, des gens que j'ai juré de protéger. Et à présent, ils sont mêlés à nos luttes.*

Il serra les poings. *Ça va mal. Nous ne maîtrisons plus rien ; la bataille déborde sur la place publique. La chose que j'ai essayé par-dessus tout d'éviter.*

— Alerte : brèche sur le périmètre extérieur.

Hill courut en direction de Tony, regarda fixement la vitre brisée et aboya des ordres dans l'émetteur sur son épaule. À côté d'elle, Red, sous le choc, s'étira en écarquillant les yeux. Les troupes de l'Initiative se précipitèrent pour les rejoindre, confiantes en leur chef.

Miss Marvel, forte et loyale comme toujours, s'élança dans les airs et se plaça face à Tony.

— Quels sont tes ordres ?

Il parcourut sa belle silhouette du regard, puis ses troupes rassemblées plus bas. Miss Hulk et la Veuve Noire, déterminées et fiables ; Œil de Faucon et Red, tiraillés entre deux camps. Stature, Hermès et les jeunes de l'Initiative, au début de leur carrière de super-héros. Les redoutables Thunderbolts, sarcastiques et vindicatifs, armes humaines que seule la technologie du S.H.I.E.L.D. permettait de contrôler.

Tony plongea alors son regard dans la nuit. Les hélicoptères du S.H.I.E.L.D. volaient bas, tournoyaient, leurs moteurs bourdonnant, attendant les ordres.

Il tendit un bras en avant et s'élança par la fenêtre. Puis il se retourna et régla les haut-parleurs de son armure au maximum.

— Arrêtez-les, dit-il.

TRENTE ET UN

— Que tous ceux qui volent attrapent les autres, hurla Cap ! *Vite* !

Étage après étage, le Baxter Building défilait effroyablement vite. Éclairés par les lumières criardes de Times Square, les héros tombaient en composant une palette surréaliste de couleurs vives.

La Torche s'enflamma et prit de l'altitude pour attraper au vol Jane et l'Épée. Dans un frénétique battement d'ailes, Nighthawk intercepta Daredevil, Valkyrie et Cage. Tornade agrippa son mari, et Spider-Man lança des fils de toile sur le flanc du Baxter Building pour ralentir sa chute.

Le Faucon descendit en piqué et attrapa Cap par les bras.

— Comme au bon vieux temps, hein, Cap ?

— Pas vraiment. (Cap lui adressa un regard reconnaissant.) Tu peux me remonter plus haut ?

Le Faucon hocha la tête et prit de l'altitude, son partenaire dans les bras. Le visage fouetté par l'air vif de la nuit, Cap se sentait ragaillardi. Il regarda en bas.

Comme toujours, le quartier de Times Square était noir de monde : banlieusards et touristes, artistes de rue et revendeurs de billets à la sauvette. Tous détalaient comme des lapins, fuyant la pluie de verre et de corps dégringolant du Baxter Building.

Des agents du S.H.I.E.L.D. en uniformes anti-émeute déferlaient sur la place, agitant des matraques et repoussant la foule vers le sud, en zigzaguant entre les tables métalliques qui entouraient les stands et les camions des marchands ambulants de beignets et hot-dogs. La police locale se déversait dans les rues pour évacuer les voitures. Des véhicules officiels s'arrêtaient dans un crissement de pneus pour bloquer les carrefours.

S'ils se contentaient de nous laisser partir, pensa Cap, *ce serait vite fini. Mais Tony lâche ses troupes au sol…*

— Holà, mortels ! cria Hercule en dépassant Cap et le Faucon dans sa chute. Laissez passer le fils de Zeus !

Dans un fracas assourdissant, Hercule s'écrasa sur le trottoir en riant. Le bitume explosa, la foule se dispersa. Une gerbe d'eau jaillit d'une bouche d'incendie éventrée.

Bon sang, pensa Cap.

Par groupes de deux ou trois, les membres de la Résistance se posèrent sur Times Square. La Torche d'abord, portant Jane et l'Épée. Tornade et la Panthère. Spider-Man les rejoignit, tout en lançant un jet de toile pour colmater la bouche d'incendie percée.

Sur un signe de Cap, le Faucon se retourna vers le Baxter Building.

La brèche était bien visible au niveau du laboratoire de Red. Plusieurs silhouettes penchaient la tête à l'extérieur, mais Cap ne pouvait pas les identifier à cette distance. Quatre hélicoptères du S.H.I.E.L.D. survolaient le secteur.

Et en bas…

Un individu en costume bleu foncé et blanc sortit du Baxter Building, ses traits cruels éclairés à intervalles réguliers par l'enseigne au néon d'un théâtre de Broadway. Bullseye. Le Maître de Corvée le suivait, puis Lady Deathstrike. Et enfin Venom, dans sa caricature noire du costume de Spider-Man, sa langue inhumaine cherchant une proie.

Les Thunderbolts. Les mercenaires de Tony Stark, sa propre troupe de super-vilains soi-disant sous contrôle. En liberté parmi les New-Yorkais terrorisés.

Après les Thunderbolts, les héros quittèrent le Baxter Building à leur tour. Miss Hulk, la Veuve Noire, Doc Samson. Cap eut un sombre pressentiment: *La bataille est loin d'être terminée.*

Les Thunderbolts échangèrent quelques mots à voix basse. Lady Deathstrike désigna quelque chose de son doigt long et anormalement pointu, et les autres se retournèrent. Cap plissa les yeux et aperçut leur cible: Stingray, en déséquilibre, s'apprêtait à se poser brutalement sur la zone piétonne pavée de bleu. Il portait Asp, qui se débattait. Elle glissa, et se cogna violemment une jambe à l'atterrissage.

— Planer n'est pas voler, constata Cap.

Le Faucon le regarda.

— Quoi?

En bas, les Thunderbolts se mirent à courir. Ils évitèrent les voitures, fonçant tout droit vers Stingray, encore tout étourdi, et Asp.

Cap se raidit. Il montra du doigt les vilains.

— Pose-moi là-bas.

Le Faucon serra Cap plus fort et plongea. Les gigantesques enseignes publicitaires de Times Square éclairaient leur descente: spectacles de Broadway, restaurants fast-food, équipements électroniques. Et même un documentaire intitulé *Les coulisses de Stamford: Analyse d'une tragédie.*

— Quel est le plan? demanda le Faucon

— Je m'occupe d'eux. Toi, va aider les autres.

— Ils sont *quatre*! Et ce sont des poids lourds!

— Je veux que tu t'assures que tous les nôtres vont bien. Si j'ai besoin d'aide, je t'appellerai.

Le Faucon poussa un soupir, audible malgré le vent. Il descendit à une hauteur de quatre mètres. Cap baissa les yeux juste à temps pour voir Venom enrouler son corps flexible autour de Stingray, le projetant à terre. Lady Deathstrike et le Maître de Corvée empoignèrent Asp, la brandissant devant Bullseye qui sourit en passant sa langue sur ses lèvres.

Cap tapa sur le bras du Faucon. Ce dernier hocha la tête et le lâcha.

Cap dégringola, survolant des voitures dont les conducteurs, pris de panique, donnaient des coups de volant anarchiques. Plus tard, il se rappellerait ce moment où, alors qu'il tombait du ciel vers ses ennemis, il se sentit plus vivant que jamais.

Puis il atterrit brutalement, s'écrasant sur la nuque de Lady Deathstrike. Asp profita de la diversion pour tirer une rafale bioélectrique sur le Maître de Corvée. Il hurla et recula en titubant.

Mais Bullseye était déjà en action. L'assassin, spécialisé dans la transformation de n'importe quel objet en arme, s'empara de l'attaché-case d'un homme d'affaires. L'homme protesta, mais quand il croisa le regard du vilain, il s'enfuit à toutes jambes.

Bullseye ouvrit l'attaché-case en un clin d'œil. Il en sortit quatre stylos ordinaires et les lança, tels des missiles, sur Asp et Cap. Celui-ci brandit son bouclier juste à temps pour les arrêter.

Un bruit de gargouillis le fit se retourner vers Stingray. La longue langue de Venom était enroulée autour de son cou, l'étouffant lentement. Cap fit un signe à Asp. Elle tendit les bras, lâchant une violente rafale sur Venom. L'extraterrestre sursauta et, secoué de spasmes, il lâcha sa proie.

Stingray se précipita vers Cap.

— Merci, dit-il

— Pas question que j'abandonne des membres de la Résistance en difficulté, répondit Captain America.

Asp sourit.

— Je pensais que tu partirais avec le Faucon et… et la Torche…

— Vous êtes *tous* mes soldats. Maintenant, allez aider les autres.

Avant de s'éloigner, Asp lui lança un regard reconnaissant. Puis un flash de lumière éblouit Cap. Instinctivement, il leva son bouclier pour bloquer la rafale du Maître de Corvée. Puis il lança sa jambe en arrière, frappant Lady Deathstrike à l'estomac une seconde avant que ses griffes de cyborg ne lui enserrent la gorge.

Cap était entré dans le feu de l'action, maintenant. Tout autour de lui, des bagarres éclataient. Résistance contre Initiative, héros contre héros. Des agents du S.H.I.E.L.D. prenaient d'assaut la zone piétonne, brandissant leurs armes. Des citoyens terrorisés couraient se mettre à l'abri. Des voitures freinaient, faisaient des embardées, percutaient des réverbères.

Lady Deathstrike étendit ses longues griffes et balafra la poitrine de Cap. Du sang jaillit.

— Tu parles d'un chef rebelle ! dit-elle.

Cap recula et se dit : *J'ai perdu l'avantage.*

Avant qu'il ait pu récupérer, Venom lui asséna un coup de poing dans le ventre.

— Yessss, siffla l'extraterrestre.

Cap sentit son haleine chaude et fétide.

— C'est ça la légende de la Seconde Guerre mondiale ? (La botte de Bullseye frappa Cap en plein visage.) Qui a-t-il combattu ? Papa Schultz ?

La tête de Cap bascula en arrière. Le monde devint flou. Tout autour de lui, des héros aux costumes multicolores dansaient un ballet désespéré. Plus haut, les lumières de Times Square tremblaient et clignotaient devant ses yeux…

…et il sourit.

Lady Deathstrike était derrière lui et lui tenait fermement la tête de ses doigts d'une longueur surnaturelle.

— Qu'y a-t-il de si drôle, Captain ?

Cap souriait toujours, ses dents maculées de sang.

— Je pensais juste à mon pote là-haut…

Une silhouette majestueuse apparut dans le ciel nocturne. Derrière elle, un avion high-tech ouvrit ses portes… et des douzaines de guerriers à la peau bleue et tatouée en sortirent.

— … qui est sur le point de vous foutre une raclée.

Le prince Namor descendit comme une flèche, les poings serrés. Il se retourna pour ordonner à ses guerriers de le suivre.

— *Imperius Rex !*

Cap sourit de nouveau.

Désormais, la Résistance avait une chance.

Jane Richards regardait Namor, admirait la grâce de sa descente. Sa silhouette imposante s'écrasa sur Bullseye, les poings en avant, envoyant l'assassin mordre la poussière. Les guerriers atlantes le suivaient, et par groupes de quatre ou cinq, ils fondirent sur Venom, le Maître de Corvée et Lady Deathstrike.

Une pensée vint spontanément à l'esprit de Jane : *Il y a au moins un homme dans ma vie sur lequel je peux compter.*

Elle se tenait, invisible, dans un renfoncement à côté de l'entrée principale du Baxter Building. Ben avait l'habitude de s'attarder là, après une réunion des FF, pour tirer sur son cigare. C'était avant qu'il arrête de fumer, bien sûr.

— *Iron Man à toutes les unités.*

Jane leva les yeux et vit la silhouette étincelante de Tony en suspension au-dessus du champ de bataille.

— *Poursuivez l'évacuation du secteur et limitez la bataille au centre-ville. Je ne veux aucun dommage collatéral. Je répète : aucun dommage collatéral !*

Au sol, les affrontements avaient vite repris. Sur Broadway, Luke Cage et Diamondback étaient aux prises avec Wonder Man, tandis que dans les airs, Miss Marvel bombardait Cage de rafales d'énergie. Le Faucon bondit et survola Œil de Faucon, qui banda son arc en direction de son ennemi. Hercule repoussait les dards de la Veuve Noire, et sourit en voyant Miss Hulk entrer en lice.

Jane cherchait Red. Elle aperçut son corps, long de cinq mètres, un peu plus au nord, enroulé autour de Patriot et assiégé par les troupes atlantes. Au-dessus d'elle, Johnny tirait des boules de feu sur Captain Marvel, avec en toile de fond une publicité de près de dix mètres pour une marque de lingerie.

Une pluie de verre s'abattit sur Jane – encore des débris tombant du dernier étage. Un groupe de civils était blotti contre l'immeuble ; Jane dressa un champ de force pour les protéger contre ce nouveau déluge. Puis elle entendit un grognement familier de l'autre côté de la place.

Elle baissa son champ de force

— Ben !

La Chose sourit, de ce sourire en coin qu'elle avait appris à aimer. Il s'arrêta pour asséner un revers à Miss Hulk et l'éloigner d'Hercule. Le dieu se retourna, l'air déçu.

Ben traversa la rue, les bras grands ouverts.

— Tu croyais quand même pas que j'allais rater ça pour manger des croissants ? (Il serra Jane contre lui.) On a des gens à protéger !

Puis ses yeux s'arrondirent de peur. Jane tourna la tête et vit…

…un rayon de lumière…

…le visage desséché et spectral du Maître de Corvée…

…son fusil d'énergie, une lumière rouge…

— Jane !

Et soudain, tout devint bleu. Red Richards se jeta devant la rafale du Maître de Corvée, recevant la décharge dans le dos. Il hurla de douleur et, secoué de spasmes, ondula comme une bâche de plastique agitée par le vent.

— Red !

Jane se dégagea de l'étreinte de Ben et se retourna.

Red s'effondra sur le trottoir, ses membres immenses étalés dans la rue. Il n'y avait pratiquement plus de circulation maintenant. Ben leva une main pour arrêter un bus qui freina dans un crissement de pneus. Puis il se pencha sur le corps fumant de Red.

— Oh, non, dit-il.

Jane se précipita et se pencha sur son mari. Le cœur de Red était difficile à localiser dans sa forme étirée, mais elle avait l'habitude. Elle posa les mains sur sa poitrine, évitant le trou fumant dans son uniforme. Elle sentit les battements sous sa paume. *Ba-boum. Ba-boum.*

Elle poussa un soupir de soulagement. Puis elle se tourna vers le Maître de Corvée qui, appuyé contre le Baxter Building, rechargeait son arme. Les derniers badauds avaient fui dès le premier coup de feu ; il était seul.

— Je m'occupe de lui, Jane.

— Non, Ben. (Jane se concentra.) Il est pour moi.

Elle transforma son champ de force en un marteau invisible. Le Maître de Corvée leva la tête, ricana… avant de réaliser ce qui se passait. Il écarquilla les yeux de terreur.

Jane abattit son champ au sol, aplatissant le Maître de Corvée contre le trottoir. Elle l'écrasa une fois, deux fois, le frappant avec une force colossale.

Quand elle eut fini, le Maître de Corvée gisait dans un cratère de soixante centimètres de large, parmi des éclats de béton. Au-dessus, sur l'affiche d'une comédie musicale pour enfants, un lion regardait la scène d'un air indifférent.

— Waouh ! s'exclama Ben en se tournant vers Jane.

Elle s'agenouilla, prit Red dans ses bras. Il poussa un faible gémissement.

Jane leva les yeux et se rembrunit à la vue du chaos autour d'elle. Les héros volants se battaient dans les airs ; les combats acharnés se poursuivaient au sol, à grand renfort de coups de poings, d'armes à feu et de rafales d'énergie. Partout, les légions atlantes de Namor se déployaient pour assister les rebelles.

La chance tournait.

Hercule souleva Doc Samson en l'air et le projeta contre un bus. Pris de panique, les touristes évacuèrent le véhicule juste avant que le savant aux cheveux verts s'écrase contre les vitres. Le bus bascula sur le côté, manquant d'écraser une vieille dame.

Ben se pencha vers Red, mais Jane l'arrêta de la main.

— Va aider les autres, dit-elle. Je m'occupe de lui.

Ben marqua une seconde d'hésitation, puis se retourna au moment où Doc Samson soulevait le bus pour le lancer sur Hercule, mort de rire.

Ben toucha l'épaule de Jane et partit en courant.

L'Invisible passa le bras sous le corps inerte de Red et le souleva. Ses membres étirés prenaient des positions bizarres. Il marmonnait des paroles incohérentes tandis qu'elle l'emportait à travers le chaos. Une goutte de sang tomba de sa bouche.

— Imbécile, murmura-t-elle en s'efforçant de ne pas pleurer. Espèce d'imbécile.

TRENTE-DEUX

Times Square passait un mauvais quart d'heure. Tornade lançait des éclairs contre l'insaisissable Miss Marvel, fracassant l'asphalte à chaque attaque. Miss Hulk pulvérisa un banc public en projetant Hulkling dessus. Hercule était un véritable bulldozer à lui tout seul.

Tony Stark lévitait, inspectant le chaos. La situation échappait à tout contrôle.

Cap! pensait-il. *Pourquoi fais-tu ça?*

— Stark!

La voix résonna comme une petite migraine dans son oreille.

— Oui, Maria.

— J'ai huit bataillons supplémentaires prêts à être déployés.

Tony leva les yeux. D'autres hélicoptères étaient arrivés et vrombissaient furieusement. Sous les appareils, le Centre de Commandement Mobile du S.H.I.E.L.D. amorçait sa descente. Maria était à l'intérieur.

— Négatif. Je contrôle la situation.

— Je crois que nous n'en sommes plus là, Stark. Et je vous rappelle qu'il y a désormais des terroristes étrangers qui aident les fugitifs sur le sol américain. Ce qui donne pleine autorité au S.H.I.E.L.D.

— Quels terroristes ?...

Tony s'interrompit pour regarder en bas. Les guerriers atlantes s'étaient dispersés aux quatre coins de la place, équipés de lances et d'armes à énergie. Quelques-uns s'étaient mêlés à un combat entre la Cape, l'Épée, Œil de Faucon et Miss Hulk ; plus à l'est, un second groupe luttait contre des agents du S.H.I.E.L.D. Et huit ou neuf autres guerriers étaient debout, triomphants, à côté des Thunderbolts à terre.

— Attendez, Maria.

— Stark...

— Bon sang ! Accordez-moi juste une minute.

Tony alluma ses jet-boots à pleine puissance et s'élança vers le ciel. Il salua poliment le Centre de Commandement Mobile au passage, puis zigzagua entre les hélicoptères du S.H.I.E.L.D. Une fois l'horizon dégagé, il virevolta autour des appareils et braqua pour regarder en bas. Il lui fallait une vue d'ensemble de la situation.

Comme toujours, le spectacle nocturne de Manhattan était époustouflant. Les phares des voitures descendaient les avenues, des milliers... des millions de gens déambulaient dans les rues. Toutes ces vies, toutes ces âmes. Si merveilleuses, mais si impuissantes...

Tony secoua la tête. *Quand avait-il dormi pour la dernière fois ?*

Soudain, un éclat lumineux attira son attention, suivi d'un lointain fracas. Un éclair de force de Miss Marvel, mais il ne pouvait pas dire qui était à l'origine du choc... Hercule peut-être, ou Miss Hulk. Même à cette hauteur, et sans activer le zoom de ses lentilles, il pouvait mesurer les dégâts. Pas seulement sur Times Square, mais aussi aux alentours ; explosions, dards bioélectriques, corps s'écrasant contre des immeubles. Les casques noirs du S.H.I.E.L.D. formaient un périmètre autour des trois blocs de la zone de combat, mais beaucoup de civils étaient piégés à l'intérieur.

Une silhouette volante fit un geste – *Sentry ?* – et une énorme déflagration dégagea une colonne de fumée au milieu de la place.

Une panique soudaine s'empara de Tony. *Non*, pensa-t-il. *Pas un autre Stamford. Plus jamais ça.*

Il dirigea ses détecteurs vers le sol et activa un protocole CapeSearch mobile. Spider-Man et Daredevil affrontaient la Veuve

Noire et Captain Marvel. Cage et Miss Hulk se tournaient autour comme des boxeurs. Dans les airs, le Faucon luttait contre Miss Marvel. Œil de Faucon était devant un camion de pizzas à emporter, aux prises avec…

…Captain America.

— Cible repérée, dit doucement Tony.

Puis il plongea.

Coupe la tête, songea-t-il, *et la Résistance tombera.*

Times Square se rapprocha à une vitesse vertigineuse. Tony aperçut d'autres scènes de combat: Photon contre Tigra. L'Épée acculée contre un mur par Stature et Pourpoint Jaune. Hermès tourbillonnant furieusement autour de la Torche.

Captain America fit basculer Œil de Faucon par-dessus son épaule. Des flèches s'éparpillèrent, et l'Archer s'écrasa contre une table métallique dans un violent craquement. Cap contempla son corps inconscient, se mit à parler…

…et Tony passa à l'attaque.

Mais Cap avait déjà levé son bouclier, trop vite pour que l'armure de Tony le détecte. Le poing d'Iron Man frappa la protection, qui absorba l'essentiel de l'impact. Cap donna un coup de bouclier en avant, et Tony recula d'un bond, s'élevant légèrement dans les airs. Il atterrit juste devant le mur du centre de recrutement militaire: un drapeau américain lumineux de presque quatre mètres de haut étincelait au-dessus de la zone piétonne.

Tony s'accroupit au sol, le visage tourné vers son ennemi, l'immense drapeau derrière lui.

— Toi et moi à nouveau, Cap.

Steve lui jeta un regard noir.

— La situation est un peu différente cette fois, Tony.

— Tu as raison. Cette fois, je ne me ferai pas avoir par un vieux gadget du S.H.I.E.L.D.

Il bondit vers Cap en activant ses répulseurs. Cap brandit son bouclier et dévia les rayons. Mais Tony lui tombait déjà dessus. Il leva un poing métallique et frappa Cap à la mâchoire.

Cap grogna, repoussa Tony.

— Cette fois, j'ai plus d'alliés.

— Tu parles de ces mercenaires atlantes ?

Tony leva la main, déclenchant de nouveau ses répulseurs… mais quelque chose lui atterrit sur le dos, aussi légèrement qu'une plume.

— Salut, papa. Je t'ai manqué ?

Spider-Man. *Encore.* Tony se retourna et fixa le Tisseur de ses yeux étincelants. Il s'éleva dans les airs, se balançant d'un côté et de l'autre pour faire tomber son agresseur.

En dessous, une camionnette de la télévision s'arrêta dans un crissement de pneus. Une journaliste au brushing impeccable en sortit, aboyant frénétiquement des ordres à son photographe et ses techniciens.

Spider-Man s'agrippa aux épaules de Stark des deux mains.

— Mieux vaut ne pas monter trop haut, Tony.

— Si tu comptes encore engluer mon armure, laisse tomber. Je peux neutraliser ta toile, à présent.

— Je me doutais que tu trouverais une solution. (Spider-Man enfonça ses pouces dans les jointures au niveau des épaules de l'armure de Tony.) Mais tout n'est pas aussi simple à résoudre.

Tony comprit trop tard les intentions du Tisseur. Il vira brutalement en plein vol, mais Spider-Man tint bon.

— Les microcommandes de ton armure, lança Spider-Man. Fragiles, ces machins. Tu m'as dit qu'elles te posaient problème, tu te souviens ? À l'époque où on était les meilleurs amis du monde.

Et Spider-Man *appuya.* Les microcommandes logées dans les jointures de l'armure produisirent un faible craquement d'un côté, puis de l'autre.

— Tu n'as pas trouvé le temps de t'en occuper, hein ?

Les bras de Tony s'immobilisèrent, et il chuta comme une pierre. Spider-Man sauta juste avant l'impact. Tony s'écrasa lourdement, en plein sur sa plaque thoracique.

Les poumons compressés, il lutta pour reprendre son souffle.

Il distinguait vaguement des civils rassemblés autour d'eux, filmant avec leurs téléphones. Ils étaient au moins huit ou neuf, le gigantesque drapeau derrière eux.

— Tu sais qui aurait pu t'aider à régler tes microcommandes ? *Bill Foster*, dit Spider-Man en se penchant, ses lentilles blanches occupant tout le champ visuel de Tony. Dommage.

Tony se mit difficilement à genoux. Ses commandes redémarraient, mais pour l'instant, il était vulnérable.

— P... Parsifal, fit-il.

— Pardon, boss ?

— Parsifal !

Un énorme éclair s'abattit, éventrant la chaussée entre Tony et Spider-Man. Spidey bondit de côté, un instant désorienté. Puis une main charnue l'attrapa par la taille et le souleva en l'air.

Le Puissant Thor se dressait tel un dieu vengeur des temps anciens, balançant sa proie entre ses énormes doigts. Son marteau brillait dans son autre main. Il se pencha vers Spider-Man et siffla :

— Voilà pour toi, maraud.

Puis il projeta Spider-Man par-dessus le centre de recrutement militaire. Spidey battit des bras et des jambes, et tomba derrière le petit immeuble.

Thor le poursuivit, le sol tremblant sous son pas lourd. Il attrapa un rebord du bâtiment pour se propulser de l'autre côté, et une partie du drapeau – une rangée de diodes rouges et blanches – clignota et se brisa sous ses doigts.

Deux agents du S.H.I.E.L.D. jetèrent un regard à Thor, puis touchèrent les émetteurs sur leurs épaules pour appeler des renforts. Quelques civils suivirent les combattants, leurs téléphones à la main pour filmer chaque mouvement. Puis ils disparurent tous derrière le mur étincelant du centre de recrutement.

De l'autre côté de la place, le corps d'Hercule s'écrasa dans un immeuble de bureaux. Il y eut une pluie d'éclats de verre, et une petite explosion se produisit à l'endroit de l'impact.

L'armure de Tony émit un *clic* quand la microcommande de son épaule gauche fonctionna à nouveau. Il se redressa, puis regarda alentour. *Ça se passe mal*, pensa-t-il. *Il y en a déjà pour des millions de dollars de dégâts. Et la Résistance se battra jusqu'au bout.*

Et puis, pour la première fois, il ressentit une autre forme de déses-poir. Une tristesse plus profonde, plus personnelle. *C'est allé trop loin*, comprit-il, *bien trop loin. Nous ne pourrons plus revenir en arrière, panser nos blessures et nous serrer la main avec une admiration réticente. Nous ne nous allierons plus contre Galactus ou Fatalis. Plus maintenant, plus jamais.*

C'est fini.

Il leva les yeux et vit Captain America s'avancer vers lui. Le visage en sang, le regard fulminant, il venait livrer la bataille finale, un ultime duel, bouclier contre acier. Deux gladiateurs ayant vieilli avant l'heure, s'affrontant pour la dernière fois dans l'arène. Deux hommes qui, autrefois, avaient été amis.

Tony tenta de s'accroupir en position de combat, mais son bras droit pendait toujours, inerte. Alors, il leva la main gauche, activa ses répulseurs, et se prépara à embrasser son destin.

SPIDER-MAN ATTERRIT AU milieu de Broadway. Il regarda autour de lui, surpris de ne pas voir de voitures, mais les autorités avaient finale-ment réussi à évacuer les rues. Il leva ses lance-toile…

…mais avant qu'il ait pu tirer, Thor était déjà sur lui, le percu-tant tel un catcheur. Spidey tomba à terre, le souffle coupé, le corps massif de Thor l'écrasant contre la chaussée.

Pas Thor, se rappela-t-il. *Le clone de Thor. Clor.*

Il tendit ses bras en arrière, appuyant ses paumes contre le bitume. Puis il contracta ses muscles et *poussa*. Thor roula sur le côté.

Le dieu du tonnerre leva aussitôt son marteau, invoquant la foudre.

— Minable vilain.

Spidey se releva, évitant les éclairs. Il bascula en arrière, manquant de renverser une femme en tailleur.

— Reculez ! cria-t-il. Ce n'est pas le vrai dieu du tonnerre, mais il est deux fois plus méchant.

— La foudre… est mienne.

Spider-Man s'arrêta et observa Thor un instant. Le clone semblait plus lent, perturbé. Spider-Man s'avança prudemment vers lui, prêt à esquiver.

— Tu sais, Clor… Je peux t'appeler Clor? (Il fit un pas de plus vers le clone.) C'est marrant. Tony a tenté de faire de moi une version junior de lui-même, et ça n'a pas marché. Alors, il t'a ressorti, *toi*. Son propre super-héros, conçu exactement selon ses spécifications.

Le marteau de Thor scintilla, mais le dieu ne bougea pas.

— Le problème, c'est que tu n'as pas fait des étincelles la première fois, dit Spider-Man en l'observant. Tu sais ce que je pense, Clor? Je pense qu'ils t'ont amélioré après l'épisode de l'usine chimique. Ils t'ont donné la parole, déjà. C'est un bon début, même si tu as besoin de travailler ta tchatche.

Une équipe de journalistes approcha. Un cameraman s'avança dangereusement près de la bataille.

— Mais je crois qu'ils ont dû prendre des précautions. Ils t'ont mis une laisse, je parie. Tony Stark ne t'aurait jamais lâché de nouveau dans la nature sans s'assurer que tu ne ferais pas de carnage.

Thor se tourna vers Spider-Man, le marteau levé. Il prit son élan pour le lancer, puis son regard se posa sur les civils en dessous. Son bras retomba.

— Tu sais, continua Spider-Man, j'étais inquiet à l'idée de te remplacer. Enfin, pas toi… mais le vrai *Thor*. Quand Tony m'a demandé de rejoindre les Vengeurs, je n'étais pas sûr de pouvoir rivaliser avec un dieu. Car j'ai bien connu Thor, mon pote. J'ai combattu à ses côtés. Et tu veux savoir quelque chose, l'imposteur?

Spider-Man se tendit, puis bondit en l'air.

— *Tu n'as rien à voir avec lui!*

Le clone s'écarta, mais Spider-Man était déjà sur lui, lui projetant des jets de toile au visage. Le dieu du tonnerre hurla, les mains sur ses yeux.

Spidey attrapa l'énorme bras armé de Thor à deux mains, et le tordit en arrière. Le clone s'effondra au sol dans un terrible fracas. Spidey bondit et abattit ses deux poings sur le cou de son adversaire.

Une décharge électrique parcourut le corps du Tisseur. Il hurla, releva ses mains et regarda. La gorge de Thor était ouverte, révélant un étrange canevas de tissus cellulaires, de câbles et de circuits électriques. Les bras du clone s'agitaient dans tous les sens.

Spider-Man arracha le marteau de la main tremblante de Thor.

— Et cette arme n'est pas Mjolnir, sacripont !

Spidey abattit le marteau sur la gorge de «Thor». Le clone fut agité de spasmes, s'arc-bouta et poussa un hurlement métallique. Sa poitrine se fendit, révélant une unité d'alimentation centrale étincelante.

— Ou est-ce «sacripant»? Je suis nul en vieilles insultes.

Spider-Man frappa à nouveau, et le marteau atterrit droit sur l'unité d'alimentation. Il retira sa main juste à temps. Un violent court-circuit dévasta le corps mutilé.

Thor cligna deux fois des yeux, puis ne bougea plus.

Des curieux s'étaient rassemblés, ébahis et horrifiés. Spidey se tourna vers eux et ils reculèrent, presque comme un seul homme. Il baissa les yeux, et vit les taches de sang et de lubrifiant sur ses gants et sa poitrine.

Tout autour de lui, la bataille continuait. Cage et la Chose affrontaient Miss Hulk et Wonder Man. Daredevil et la Veuve noire se traquaient mutuellement le long des réverbères et des bancs publics, leurs mouvements redoutables et précis. Au-dessus, une demi-douzaine de héros costumés virevoltait dans le ciel, leurs rafales d'énergie illuminant la nuit.

Spidey s'adossa contre un mur, épuisé. Thor éliminé, il se sentait curieusement serein, savourant seul ce moment personnel et important. *J'ai fait mes preuves*, se dit-il. *Je vaux aussi bien qu'eux. Quoi que pense Tony Stark, Captain America ou quiconque.*

Quelle que soit l'issue de la bataille, le prix à payer serait lourd. Si Cap l'emportait, Peter serait un fugitif recherché. Si Tony triomphait, il serait poursuivi en justice. Dans tous les cas, l'avenir était sombre.

Mais pour l'instant, Spider-Man était victorieux. Il avait gagné sa bataille.

Aujourd'hui, se dit-il, *je suis un Vengeur.*

CAP ABATTIT SON BOUCLIER, fissurant le casque de Tony. La tête du play-boy bascula sur le côté. Il laissa échapper un cri étranglé.

Un coup de plus, et le casque de Tony se brisa. La visière s'ouvrit, révélant des coupures et des contusions sanguinolentes. Autrefois, Cap aurait eu pitié de lui. Mais pas aujourd'hui.

— Sale petit richard arrogant, siffla Cap. On t'a tout donné. Tu es né avec une cuillère en argent dans la bouche.

— Arghhh !

— Pas moi. Je ne suis qu'un combattant, un soldat. Un homme entraîné à saisir la moindre occasion, à trouver la faille dans l'armure de son ennemi.

Tony ne répondit rien.

Cap marqua une pause et désigna les alentours.

— Tu vois ces guerriers atlantes ? Ils sont ma cavalerie, Tony. Ils vont transformer tes troupes en nourriture pour poissons.

— Le S.H.I.E.L.D. a... des tranquillisants. Conçus spécialement... pour les créatures sous-marines.

Au nord, les hélicoptères du S.H.I.E.L.D. étaient en phase d'atterrissage. Des agents ouvrirent les portes et sautèrent sans attendre que les appareils touchent le sol.

— Alors, nous combattrons avec encore plus d'ardeur.

Tony ôta son casque de ses mains tremblantes. Son visage saignait, coupé à plusieurs endroits ; sa lèvre était fendue. L'un de ses yeux était gonflé au point d'être presque fermé. Mais Cap lut comme une expression de paix sur son visage.

— Qu'est-ce que tu attends ? grogna Tony. Achève-moi.

Cap marqua une pause. Puis il leva le poing... et une main s'abattit sur son épaule.

— Lâchez-le !

Cap se retourna, portant un coup de bouclier à son agresseur.

— *Aaahh !*

Celui-ci tomba contre une table, sa tête heurtant le pied métallique. Cap se releva, puis s'arrêta net en voyant qui l'avait attaqué.

L'homme portait un survêtement et des lunettes. Il avait les cheveux grisonnants et le visage marqué de quelques cicatrices. Mais ce n'était pas un héros, ni un vilain ; ni un Vengeur, ni un membre de la Résistance. Juste un individu ordinaire.

L'homme se frotta la tête.

— Qu'est-ce que vous *faites* ?

Derrière lui, un groupe de passants se tenait devant le drapeau américain. Un homme d'affaires, grand, la cravate défaite. Une fille enrobée aux cheveux frisés. Un homme noir portant des lunettes de soleil. Une Japonaise au visage anguleux et un pompier blond en uniforme. Une femme d'affaires élancée, en tailleur et escarpins.

Cap se rembrunit.

— Je…

Le pompier le pointa du doigt.

— *Attrapez-le !*

Ils bondirent tous sur Cap, le saisissant, le tirant vers le sol. Ses yeux s'écarquillèrent sous le choc, il ne put même pas riposter. Ils le submergeaient, le traînaient sur le bitume.

Tony Stark tenta de se relever. Cap sentit qu'il le regardait de son œil valide, observant toute la scène.

— Mais pour qui vous prenez-vous ? demanda la femme asiatique.

— Lâchez-moi ! lança Cap, tentant de résister, mais toujours stupéfait. S'il vous plaît ! Je ne vous veux aucun mal…

— Aucun *mal* ? fit la femme d'affaires, visiblement choquée. C'est une blague ?

Le pompier releva Cap sans ménagements et lui montra les alentours.

Cap contempla le spectacle. Des super-héros se battaient entre eux. Des agents du S.H.I.E.L.D. et des guerriers atlantes échangeaient des coups, pendant que des civils paniqués couraient se mettre à l'abri. Des incendies s'étaient déclarés à divers endroits : conduites de gaz, poubelles, fenêtres de bureaux. Au nord, la moitié des immeubles s'étaient effondrés, les décombres bloquant toute la rue et une grande partie de la zone piétonne.

— Les gens sont inquiets pour leur travail, leur avenir, leur famille, dit l'homme noir en baissant ses lunettes pour jeter un regard sévère à Cap. Vous croyez qu'ils ont besoin de *ça*, en plus ?

Cap ouvrit la bouche pour répondre. Mais il resta muet, hébété.

Les mots qu'avait prononcés Tony lors de sa conférence de presse lui revinrent en mémoire : « Un instant de lucidité ».

— Oh mon Dieu, murmura Cap.

Le Faucon passa au-dessus de lui.

— Cap ! cria-t-il. Recule, je…

— Non !

— Quoi ?

Le Faucon écarta ses ailes, atterrissant devant l'écran brisé représentant le drapeau américain. Les civils reculèrent, libérant Cap.

Tony Stark se releva avec difficulté, cracha une dent, mais ne tira pas.

— Ils ont raison, Faucon, fit Cap. (Il baissa son bouclier, puis inclina la tête.) Nous… nous étions censés nous battre pour le peuple. Mais ce n'est plus ce que nous faisons. (Il désigna les alentours.) Nous ne faisons plus que nous *battre*.

La Torche apparut.

— Qu'est-ce qui te prend, Cap ? Tu veux qu'ils envoient tout le monde en prison ?

— On a le dessus ! lança le Faucon en montrant un groupe d'agents du S.H.I.E.L.D. à genoux devant les féroces guerriers atlantes. Nous pouvons triompher !

Cap se retourna, balaya du regard les civils qui l'avaient attaqué. Leurs visages affichaient la peur, mais aussi la détermination. Ils savaient que leur cause était juste.

— Nous pouvons triompher, répéta Cap, mais ce n'est pas un argument.

Il leva lentement son bouclier et le lança au Faucon. Surpris, ce dernier l'attrapa de justesse, et le fixa un long moment. Puis il jeta un regard noir à Cap, le regard accusateur d'un homme trahi. Il lâcha le bouclier et prit son envol.

Le bouclier roula dans la rue, dépassa Cage. Celui-ci ne bougea pas, se contentant de secouer la tête. Œil de Faucon se précipita et tenta de l'attraper, mais il lui échappa.

Tigra s'en empara, et porta son regard au-delà de sa surface brillante, vers Captain America. Il y avait comme une lueur de compréhension dans ses yeux.

Maria Hill s'élança, accompagnée par les gardes du S.H.I.E.L.D. À son signal, les agents mirent Captain America en joue. Mais Tony Stark leva la main.

Tout autour de lui, les héros se rassemblaient. Ils avaient interrompu leurs combats, et attendaient les ordres de leurs chefs. Une autre escouade du S.H.I.E.L.D. arriva, suivie de près par deux voitures de la police new-yorkaise.

Namor survola la scène, s'immobilisa dans les airs, et croisa le regard de Cap. Puis le Prince des mers hocha la tête, leva la main et émit un faible sifflement. Aux quatre coins de la place, les guerriers atlantes commencèrent à se replier.

Lentement, Cap enleva son masque, révélant contusions, coupures et cicatrices vieilles de plusieurs décennies.

— Steve Rogers, déclara-t-il. Membre des Forces armées américaines, ancien combattant. Matricule A25-262-771.

Maria Hill s'avança, sa combinaison de cuir noir contrastant avec la lumineuse bannière étoilée du centre de recrutement.

Cap tendit les mains.

— Je me rends.

Hill baissa ses lunettes... C'était la première fois que Cap la voyait hésitante.

— Je, euh, il devrait d'abord être arrêté par les autorités locales.

Tony approuva d'un signe de tête. Son visage était tuméfié, indéchiffrable.

Deux policiers new-yorkais s'avancèrent, ébahis. Le plus grand sortit ses menottes et les referma sur les poignets de Cap.

Au bout d'un fil de toile, Spider-Man voltigea jusqu'à la scène. Il disait quelque chose, il appelait Cap. Mais celui-ci ne l'entendait pas.

Les autres membres de la Résistance regardaient autour d'eux, fixant nerveusement les Vengeurs et les agents du S.H.I.E.L.D. Cage semblait épuisé; Johnny Storm était abasourdi. Miss Marvel flottait dans les airs, au côté de l'étincelant Sentry. Un par un, les combats cessèrent, les pouvoirs se turent.

Des incendies faisaient rage partout; le bruit des sirènes et des véhicules de secours emplissait l'air. Tout le monde semblait sonné, sous le choc. Personne ne voulait agir le premier, tirer le prochain coup.

Le policier fit un geste en direction de son fourgon. Cap s'avança vers la portière ouverte, et baissa la tête.

— Soldats, cessez le combat.

Cap s'arrêta, le temps de voir les regards stupéfaits de ses partisans.

— C'est un ordre.

La portière se referma violemment derrière lui. La guerre était finie.

ÉPILOGUE 1

INVISIBLE

Ma très chère Jane,

Excuse mon écriture désordonnée. Tu sais à quel point il est difficile pour moi de ralentir mes pensées pour laisser à un clavier le temps de transcrire mes sentiments en phrases linéaires. Une lettre manuscrite comme celle-ci est un exercice encore plus long et pénible.

Mais tu m'as écrit sous cette forme en partant. Il me semblait donc normal, voire juste, de te répondre de la même manière.

Jane Richards était dans la chambre qu'elle louait sur les quais de Brooklyn. Un matelas sur le sol, une vieille bouilloire chauffant sur un réchaud. La lettre semblait froide dans sa main.

Deux semaines se sont écoulées depuis cette terrible bataille, et je me réjouis que tu aies accepté l'amnistie générale offerte aux héros, suite à la capitulation de Captain America.

Je t'ai aperçue sur Times Square durant le déblayage, mais de peur que nos glandes surrénales ne perturbent notre sérénité conjugale, j'ai préféré ne pas discuter de notre avenir sur place.

Tu étais si belle, si débordante d'énergie et d'intelligence. Comme lorsque je t'ai rencontrée, jeune fille si mûre pour son âge, et assoiffée de justice. J'ai eu l'impression de remonter le temps, de redevenir cet amoureux transi, incapable de trouver les mots pour aborder une créature aussi charmante.

En rentrant à la maison ce soir-là, j'ai pleuré quatre-vingt-treize minutes d'affilée.

La bouilloire siffla. Jane se dirigea vers le réchaud, versa de l'eau dans une tasse ébréchée. Pendant un long moment, elle regarda le sachet de thé donner au breuvage une couleur chaude et ambrée.

Elle en but une gorgée, soupira, et reprit sa lecture.

Depuis, tu as sûrement assisté au lancement de l'Initiative. Au moins une super-équipe par État. Je te laisse imaginer la pression sur nos épaules. Entre les nouveaux héros à créer... et les anciens à remettre au goût du jour, pas facile de construire la super-puissance du 21ᵉ siècle.

L'opinion semble très satisfaite de nos décisions. Quand j'y pense, le monde devait être bien effrayant avec tous ces justiciers arpentant les rues, ces amateurs aussi puissants que des armes nucléaires, ces vilains dont les atrocités n'étaient jamais vraiment punies.

C'est un miracle que nous ayons été tolérés aussi longtemps.

Toutefois, je mentirais si je te disais que nos décisions n'ont fait que des heureux.

Certains ont rejoint le Canada, où la loi de Recensement ne s'applique pas. D'autres ont choisi de continuer à combattre dans la clandestinité.

Sans parler de Captain America, bien sûr.

Mais dans l'ensemble, notre opération a été un énorme succès. Nous avons su rebondir après ce que certains considèrent comme la période la plus sombre de notre histoire.

Peut-être que ma plus grande satisfaction est la nouvelle vie que l'Initiative a offerte à de vieux amis. Hank Pym se consacre à l'entraînement de nouveaux héros. Tigra a culpabilisé d'avoir trahi Captain America, mais elle est devenue un membre précieux de notre équipe. Avant tout, et pour toujours, Tigra est un Vengeur.

Notre collaboration avec le gouvernement a très vite dépassé le cadre de la sécurité intérieure pour empiéter sur celui de l'écologie et de la pauvreté dans le monde.

Surtout grâce à Tony. Le président lui a confié un sacré poste !

Mais depuis ton départ, je n'ai que faire des indices de popularité et des idéaux utopiques. Quoi que nous fassions dans cette nouvelle Amérique, ce ne sera jamais un paradis sans ta présence à mes côtés.

Je te le promets, mon amour : finis les pièges, les clones et autres crève-cœurs placés sur la voie de la respectabilité que nous avons dû emprunter.

Jamais je ne pourrais ni ne voudrais te mettre la pression. Tu sais où je suis et j'ai reprogrammé le verrouillage du Baxter Building pour que tu puisses y entrer. La décision n'appartient qu'à toi, et à toi seule.

Mais j'espère de tout mon cœur que tu reviendras dans cette famille qui a besoin de toi plus…

Un bruit devant la porte. Jane se retourna, en proie à un mélange de colère et de dépit. *Pourvu que ce ne soit pas encore cet hurluberlu avec ses chiens.* Elle ouvrit brusquement la porte.

Red était là, portant un costume suranné et une cravate. Ses membres avaient leur taille normale: il n'utilisait pas ses pouvoirs. Il tenait à la main un bouquet de marguerites, déjà fanées ou presque.

— Je ne pouvais pas attendre, dit-il.

Elle sourit, sentant monter les larmes.

— Ce sont les fleurs les plus nulles que j'ai jamais vues…

Et ils se jetèrent dans les bras l'un de l'autre, sanglotant et murmurant des excuses. Le souffle de Red était chaud dans son oreille, ses larmes étaient brûlantes sur son épaule. Elle le serra plus fort.

Le corps de Red s'étira involontairement, formant une fine couverture qui les enveloppa. Mais elle n'était ni étouffante ni trop étroite. Elle était agréable.

— … trop futuriste, disait-il, ses pensées allant déjà trop vite. Tony le découvre aussi, je crois. Et j'ai autre chose à te dire: la prison de la Zone Négative va être fermée. Tony y était opposé, mais j'ai insisté. C'était le prix à payer pour que je continue à m'impliquer dans ses projets. J'ai sans doute joué ma dernière carte, mais…

— Red. (Jane le repoussa, et prit son visage entre ses mains. Elle regarda ses yeux humides, remplis de souffrance.) Red, je peux te dire quelque chose? Quelque chose qui risque de te choquer?

Il hocha la tête, surpris.

— Tony n'est pas concerné par notre mariage.

Pendant un instant, le silence retomba dans cette chambre glauque au bord des quais. Puis Red Richards éclata de rire. C'était un formidable rire, l'expression d'un sentiment humain que Jane n'avait pas entendu depuis très, très longtemps. Elle rit à son tour, et se pencha vers lui pour l'embrasser.

Des larmes se mêlèrent au rire, et Jane sentit se rallumer en elle une flamme qu'elle croyait alors éteinte. Elle se sentait bien, aimante, aimée.

Et très, très visible.

ÉPILOGUE 2

SPIDER

— L'AIR EST TRÈS sec ici, mon chéri. C'est bon pour mes sinus, je suppose. Mais les écureuils me manquent tant…

— Arrête, tante May. S'il te plaît. Je ne veux pas savoir où tu es.

— Oh. Bien sûr, Peter. Je suis désolée.

— Non, tante May. C'est *moi* qui suis désolé. Désolé de t'obliger à… Et zut. Excuse-moi une minute.

Il y avait des grésillements sur la ligne. Peter écarta le combiné de son oreille et déroula le vieux cordon à spirale. Il cala ses pieds sur le mur de brique, trois étages au-dessus du sol, et ajusta le câble reliant le téléphone à la boîte de raccordement.

— Peter ? Tu es toujours là ?

— Oui, tante May. Excuse-moi. Pour ne pas utiliser mon portable, j'ai bricolé une installation de fortune.

C'était un petit truc que Daredevil lui avait appris : *Les lignes de téléphone fixe sont plus difficiles à tracer.*

— Je m'inquiète pour toi, Peter. Est-ce que tu manges à ta faim ? Tu as un endroit où dormir ?

— Oui et oui.

C'est un record du monde, Parker. Tu mens deux fois à ta tante en trois mots.

— Tu me manques, tante May. Je te promets que la situation va bientôt s'arranger et que tu pourras rentrer chez toi.

— Je ne m'inquiète pas pour moi, Peter. Mais Mary Jane semble un peu à cran.

— Tu peux me la passer?

— Bien sûr.

Spider-Man se plaqua contre le mur de l'immeuble pour s'abriter de la fraîche brise automnale.

— Tante May, est-ce que tu es toujours fière de moi?

— Bien sûr. Surtout quand tu ne dis *pas* de bêtises.

Il rit.

— La voilà, mon chéri.

Il y eut un silence au bout de la ligne, si long que Spider-Man eut peur d'avoir été coupé. Il promena son regard sur les bâtiments de cinq ou six étages autour de lui, vieux et patinés par le temps, parsemés de points lumineux. Les immeubles rénovés portant des noms bizarres, les vieilles bâtisses de grès rouge aux loyers plafonnés, les épiceries qui ne fermaient jamais. C'est ici, dans l'Upper West Side, qu'il avait loué son premier appartement, avec Harry Osborn.

— Peter?

Sa voix était comme une gorgée de café chaud, rassurante et excitante à la fois. Un souvenir lui revint en mémoire: Mary Jane venant visiter ce premier appartement, entrant de sa démarche dansante, flirtant à la fois avec lui et Harry. Ses cheveux d'un roux flamboyant, son rouge à lèvres plus éclatant encore, et ce sourire qui faisait chavirer le cœur de Peter.

L'espace d'un instant, il resta sans voix.

— Tiger, que se passe-t-il? Tu es là?

— Oui, MJ. Je suis là.

— La situation est rentrée dans l'ordre? C'est bon, on n'a plus rien à craindre?

— Je ne sais pas. (Il avala sa salive.) Tu sais qu'ils nous ont offert l'amnistie à tous.

— Oui. Et tu as accepté, n'est-ce pas ?

— Non… Je ne peux pas.

Un autre silence.

— C'est que… (Il marqua une pause, cherchant ses mots.) J'ai tellement été déçu par Tony. Retourner dans cette poudrière… On m'enverrait sans doute dans un camp d'entraînement du Montana ou ailleurs. Mais ce n'est pas le vrai problème. Disons que… je suis un solitaire, tu sais ?

— Je sais.

Sa voix était cassante, contrariée.

— Je me doute que ça ne t'enchante pas…

— Les rumeurs vont bon train sur les chaînes d'info, Tiger. On entend parler de «Vengeurs Secrets». Ils auraient un lien avec le Docteur Strange.

— Je ne suis pas en contact avec eux.

Ce n'était qu'une demi-vérité. Le Faucon lui avait envoyé un court texto avec une adresse dans le quartier du Village, sans doute celle de Strange. Mais Peter n'avait pas donné suite.

— Je te demande pardon, MJ. De t'avoir déracinée, refourgué tante May…

— Tout va bien, Peter. Tu serais surpris de voir comment May s'adapte à toutes les situations, et puis, j'ai vu du pays ces six derniers mois. J'ai déjà quelques contrats comme mannequin ici. (Elle rit.) C'est drôle, tu sais.

— Quoi ?

— Le jour de notre mariage… quand tu n'es pas venu. Après, tu n'as fait que te confondre en excuses envers moi, ta tante, nos amis. Tu m'as demandé pardon tant de fois, tu as tout tenté pour me reconquérir. Mais tu n'as jamais compris mon vrai problème. Il ne t'est jamais venu à l'esprit que ce qui m'inquiétait le plus et me donnait des cauchemars, c'était ce qui t'était arrivé, à *toi*.

Il cligna des yeux

— Comment vas-tu, Peter ?

— Je…

— Et n'essaie pas de t'en sortir avec une plaisanterie à la Spider-Man. Tu ne t'adresses pas au professeur Octopus, là.

Il prit une profonde inspiration.

— J'ai perdu mon job, MJ. Je n'ai pas d'appartement, pas d'amis auxquels je peux parler sans les mettre en danger, pas d'autres vêtements que ceux que j'ai sur le dos. Les flics sont de nouveau à mes trousses, et Jameson a lancé une nouvelle croisade contre Spider-Man, si virulente que toutes les crasses qu'il a pu faire auparavant ont l'air de mauvaises farces à côté.

» Toute ma vie en tant que Peter Parker a volé en éclats. À part toi, je n'ai aucun contact avec le monde normal. Je suis vraiment, vraiment seul. Et pourtant, tu sais quoi ? J'arrive à dormir la nuit.

— Je suppose… Je suppose que c'est le plus important.

— Certaines choses sont *mal*, MJ. Et quelqu'un doit s'y opposer.

— Dans ce cas, il n'y a rien à ajouter.

— Non. Sauf que… MJ, je veux vraiment que tu saches, j'ai toujours…

— Laisse tomber, Parker. Tu me le diras en face bientôt. (Elle prit une profonde inspiration.) Pense à arroser mes tomates, d'accord ?

— Tous les jours.

La liaison fut coupée.

— Je te le promets, dit-il.

Spider-Man tira sur le cordon et l'arracha de la boîte de raccordement. Il jeta le téléphone du haut des trois étages. L'appareil frôla une jeune femme, qui sursauta, et atterrit en plein milieu d'une poubelle.

— Dans le mille, murmura-t-il.

Un cri résonna faiblement dans l'air froid. Cinq, peut-être six rues plus loin.

Un jet de toile alla s'accrocher à un réverbère ; des jambes musclées se contractèrent, puis bondirent en l'air. Des passants pointèrent leurs doigts vers le ciel avec un murmure d'excitation. Et une fois de plus, l'incroyable Spider-Man disparut dans la nuit.

ÉPILOGUE 3

AMERICA

— Yo, Steve.

Scritch scritch.

— Steve ! T'es là ?

— Oui, Raheem. Je suis là.

— Qu'est-ce que tu fabriques ? J'entends des grattements bizarres de l'autre côté du mur.

— Désolé de t'avoir dérangé, Raheem. Je fais juste des dessins.

— Des dessins ! Sur le mur ?

— Exact.

— T'es un artiste ?

— J'ai été dessinateur de pub pendant un temps. J'ai fait beaucoup de choses.

— Hum.

— Je vais essayer de faire moins de bruit.

— T'inquiète, mon frère. C'est mieux que de s'ennuyer toute la journée.

— En fait, Raheem, j'aime bien avoir du temps pour penser.

— T'es un drôle de type, Steve. Essaie de te faire transférer dans le couloir de la mort, t'auras tout le temps que tu veux.

Scritch scritch scritch.

— On dirait un bruit de craie. Comment t'as réussi à en avoir ?

— Avec l'aide d'un gardien.

— T'as dû le payer ?

— Il me devait un petit service.

— Vraiment petit, le service. À mon avis, tu t'es fait arnaquer.

Scritch scritch.

— De toute façon, je n'avais besoin que de trois couleurs.

— Tu pètes les plombs, Steve. T'es dans ce trou depuis combien de temps ?

— Treize jours.

— T'es sûr ? On dirait que ça fait plus.

Steve Rogers recula, un bâton de craie rouge à la main. La cellule était spartiate : un lit, un banc, une cuvette de toilettes en métal. Mais le mur, face à lui, était recouvert d'un drapeau américain soigneusement reproduit à la craie. Il tendit la main et ajouta la dernière touche de couleur à la rayure rouge du bas.

La treizième rayure.

— Oui, je suis sûr.

Steve fronça les sourcils et regarda le drapeau qu'il venait de dessiner. Un rectangle bleu uni formait la partie supérieure gauche. Il posa la craie rouge sur sa couchette, prit la blanche, et la fit sauter légèrement dans sa main.

Demain, il s'attaquerait aux étoiles.

ÉPILOGUE 4

IRON

L'ARMURE D'IRON MAN était suspendue, tel un épouvantail, déployée sur de minuscules annulateurs de gravité. Tony Stark examina la plaque thoracique et fronça les sourcils en regardant l'articulation de l'épaule droite.

— Test de contrôle, dit-il.

Les deux bras se dressèrent instantanément, parfaitement synchrones.

Tony sourit. Il aperçut son reflet dans le casque. Ce nouveau costume Armani lui allait très bien. Les cicatrices de son combat avec Cap étaient presque guéries, grâce à quelques interventions de chirurgie esthétique mineures mais coûteuses. Il passa un doigt sur sa lèvre supérieure ; encore légèrement gonflée, mais en repoussant, son bouc l'avait en partie recouverte.

— Alors. Directeur du S.H.I.E.L.D ?

Il se retourna, regardant en direction de l'une des passerelles qui s'entrecroisaient à l'intérieur de l'Héliporteur. Miriam Sharpe, la femme qui avait perdu son fils à Stamford, marchait prudemment vers lui, jetant des regards à la nuée de techniciens et de réparateurs qui travaillaient sur des consoles, en contrebas. Maria Hill la suivait, tête baissée.

Tony sourit et tendit la main à Mme Sharpe.

— Pourquoi pas? C'est tout à fait logique. J'ai des relations étroites avec le gouvernement et la communauté surhumaine, et en l'absence de Nick Fury…

L'air satisfait, Tony se tourna vers Hill.

— Madame la sous-directrice, pourrions-nous avoir deux cafés, s'il vous plaît? Avec de la crème et beaucoup de sucre.

Hill le fusilla du regard. Elle lui tourna le dos et s'éloigna.

— J'ai quelque chose pour vous. (Tony fouilla dans la poche de sa veste et en sortit une petite figurine d'Iron Man.) Le jouet de votre fils.

Sharpe fronça les sourcils.

— Je vous l'ai donné.

— Et il m'a aidé plus que vous ne pouvez l'imaginer. Mais je n'en ai plus besoin.

Avec un sourire timide, elle prit la figurine et la serra fort dans sa main, comme un vieux souvenir.

— Excusez-moi, monsieur le directeur.

Trois agents du S.H.I.E.L.D. se dirigeaient vers eux en portant une énorme plaque de métal et un pot de mastic.

— Nous réparons les derniers dégâts de l'explosion causée par… vous savez. La petite crise de Captain America.

L'agent secoua la tête en passant devant l'armure de Tony suspendue près du mur. Un morceau décoloré, cabossé, s'en détachait comme une ecchymose.

Tony claqua des doigts et l'armure se replia dans ses mains. Il la rangea rapidement dans sa mallette.

— Laissons-les travailler.

Il prit Sharpe par le bras et la guida vers un petit escalier.

— Vous avez gagné la guerre, dit-elle.

— Oui, et maintenant nous devons gagner la paix. Je veux que tout le monde comprenne nos nouvelles méthodes de travail et qu'elles suscitent l'enthousiasme.

La porte d'un ascenseur s'ouvrit. Il la laissa entrer la première et appuya sur un bouton. L'ascenseur descendit à une telle vitesse que son cœur se souleva.

— Savez-vous que l'État du Colorado souhaite faire des Thunderbolts leur équipe officielle ? dit-il.

Elle sourit.

— J'ai entendu que vous aviez dû virer un ou deux cinglés de la bande.

— Peu importe. C'est quand même une étape importante. J'ai toujours eu à cœur de donner une seconde chance aux délinquants.

La porte de l'ascenseur s'ouvrit. Une passerelle étroite menait à une baie vitrée qui étincelait dans le soleil de midi.

— Savez-vous pourquoi notre prison portait le nom de « Numéro 42 » ? demanda-t-il.

— Non.

— Parce que c'était la quarante-deuxième proposition sur cent d'une liste que Red et moi avons rédigée la nuit où votre fils a été tué. Cent idées pour un monde plus sûr, et nous n'en sommes même pas à la cinquantième. Excitant, non ?

La passerelle débouchait sur une bulle panoramique à facettes, au sol transparent et incurvé. Ils se trouvaient en dessous de l'Héliporteur ; les rayons du soleil se déversaient dans l'observatoire, réfléchis par les vitres dans toutes les directions.

— Remettre de l'ordre au sein du S.H.I.E.L.D, poursuivit Tony, est la quarante-troisième proposition. Croyez-moi, madame, la communauté des super-héros ne pouvait avoir un meilleur allié que moi. Il était hors de question que je laisse les secrets de mes amis entre les mains de n'importe qui.

Sharpe se détourna. Elle jeta un regard à la figurine d'Iron Man, dans sa main.

— Vous êtes un homme bien, Tony Stark. (Ses yeux s'emplirent de larmes.) Vous avez pris tous les risques pour que les gens puissent de nouveau avoir confiance en leurs héros.

Il sourit, empli de fierté.

— Je n'aurais pas pu faire autrement.

— Je vous crois. C'est le début d'une ère formidable.

Tony se pencha au-dessus de la balustrade et regarda New York au travers de la baie vitrée. La ville s'étalait tel un royaume magique, riche et plein de promesses. Les fiers sommets de ses gratte-ciel étincelaient sous la lumière claire et vive du soleil.

C'était une journée sans nuages.

— Le meilleur est à venir, ma chère.

Lorsqu'il releva la tête, ses yeux avaient l'éclat de l'acier.

— Vous avez ma parole.

FIN

À PROPOS DE L'AUTEUR

STUART MOORE est un écrivain et un éditeur récompensé de comics et de romans. Ces derniers comics inclus notamment Namor : Le Premier Mutant, Spiderman : Fear Itself et Wolverine Noir. Stuart a aussi été éditeur de comics pour SciFi Channel, le label Marvel Knight, et pour le célèbre label Vertigo de DC Comics pour lequel il a remporté le Eisner Award du « Meilleur Éditeur » en 1996.

BONUS

REMERCIEMENTS

Un roman n'est pas un roman graphique, et ce roman graphique si brillant et particulier exigeait une importante restructuration pour être adapté en prose. Je remercie Ruwan Jayatilleke, Jeff Youngquist et David Gabriel, de chez Marvel, de m'avoir fait confiance pour rendre justice à leur œuvre la plus populaire et percutante de ces dernières années. Ils m'ont fourni tous les outils, puis donné carte blanche, tout en me prodiguant leurs conseils avisés chaque fois que j'en ai eu besoin.

Deux responsables éditoriaux ont collaboré à ce projet : Axel Alonso, le rédacteur en chef de Marvel, et Marie Javins, la responsable éditoriale du roman. Axel m'a expliqué le code moral du Punisher et suggéré d'excellents rebondissements ; Marie m'a posé toutes les bonnes questions, elle a corrigé ma prose, et elle a passé de longues heures à peaufiner le manuscrit. Ensemble, ils m'ont tous deux orienté dans les bonnes directions.

Tom Brevoort, responsable éditorial de la série originale CIVIL WAR, m'a procuré de précieuses informations dès les premières étapes de mon projet. Des intrigues secondaires signées J. Michael Straczynski, Ron Garney, Dan Slott et Stefano Caselli ont constitué une importante réserve de matériel pour le roman. Les dessins de

Steve McNiven, sur la série principale, ont été à la fois une source d'inspiration et de frustration : il faut des milliers de mots pour raconter un combat qu'il résume avec brio sur une seule page.

Mark Millar, un vieil ami à moi et l'un des acteurs les plus fins et sincères de l'industrie du comic, m'a encouragé à prendre son histoire et à me l'approprier. J'espère l'avoir fait sans en dénaturer la structure, intense et captivante, ni l'incroyable charge émotionnelle du récit.

Ma femme, Liz Sonneborn, m'a apporté son indéfectible soutien quand je prenais des notes tard le soir, que je m'arrachais les cheveux sur des détails mineurs ou que je faisais les cent pas dans la maison en marmonnant d'énigmatiques questions comme : « La présence de deux personnages appelés Faucon dans un même livre peut-elle prêter à confusion ? » (Réponse : Oui.)

Enfin, j'ai une immense dette envers tous les scénaristes et artistes qui ont collaboré au Marvel Universe au fil des ans. CIVIL WAR n'aurait pas pu exister, sous aucune forme, sans leurs contributions. J'espère que tous ensemble, nous leur avons rendu justice.

PANINI BOOKS

ECLIPSE

Achevé d'imprimer sur les presses
de l'imprimerie Rotolito Lombarda (Italie)
Dépôt légal : février 2013